Accomplice

ロッセリーニ家の息子

共犯者

岩本　薫

18799

角川ルビー文庫

The son of the Rosselini family
ACCOMPLICE

CONTENTS

口絵・本文イラスト／蓮川　愛

ロッセリーニ家の息子

略奪者 Another Story1

両開きのフランス窓を押し開けたとたん、レースのカーテンが風にはためき、むせ返るような果実の芳香《ほうこう》に身を包まれる。

眩《まぶ》しい陽光と共に視界に飛び込んでくるのは一面のぶどう畑、咲《さ》き乱れるブーゲンビリア、金色の丘《おか》、ターコイズブルーの海岸、そして、たなびく薄雲《うすぐも》を纏《まと》ったエトナ山。

八月に入り、いよいよ勢いを増したシチリアの強烈《きょうれつ》な陽射《ひざ》しは、遮光《しゃこう》用の鎧戸《よろいど》をしっかりと閉めていても室内にじりじりと忍《しの》び込んでくるほどだ。

夕刻を過ぎてもなお衰《おとろ》える気配のない、刺《さ》すような陽光を手のひらで遮《さえぎ》りながら、早瀬瑛《はやせあきら》はフランス窓を押し開き、テラゾー造りのバルコニーへと足を踏《ふ》み出した。

その日、一五〇〇年代に建てられた領主館スタイルの建物の中は、使用人たちが廊下《ろうか》をせわしなく行き交《か》い、一日中慌《あわ》ただしかった。

夕刻過ぎに、館《やかた》の主《あるじ》であるレオナルド・ロッセリーニが、パレルモの総合病院から退院し、ここ【パラッツォ・ロッセリーニ】に帰館する予定になっていたからだ。

予定の時間が近づくと、邸内《ていない》を取り仕切る執事《しつじ》のダンテですら落ち着かない様子で何度も窓から外を覗《のぞ》き、レオの愛犬ファーゴに至っては、車寄せの噴水《ふんすい》の周りを意味もなくぐるぐると回っている。

「ファーゴはレオが帰ってくるのがわかっているのかな」

二階のバルコニーからファーゴを見下ろしての瑛の問いに、室内で水差しに新しい水を注《つ》ぎ足していたダンテが微笑《ほほえ》む。

「使用人の様子などから、なんらかの気配を察しているのでございましょう。犬というのは勘《かん》が鋭《するど》いものですから」

だが、そんな彼らを差し置き、この館の中で朝から一番落ち着きがなかったのは、誰《だれ》あろう自分かもしれない。――ひっそりと心の中で思う。

午前中から何度時計の針を確認《かくにん》し、そのたびに幾度《いくど》、残りの時間をカウントしたことだろう。

(こんなにそわそわするのなら、やっぱり迎《むか》えに行けばよかった)

本当はパレルモまで、退院する恋人《こいびと》を迎えに行きたかったのだが、その必要はないとレオに止められてしまったのだ。

『おまえが屋敷《やしき》を空けると、ファーゴが寂《さび》しがるからな』

昨夜、病院の個室から電話をかけてきた恋人のテノールが脳裏《のうり》に蘇《よみがえ》る。

ではおまえは寂しくないのかとは、敢《あ》えて訊《き》かなかった。離《はな》れていた間、一時間おきに瑛の携帯《けいたい》を鳴らしてきたことを思えば、その答えはもらっているのも同然だ。

「それにしても、お早い退院でした」

ダンテのどこか嬉《うれ》しそうな、感嘆《かんたん》の籠《こ》もったつぶやきに、瑛もうなずく。

たしかに拳銃《けんじゅう》の弾《たま》を二発も受けたわりには、レオの回復は驚《おどろ》くほどに速かった。実に手術から十日間というスピード退院で、担当外科《げか》医もその回復力に驚いていたくらいだ。完治するのもそう遠い日ではないだろう。

（早く、会いたい）

眼下の青々としたぶどう畑をまっすぐ突《つ》っ切る一本の道、その先の表門を、切れ長の双眸《そうぼう》を細めて見つめる。

手術後の一週間は、瑛も病室で付き添《そ》っていたので、離れていたのはたった三日のことなのだが。

そのわずか三日が耐《た》えきれないほどに、誰かを恋《こ》い慕《した》う日がやってくるとは、数ヶ月前までの瑛は考えもしなかった。


瑛の生活が一変したのは三ヶ月前――五月の初旬《しょじゅん》のことだ。

伝説の博徒《ばくと》を祖父に、早瀬組の組長を父に持つ瑛は、父の死後、組の跡目《あとめ》を放棄《ほうき》して、貿易会社でサラリーマンをしていた。しかしその平穏《へいおん》な生活は、三ヶ月前に突如崩壊《とつじょほうかい》する。瑛に歪《ゆが》んだ執着《しゅうちゃく》を持つ音和会《おとわかい》の組長・芝田《しばた》が巡《めぐ》らせた罠《わな》に搦《から》め捕《と》られてしまったのだ。

そのひと月後、芝田の別荘《べっそう》で監禁《かんきん》生活を余儀《よぎ》なくされていた瑛の前に、突然《とつぜん》ひとりの男が現れた。シチリアンマフィアと貴族の血を引く、ロッセリーニ・ファミリーのカポ――レオナルド・ロッセリーニ。

レオによって、瑛はシチリアの地へと連れ去られ、今度は貴族の館での軟禁《なんきん》生活が始まった。自分を連れ去った理由も話さず、傲慢《ごうまん》に支配しようとするレオに初めは反発していた瑛だったが、暴君の孤独《こどく》と内に秘《ひ》めたやさしさを知るにつれ、いつしか少しずつ、自分でも気がつかないうちに彼に惹《ひ》かれていき――。

その後も一ヶ月の間に本当にいろいろなことがあった。レオが撃《う》たれ、一時は共に死を覚悟《かくご》したこともあった。

だが、それらの事件がなければ、意地っ張りな自分とレオは、お互《たが》いの気持ちを確かめ合うことができなかったかもしれない……。

オン！　オン！　というファーゴの鳴き声で、瑛はエトナを眺《なが》めながらの物思いを破られた。

「………っ」

はっと視線を転じた双眸が、今まさに表門をくぐろうとしている黒い小さな点を捉《とら》える。ゆらゆらと揺《ゆ》らめく陽炎《かげろう》のベールの向こうから、その小さな点が徐々《じょじょ》に近づいてきて、ついにはっきりと車の形になった。ロッセリーニ家の領地内にあるセスナの発着場で車に乗り換《か》えたレオのリムジンに間違《まちが》いない。

(レオ!)

胸の中で待ち焦《こ》がれていた恋人の名を呼んだ刹那、バルコニーの手摺《てす》りから、前のめりになっていた上半身を引きはがす。

「ダンテ! レオが戻《もど》ってきた!」

叫《さけ》ぶなり身を翻《ひるがえ》した瑛は、室内を最短距離《きょり》で横断してドアから飛び出た。階段を駆《か》け下り、ホールを走り抜け、玄関《げんかん》へと急ぐ。

肩《かた》を喘《あえ》がせ大扉《おおとびら》から外へ出ると、ファーゴの歓迎《かんげい》の咆哮《ほうこう》に出迎《でむか》えられて、ちょうどリムジンが前庭のあるアプローチへ入ってくるところだった。

噴水の周りを半周した車が、車寄せに停《と》まる頃《ころ》には、ダンテを筆頭に邸内の主な使用人たちも次々と出迎えに駆けつけ、リムジンを取り囲むようにずらりと並ぶ。

数十人が見守る中、運転手と黒服のSPが降り立ち、我慢《がまん》できずに駆け寄ったファーゴの鼻先で後部座席のドアを開けた。

まずは磨《みが》き上げられた革靴《かわぐつ》が地面を踏みしめる。次に現れたステンレス製の松葉杖《まつばづえ》を、運転手が受け取った。屈強《くっきょう》なSPが伸《の》ばした手に摑《つか》まりはしたが、右脚《みぎあし》を負傷しているとは思えないしっかりとした足取りで、ひとりの男が車から降りてくる。

ダークスーツに身を包んだ長身。生粋《きっすい》のシチリアーノであることを示す、やや浅黒い肌《はだ》。ゆるくウェーブのかかった黒髪《くろかみ》。秀《ひい》でたノーブルな額。気性《きしょう》の激しさと意志の強さを表すような、くっきりと濃《こ》い眉《まゆ》。闇《やみ》のごとく黒々とした漆黒《しっこく》の瞳《ひとみ》。どことなく高貴さを漂《ただよ》わせる高い鼻梁《びりょう》と官能的なフォルムと厚みを持つ唇《くちびる》。

気品と野趣《やしゅ》、一見して相反するふたつの要素が絶妙《ぜつみょう》に混じり合い、醸《かも》し出す――独特な雰囲気《ふんいき》。三日ぶりの恋人のエキゾティックな美貌《びぼう》にしばし見惚《みと》れてから、瑛はレオに向かってゆっくりと歩き出した。

こちらを見つめるまっすぐな眼差《まなざ》しを受けとめつつ、歓喜《かんき》を噛《か》み締《し》めるように一歩、また一歩と距離を詰《つ》めて、リムジンの少し手前で足を止める。

車の前に立つ恋人と至近距離で目が合い、視線と視線が絡《から》み合った。

「…………」

しばらく無言で見つめ合ったあと、レオがその肉感的な唇を開き、どこか甘さの漂うテノールを発する。

「ただいま」

その短い一言に、万感《ばんかん》の想《おも》いが込められているようで、胸がじわりと熱くなった。

声が震《ふる》えそうになるのを必死に堪《こら》え、瑛も小さく囁《ささや》く。

「お帰り」

もっといろいろと言いたいことがあった気がしたけれど、喉《のど》の奥が詰まって言葉にならない。

周りの目もあるので、駆け寄ってその身に触《ふ》れることもままならない。なので、とにかく無事に帰ってきてくれて嬉しいと、その想いを眼差しに込めた。

（よかった。思っていた以上に顔色もいい）

以前と変わらぬオーラを纏《まと》う恋人の、彫《ほ》りの深い貌《かお》をじっと見つめていると、ファーゴが尻《しっ》尾《ぽ》を振《ふ》り振《ふ》りレオの脚《あし》に鼻面《はなづら》を押しつけた。甘える愛犬の頭に大きな手を置き、レオが撫《な》でる。

「俺がいなくて寂しかったか？」

「クゥーン」

「お帰りなさいませ」

頃合《ころあ》いを見計らって使用人たちの列から進み出てきたダンテが、嬉しそうに声をかけ、レオもまた微笑み返した。

主君が凶弾《きょうだん》に倒《たお》れたという一報が、この忠実な執事《しつじ》の寿命《じゅみょう》を確実に数日は縮めたであろうことを、誰よりレオ自身がわかっているに違《ちが》いない。

「おまえにも心配をかけたな」

レオのやさしい言葉に灰褐色《はいかっしょく》の瞳を細めたダンテが、恭《うやうや》しくこうべを垂れ、みんなの気持ちを代弁した。

「ご無事のお戻り、心より嬉しく思います。レオナルド様のご帰館を、一同、一日千秋の想いでお待ち申し上げておりました」

「ご馳走様《ちそうさま》。とても美味《おい》しかったです」

主君の帰館を祝して調理長が腕《うで》をふるった、かなり力の入ったディナーのあと（病人食に飽《あ》き飽《あ》きしていたレオは、アンティパスト、プリモ、セコンドとぺろりと皿を平らげ、シェフとダンテを喜ばせた）、瑛が席を立って側《そば》に寄ると、レオがひそっと耳打ちしてきた。

「このあと、部屋へ戻る前につき合って欲しい場所がある」

――つき合って欲しい場所？

内心、小首を傾《かし》げているうちに、レオが椅子《いす》を引いて立ち上がる。

「どの皿も非常に美味しかった。調理長にも礼を言っておいてくれ」

「レオナルド様、まだお足下《あしもと》が……」

主人を支えようとするダンテを「瑛がいるから大丈夫《だいじょうぶ》だ」と退け、シルバーステンレスの松葉杖を器用に扱《あつか》って、食堂から出た。そのまま階段を上り始めた恋人《こいびと》の傍《かたわ》らに寄り添《そ》い、少しでも危なかったらすぐにでも手を差し出せるよう身構えつつ、瑛はレオの一挙手一投足を見守った。

無闇《むやみ》に手を差し伸べることはしない。そんなことをすれば、気位の高い恋人の機嫌《きげん》を損《そこ》ねるとわかっていたからだ。

時間はかかったが、どうにか自力で二階まで上がったレオが、コツ、コツと杖《つえ》を響《ひび》かせて、今度は廊下《ろうか》を歩き始める。

どこへ行くつもりだろう。

訝《いぶか》しく思っている間にも、瑛が自室として使っている部屋を通り過ぎた。廊下の行き止まりまで辿《たど》り着いたところで、杖の音が止まる。二階の最奥の部屋の前で立ち止まったレオが、自由の利《き》く左手をジャケットの胸ポケットに差し込み、中から一本の鍵《かぎ》を取り出した。

その鍵を鍵穴《かぎあな》に差し込み、カチッと回す。次にドアノブを握《にぎ》って扉を押し開けた。

ギィ……。

重い音を立てて開かれた扉の向こう、四角い部屋の正面に、マリア像が祀《まつ》られた小さな祭壇《さいだん》が見えた。使用人たちも使うプライベートチャペルは別にあるから、この祭壇はロッセリーニ家のごく身内のみが祈《いの》りを捧《ささ》げるためのものだ。

蠟燭《ろうそく》の明かりだけで照らされた薄暗《うすぐら》い部屋の、中央付近までゆっくりと進んで、レオが振り返った。入り口に佇《たたず》む瑛を呼ぶ。

「おいで」

艶《つや》めいたテノールに誘《さそ》われ、瑛も部屋の中程《なかほど》まで歩を進めた。

窓がない代わりに、壁《かべ》の三面を占めているのは、ロッセリーニ家代々の家長や、その家族の肖像画《しょうぞうが》だ。

「少し待っていろ」

祭壇の前に瑛を置いて、ひとり壁際《かべぎわ》まで近寄ったレオが、コンソールテーブルの引き出しを片手で引き、中から何かを取り出した。

――白い布？

それを手に瑛の許《もと》へ引き返してくる。

レオに無言で白い布を渡《わた》された瑛は、その軽さに驚《おどろ》いた。シルクオーガンジーだろうか。広げてみると、シーツほどの大きさがある。さらによく目を凝《こ》らして見れば、そのシースルーの布の裾《すそ》の部分には、芸術的な刺繍《ししゅう》が施《ほどこ》されていた。

「とても美しい布だが……これはなんだ？」

「ベールだ」

「ベールって……」

その単語から、一瞬《いっしゅん》アラブ圏《けん》の女性がシースルーで顔を覆《おお》っている姿を想像した。しかし、これは黒ではなく純白だから。

「ひょっとして……花嫁《はなよめ》が被《かぶ》るベール？」

「そうだ。ミカが結婚《けっこん》式の際に使用したものだ」

思いがけない返答に、ゆるゆると両目を見開く。

「母さんの？」

思わず確認《かくにん》する瑛にうなずいたレオが、ふたたびベールを手に取った。手にしたシルクオーガンジーを、ふわりと瑛の頭に被せる。純白のレースが痩身《そうしん》をすっぽり覆って、床《ゆか》までさらさらと流れ落ちた。

「よく似合う」

「……レオ？」

漆黒の双眸《そうぼう》を細めてつぶやく恋人を、瑛は戸惑《とまど》い気味に見返す。

花嫁のベールなんかを男の自分に被せてどういうつもりだ……？

一体、何がしたいのか。

うっすら眉をひそめ、目の前の男の真意をはかっていた瑛の脳裏《のうり》に、やがてチカッと閃《ひらめ》くものがあった。

（まさか）

その「まさか」を肯定《こうてい》する台詞《せりふ》を、恋人が至って真面目《まじめ》な顔つきで口にする。

「神父も介添《かいぞ》え人もいないが、先祖の前で誓《ちか》うことはできる」

やっぱり！

レオは今ここで、結婚式の真似事《まねごと》をするつもりなのだ。

「レオ……ちょっと待っ……」

反射的に身を引こうとする瑛の手を、レオが左手で掴《つか》む。怪我《けが》をしていても、その力は充分《じゅうぶん》に強かった。そのまま瑛の手を自らの唇《くちびる》まで引き寄せたレオが、白い甲《こう》にくちづける。

「レ……」

顔を上げた恋人に、抗《あらが》いを封《ふう》じ込めるような強い眼差《まなざ》しで射貫《いぬ》かれた。

「頼《たの》む……誓わせてくれ」

(……そんな)

暴君のくせに、そんなすがるみたいな声で請《こ》うなんてずるい。

そんなふうに言われたら……拒《こば》めないじゃないか。

「おまえは……ずるい」

上目遣《うわめづか》いに詰《なじ》る。すると、瑛の心の揺らぎを敏感《びんかん》に感じ取ったらしいレオが、形のいい唇の片端《かたはし》を持ち上げた。そんな不敵な表情も腹立たしいほど魅力《みりょく》的だと感じてしまう時点でもう、負けている。

「……俺が花嫁なのか?」

脱力《だつりょく》しつつ、それでも最後の抵抗《ていこう》を試みると、レオがおかしそうに笑った。

「俺でもいいが、おまえのほうがベールが似合うだろう」

たしかに、身長百八十五センチ超《ちょう》の偉丈夫《いじょうふ》が純白のベールを被る姿など見たくない。

渋々《しぶしぶ》とベールで顔を覆い隠《かく》し、レオと肩《かた》を並べて祭壇に向かった。

怪我のせいで跪《ひざまず》くことができないレオが、立ったままで祈りを捧げ始める。その低い祈りの言葉を聞いているうちに、だんだんと緊張《きんちょう》が高まってきた。レオがどうしてもと言うから、仕方なくお遊びにつき合う程度のつもりだったはずなのに。

最後に胸の前で十字を切ったレオが、傍らの瑛に向き直った。瑛もレオに向き直る。正面からの眼差しの真剣《しんけん》さにドキッとした刹那《せつな》、レオが重々しく唇を開いた。

「生涯《しょうがい》、妻は娶《めと》らない。おまえだけを永遠に愛し続ける」

静かで、厳《おごそ》かな誓い。

ファミリーの長《おさ》として、またロッセリーニ家の家督《かとく》を担《にな》う者として、ひとかたならぬ重責を背負っているからこそ、重みのある言葉に胸が熱く震《ふる》えた。

――おまえだけを永遠に。

それが、そんなに簡単なことではないとわかっている。

このままロッセリーニ家の当主が独身を貫くことが、本当に許されるかどうかもわからない。後継《あとつ》ぎの問題もある。そもそも、自分たちは男同士で、国籍《こくせき》も違《ちが》う……。

この先ふたりの前に立ち塞《ふさ》がるであろういくつもの困難。それらに対する漠然《ばくぜん》とした不安を、瑛は胸の奥底へと押し込めた。

今は、レオの言葉を信じよう。

「アキラ、おまえの番だ」

促《うなが》され、このうえなく神妙《しんみょう》な顔つきのレオを前にして、緊張に強《こわ》ばった喉《のど》を開く。

「私、早瀬瑛は、レオナルド・ロッセリーニを生涯愛し続けることを……誓います」

かすかに震える声で誓うと、レオが左手でベールを捲《めく》り上げた。

少しずつ近づいてくる恋人の唇に、そっと目を閉じる。吐息《といき》が触《ふ》れてほどなく、あたたかい感触《かんしょく》が重なってきた。

触れ合った唇の隙間《すきま》に甘く囁《ささや》かれる。

「……愛している」


「式も済んだことだし、今夜は新婚初夜《しんこんしょや》ということになるな」

どこか嬉《うれ》しそうな恋人の言葉を耳に、瑛は片方の眉を持ち上げた。

——新婚初夜？

「って、今からか？」

「嫌《いや》なのか」

とたんにむっとするレオをたしなめる。

「嫌とかいいとか、そういう問題じゃないだろう。大体、おまえは今日退院してきたばかりなんだぞ」

いくら回復が速いと言っても、十日前に右肩《みぎかた》と右脚《みぎあし》の二箇所《かしょ》に被弾《ひだん》したばかりなのだ。

しかし、レオはまったく怯《ひる》まない。

「リハビリのためにも、できるだけ体は動かしたほうがいいそうだ。傷を庇《かば》って筋肉を使わないと回復が遅《おそ》くなるとドクターが言っていた。おまえも、俺が一刻も早く全快したほうがいいだろう？」

「それは……そうだけど」

「じゃあ協力してくれ」

人を従わせることに慣れている男にじりじりと寄り切られそうになり、この展開はいつぞやと似ていると思い巡《めぐ》らす。

手術の翌日だ。あの時もなんだかんだと強引《ごういん》に押し切られ、レオと病室で体を繋《つな》げてしまったのだ。恋人《こいびと》の上に乗って、ひどく乱れた自分を思い出し、いたたまれない気分になる。

「……なんでそんなに元気なんだ」

「若いからな」

ひとつ年下の恋人がにっと唇を横に引いた。

「それに……離《はな》れていた間、おまえを抱《だ》くことばかり考えていた。おまえが欲しくて……おまえの夢ばかり見た。そのおまえが今目の前にいるのに、我慢《がまん》することなどできない」

熱っぽい視線とストレートで情熱的な口説き文句に、瑛は頬の熱を自覚する。

(さすがラテンの血)

結局、暴君には敵《かな》わない。

これまでも。そして多分この先も。

――一生。

「……その代わり……一回だけだぞ」

不承不承譲歩《じょうほ》すると、レオの美貌《びぼう》が甘く幸せそうに蕩《とろ》ける。

「できれば花嫁をお姫様抱《ひめさまだ》っこして寝室《しんしつ》へ向かいたいところだが」

その後一転、いたく残念そうに恐《おそ》ろしい野望をつぶやかれ、瑛はあわててぶんぶんと首を横に振《ふ》った。

「やめてくれ！　そんな恥《は》ずかしい真似は絶対に嫌だ。第一、もし誰《だれ》かに見られたらどうするんだ」

「だが、まぁこんな状態じゃ仕方ないな」

自由の利《き》く左肩を軽く竦《すく》める恋人を見て、胸《むね》を撫《な》で下ろす。

今だけは、レオが怪我をしてくれていて良かったと、心から思った。

瑛のほっとした様子にふっと唇の端《はし》で笑ったレオが、左手を差し伸《の》べてくる。

「じゃあせめて、手を繋ごう」

「……うん」

その大きな手に、瑛も今度は素直《すなお》に手を重ねた。

手のひらを合わせて指を絡《から》め合い、ぎゅっと強く握《にぎ》る。

どちらからともなく顔を見合わせ、微笑《ほほえ》み合ってから、ドアへと視線を転じ――。

そうして――これから先、ふたりで歩む長い道程への第一歩を共に踏《ふ》み出した。

ロッセリーニ家の息子

略奪者 Another Story2

収穫《しゅうかく》の秋。

十一月になっても、いまだシチリアの陽射《ひざ》しは衰《おとろ》えない。ぶどうの収穫は九月末に終わったが、これからのシーズンはオリーブの収穫で忙《いそが》しくなる。

早瀬瑛がイタリア半島最南端《さいなんたん》の島――シチリアで暮らし始めて五ヶ月が過ぎた。

シチリアンマフィアと貴族の血を引く美貌《びぼう》の暴君の手によって、東京からこの地に連れてこられた当初は、自分が攫《さら》われてきた理由もわからず、戸惑《とまど》うことも多かったが、今ではすっかりここでの生活に馴染《なじ》み、周囲の環境《かんきょう》にも溶《と》け込んでいる。

瑛が生活の拠点《きょてん》としているのは、地元民に【パラッツォ・ロッセリーニ】と呼ばれる、ロッセリーニ家の屋敷《やしき》だ。

同居人はロッセリーニ家の五代目当主。世界を股《また》にかけるロッセリーニ・グループのCEOであり、またロッセリーニ・ファミリーのカポでもある――レオナルド・ロッセリーニ。

瑛は現在、広報スタッフとしてロッセリーニ・グループに所属し、レオのビジネスを手伝っている。ウィークデーはパレルモにある別邸《べってい》からオフィスへ通い、週末は、恋人のレオと一緒《いっしょ》に【パラッツォ・ロッセリーニ】に戻《もど》るのが、ここ最近の生活サイクルだ。

今週も夕方の五時に仕事を切り上げた瑛は、レオと共にセスナを使って『我が家』へ戻った。

ロッセリーニ家所有のセスナの発着場からリムジンに乗り換《か》え、【パラッツォ・ロッセリーニ】の車寄せに到着《とうちゃく》すると、すでに邸内《ていない》の使用人がずらりと待ちかまえていた。

「お帰りなさいませ。レオナルド様、アキラ様」

一分の隙《すき》もなくダークスーツを身につけた執事《しつじ》のダンテが恭《うやうや》しく出迎《でむか》える。

「留守中、何事もなかったか？」

リムジンから降り立った主《あるじ》の問いかけに、ダンテがうなずいた。

「はい、みな変わりなく、元気です」

「ただいま、ダンテ。ファーゴも」

「ワウッ」

もうこれ以上は辛抱《しんぼう》しきれないとばかりに、名前を呼ばれたレオの愛犬が飛びついてきた。尻尾《しっぽ》をぶんぶん振って顔を舐《な》めまくるファーゴの熱烈《ねつれつ》な歓迎《かんげい》に、瑛は笑いながら黒い背中をピタピタと叩《たた》く。

「たしかに……元気だな」

レオの一言にみんながどっと笑った。

食堂で料理長が腕《うで》をふるったディナーを堪能《たんのう》したのち、瑛はレオとふたりで邸内を散歩した。出迎えから片時もふたりの側《そば》を離れないファーゴも、当然のようにあとをついてくる。

九時を過ぎてもまだ上空から差し込む陽射しで明るい中庭《パテイオ》には、堂々たるオリーブの樹《き》が、南国の花々に傅《かしず》かれ、大きく枝を広げていた。数百年の樹齢《じゅれい》を数えてもなお、たくさんの実をつけている古木を見つめ、傍《かたわ》らの恋人がつぶやく。

「ここに帰ってくるとほっとするな」

「ああ……」

瑛も心から同意した。

待ってくれている人たちがいて、帰る家があるというのが、こんなにも心を豊かにするものだということを自分は長く忘れていた。

特殊《とくしゅ》な環境に生まれ育ったが故《ゆえ》に、他人を寄せ付けず、ひとりで過ごすことに身も心も慣れ切ってしまっていたから。

(この地が——シチリアの大地が、思い出させてくれた)

父も母も、この世にはもういないけれど、自分には新しい『家族』がいる。

「クゥン」

鼻を鳴らすファーゴの頭を撫《な》でてから、生涯《しょうがい》の伴侶《はんりょ》と誓《ちか》った恋人を見上げると、彼もまた漆《しっ》黒《こく》の瞳《ひとみ》で自分を見つめていた。肉感的な唇《くちびる》が開き、甘いテノールで「アキラ」と名を呼ばれる。

「何？」

「見せたいものがある」

手を引かれ、館《やかた》の地下一階にあるテイスティングルームへ連れて行かれた。このさらに下の階層の地下二階は長期熟成用のセラーで、ロッセリーニ家の醸造《じょうぞう》所で造られたたくさんのワインが眠《ねむ》っている。ヴィンテージによっては五十年以上寝《ね》かされているものもあるほどだ。

椅子《いす》やテーブルが設《しつら》えられた試飲用の部屋に入ったレオが、木枠《きわく》で組まれたストック棚《だな》の一角に近寄り、横置きされたボトルの中から一本を引き抜《ぬ》いた。瑛の許《もと》へ戻ってきて、そのボトルを差し出す。

「赤ワイン……？」

反射的に受け取ってから、正面のラベルを見た瑛の双眸《そうぼう》が、やがてゆるゆると見開かれる。

エチケットには、ぶどうの葉とライオンの顔が象《かたど》られたロッセリーニ家の紋章《もんしょう》と共に【ROSSO DEL AKIRA】と表記されていた。

「今年収穫したネロ・ダヴォラ百パーセントのROSSOだ。ジュリオの自信作だそうだ。まだ熟成の初期段階だが、記念に一本だけボトルに詰《つ》めた」

楽しげに語る恋人《こいびと》を見上げて、瑛は説明を請《こ》うた。

「この……エチケットの『AKIRA』って……」

「ジュリオと話し合って、今年のヴィンテージにおまえの名前をつけることにした」

「ジュリオと？」

土地の者に尊敬の念を込めて『マエストロ』と呼ばれる醸造責任者の名前を出され、いよいよ驚《おどろ》く。

「ジュリオとおまえが丹精《たんせい》を尽《つ》くして育てたネロ・ダヴォラだ。また、今年は俺にとっても【パラッツォ・ロッセリーニ】にとっても、おまえという生涯の伴侶を得た記念の年でもある」

「レオ……」

「おまえの名前を貰《もら》っても構わないか？」

胸が詰まって一瞬《いっしゅん》、声が出なかった。

ワインの製造はロッセリーニ家の先祖代々の家業だ。ロッセリーニ・グループが一大コンツェルンへと成長した今でも、レオはワイン造りに誇《ほこ》りを持っている。マエストロ・ジュリオ・トゥルーリにとっても、手塩にかけたワインは我が子も同然だろう。

そんな大切なワインに名前を刻まれる。

それがどれほど名誉《めいよ》なことであるかがわかるから、余計に胸が熱くなった。

「アキラ？」

心配そうな声で促《うなが》され、漸《よう》くこくりとうなずくと、レオの美貌《びぼう》が嬉《うれ》しそうに蕩《とろ》ける。

「十五年後には、後世にも名が残るような素晴《すば》らしいワインになっているはずだ。その時は、ジュリオと三人でこのROSSOを味わおう」

十五年後。

気の遠くなるような未来を、まるで明日のことのように語るレオに、瑛はこっそりと瞠目《どうもく》した。

この男は信じている。自分たちの未来を――。

十五年後も必ず一緒にいると。

万人《ばんにん》の祝福は望めない関係。おおっぴらに公表することもできなければ、子供も生《な》せない。

(それでも……信じている)

「レオ」

わずかに震《ふる》える声で恋人の名前を呼んだ。

その気高くも美しい貌《かお》を見つめて告げる。

「ありがとう。すごく嬉しい」

レオが微笑《ほほえ》む。笑んだまま瑛の腰《こし》に手を回し、そっと引き寄せ、くちづけてきた。

ロッセリーニ家の息子

守護者 Another Story1

「んじゃ杉崎《すぎさき》、お疲《つか》れー」

バイクの後部座席から降りてヘルメットを外したぼくに、ブラックボディのカワサキに跨《また》がったまま、親友の東堂《とうどう》が言った。

「東堂こそお疲れ様。送ってくれてありがとう」

「気にすんな。八時過ぎたら責任持って家まで送り届けるってのがマクシミリアンさんとの約束だからな」

本当に気にしていない口ぶりで、東堂が肩《かた》を竦《すく》める。最近の東堂は親友と言うより、なんだか保護者みたいだ。ローマへ戻ってしまったマクシミリアンの代わりに「俺が杉崎を護《まも》る」という気概《きがい》が言動の端々《はしばし》に垣間見《かいまみ》える……気がする。

ぼく——杉崎琉佳《るか》こと、ルカ・エルネスト・ロッセリーニが、生まれ故郷のイタリアを離《はな》れ、留学生として日本へやってきたのは今年の四月。

桜の季節だった。

ちなみに『杉崎』というのはぼくの母の旧姓《きゅうせい》で、『琉佳』はイタリア人の父と日本人の母を持つぼくの日本名だ。とある事情から『ロッセリーニ』という名前をおおっぴらに使えないので、大学やアルバイト先では『杉崎琉佳』で通している。

広尾《ひろお》にある私立大学の経済学部に編入した初日、慣れないカフェテリアのシステムに戸惑《とまど》っていたぼくに声をかけてくれたのが、法学部三年の東堂だった。イタリアでは二十年間、ほぼ二十四時間態勢でボディガードに囲まれる生活をしていたから、友人を作る隙《すき》がなかった。だから彼はぼくにとって生まれて初めてできた友達なのだ。

やがてぼくは東堂の紹介《しょうかい》で、彼の伯父《おじ》さんが経営する小さなカフェ【café Branche】でアルバイトを始めた。この「働く」という行為《こうい》も、実は生まれて初めての体験だった。接客やスタッフとの連携《れんけい》、皿洗いや盛りつけ……何もかもが初体験で、はじめはいろいろと失敗もしたが、三ヶ月が過ぎて漸《よう》く少しずつ慣れてきた。

今日は遅《おそ》い時間のシフトに入って上がりが十時を過ぎてしまったので、アルバイト仲間でもある東堂が、麻布《あざぶ》のマンションまで送ってくれたのだ。

「じゃあ、お休み。また明日大学で」

バイバイと手を振《ふ》ってエントランスの階段を上がろうとしたら、後ろから「杉崎」と呼び止められた。階段の途中《とちゅう》でくるっと振り返ると、ヘルメットを小脇《こわき》に抱《かか》えた東堂に尋《たず》ねられる。

「おまえさ、ちゃんとマクシミリアンさんと電話とかで話してる？」

真顔で訊《き》かれて少々面食《めんく》らいつつも答えた。

「え……あ、うん、話してるよ。最低一日一回は連絡《れんらく》が入るから」

「ならいいけど」

「なんで？」

「や。なんかおまえ、ここんとこ元気ないからさ。特にここ三日ばかり、かなり冴《さ》えないツラしてる」

「え？　そ、そう？」

自分では上手《うま》く隠《かく》しているつもりだったので、図星を指されて少し狼狽《うろた》えてしまった。

「自覚ねぇのかよ？　最近のおまえ、人恋《ひとこい》しそうな顔でため息ばっかついてるぜ？」

東堂が呆《あき》れたみたいに形のいい眉《まゆ》をひそめる。

「ま、ずっと一緒《いっしょ》だったからな。離れて寂《さび》しいのはわかるけど。あの人、次、いつ帰ってくんの？」

「……一週間後」

「そっか。でもまぁ一週間経《た》てば会えるんだから、それまでは勉学とバイトに打ち込んで欲求《よっきゅう》不満を紛《まぎ》らわせてろよ」

「よっ、欲求不満……てっ」

あけすけな物言いにどぎまぎと顔を赤らめるぼくの上擦《うわず》った声を遮《さえぎ》り、東堂が「いいか？」と指を立てた。

「あんま人前で寂しい子犬みてーな顔すんな。ただでさえ『カワイイもの好き』に狙《ねら》われやすいんだから。三ヶ月経ってそろそろこっちの生活にも慣れて気が緩《ゆる》んでる頃《ころ》だし、油断しないで気ぃ引き締《し》めろよ」

立てた人差し指でぼくをびしっと指し、そんなふうに釘《くぎ》を刺《さ》して東堂は去っていった。

……なんだか小言が多いところまでマクシミリアンに似てきた気がする。

「ただいまー」

誰《だれ》もいない玄関《げんかん》でひとりごちて明かりを点《つ》ける。リビングに入ってすぐの床《ゆか》にバッグを置き、上着も脱《ぬ》がずにソファに沈《しず》み込んだ。

「一週間後……かぁ」

あと七日。あと七日で、指折り数えた再会の日がやってくる。

コンソールテーブルの上の写真立てを手に取ったぼくは、ガラスに嵌《は》め込まれた写真をじっと見つめた。

秀《ひい》でた額と理知的な眉。鋭利《えいり》で高い鼻梁《びりょう》。シルバーフレームの眼鏡《めがね》の奥の青灰色《ブルーグレイ》の瞳《ひとみ》。端整《たんせい》な唇《くちびる》。

シャープな顔立ちは怜悧《れいり》に整いすぎていて、少し冷たい印象を与《あた》えるほどだ。ストイックなくらいに、きっちりと締め上げられたネクタイ。一筋の乱れもなく撫《な》でつけられたアッシュブラウンの髪《かみ》。ぴしっと伸《の》びた背筋。

眼光鋭《するど》く、写真に写っている上半身からも「切れ者オーラ」を放つその男の名はマクシミリアン・コンティ。

ぼくの『守護者』兼恋人《けんこいびと》。

二十歳《はたち》のぼくとはひと回り以上年が離れていて、現在三十五歳。かつて彼はぼくと兄たち三兄弟の世話係だった。その後は十年ほどブランクがあったのだが、この春、ぼくが日本の大学に留学するにあたって、お目付役として同行することとなった。

母の故郷である日本での、憧《あこが》れのひとり暮らしを夢見ていたぼくは、思惑《おもわく》が外れてかなりがっかりした。よりによって、あの頭が固くて教育的指導が大好きなマクシミリアンと同居だなんて……嫌な予感しかしない。

悪い予感は的中し、マクシミリアンはことごとくぼくの自立を阻《はば》んだ。あれはいけません、これもいけませんと、ことあるごとに口煩《くちうるさ》く干渉《かんしょう》してきた。

でも、マクシミリアンとこのマンションで暮らした一ヶ月の間に起きた様々な事件を通して、ぼくは彼を誤解していたことに気がついたのだった。

紆余曲折《うよきょくせつ》を経て、晴れて恋人《こいびと》として結ばれたのが一ヶ月ほど前。

——私の身も心も、ルカ様、あなたのものです。

──この命尽《つ》きるまで、生涯《しょうがい》をかけてあなたをお護りいたします。

お互《たが》いの気持ちを確認《かくにん》し合った二週間後、誓《ちか》いの言葉を残して、マクシミリアンはイタリアへ戻《もど》っていった。体が許す限りは東京に来るようにしますと約束して。

それから一ヶ月が過ぎた。東堂のフォローもあって、マクシミリアンがいなくても、ぼくはなんとかひとりでやっていっている。掃除《そうじ》や洗濯《せんたく》、食事の作り置きなど、身の回りのことは昼間のうちに通いのお手伝いさんがやってくれているので、とりたてて日常生活で困ることもなかった。

(でも……)

ひとり暮らしは長い間の夢だったはずなのに、ちっとも楽しくない。誰にも小言を言われない自由で気ままな暮らしが、こんなに味気ないものだとは思わなかった。恋人の肌《はだ》のぬくもりを知ってしまったあとの独《ひと》り寝《ね》が、これほどわびしいものだってことも……。

はぁーっと深いため息を吐《つ》いて、腕時計《うでどけい》を見る。十時二十分。

今はサマータイムだから、イタリアとの時差は七時間。今頃《いまごろ》ローマは三時過ぎか。ちょうど仕事が一番忙《いそが》しい時間帯だよな。

──なんかおまえ、ここんとこ元気ないからさ。特にここ三日ばかり、かなり冴えないツラしてる。

ふと、先程《さきほど》の東堂の台詞《せりふ》が蘇《よみがえ》ってくる。

「……ばれちゃってたのか」

親友の鋭さに苦笑《にがわら》いしつつ、ぼくは写真立ての中の恋人にもう一度視線を戻した。

実はここ数日、マクシミリアンがものすごく忙しいようなのだ。特にこの三日間に限っては、電話こそかかってくるけれど、会話している時間はトータルでほんの十分足らず。どうやら移動中の車の中や飛行機の中から連絡をくれているらしく、数分ずつ途切《とぎ》れ途切れだったりするので、いまひとつちゃんと会話した気分になれない。

ロッセリーニ・グループの現CEOである長兄《ちょうけい》レオナルドの片腕《かたうで》として、グループ全体のマネジメントを担《にな》う立場にあるのだから、それも致《いた》し方ないとは思うけれど。

だけど、離れて暮らし始めてから、電話で話すことで会えない寂しさを埋《う》めていたから、時間が短いのは応《こた》える。

仕事が忙しいことに加え、ぼくの睡眠《すいみん》や勉強を考慮《こうりょ》したマクシミリアンが、日本時間の十二時から七時までの間——大学やアルバイトに行っている時間帯を避《さ》けるので、なおのことタイミングが合わないのだ。

もっとマクシミリアンの声が聞きたい。いろいろ話したいこともあるのに、満足に会話ができない今のぼくは飢餓《きが》状態だった。

東堂の言うとおりに欲求不満……かどうかは別として、マクシミリアンの絶対量が足りない。

マクシミリアンが足りないと、一日の活力も湧《わ》かない。

あと一週間で会える。頭ではわかっていても、そのたった七日間が耐《た》え難《がた》く、一週間後の来日がおそろしく先に思えるのもまた事実で……。

「マクシミリアン、会いたいよ……」

ふたたびの嘆息《たんそく》のあと、切ない声でつぶやいた時だった。

プルルルルッ。

ジャケットのポケットが震《ふる》え出してびくっと肩《かた》が震える。あわてて携帯《けいたい》を取り出し、耳に当てた。

『私です』

わずかなタイムラグのあとで落ち着いた低音美声が届く。まるでぼくのつぶやきがイタリアまで聞こえたかのようなタイミングにぼくは息を呑《の》んだ。

「マクシミリアン！」

『ルカ様？　どうしました？』

「ううん。ちょうど今マクシミリアンのことを考えていたからびっくりして。――今、話していて大丈夫《だいじょうぶ》なの？」

『少し空き時間ができましたので』

「……そっか」

また今日も数分しか話せないのかな。そう思ったら、つい声が暗くなってしまっていたらしい。

『お元気がないようですが』

心配そうな声を出されてしまった。あわてて否定する。

「そんなことないよ。すっごく元気」

『………』

あれ？　ちょっとわざとらしかったかなと思っていたところに、マクシミリアンが低い声を紡《つむ》ぐ。

『実は先程、東堂さんからご連絡《れんらく》をいただきました』

「え？　東堂が？　な、なんて？」

『このままでは悪い虫がつくからどうにかしろと』

「悪い虫？　どうにかって……？」

親友の言葉の意味がわからずにぼくは首を傾《かし》げた。

『東堂さんは、あなたが「親とはぐれた子犬のような人恋《こい》しげな顔で周りの男たちを無意識に誘惑《ゆうわく》するので心配だ」とおっしゃっていました』

「そんな顔してないっ」

びっくりして叫《さけ》ぶと、間髪《かんはつ》を容《い》れずに問い返される。

『神に誓って、絶対に、まったく物欲しげな顔をしていないと言い切れますか？』

その低音の不穏《ふおん》さにたじろいだぼくは、コンソールテーブルと対《つい》になっているトップミラーをちらっと盗《ぬす》み見た。うっすら上気した頬《ほお》。濡《ぬ》れたように潤《うる》んだ黒目。

「で、でも、これは今マクシミリアンの声を聴《き》いたからでっ」

思わず叫んでしまってから、はっと失言に気がついたがもう遅《おそ》かった。不気味な沈黙《ちんもく》のあとで低い声が告げる。

『……お仕置きをしなければいけませんね』

「えっ？」

お仕置きという言葉が持つ、どことなく淫靡《いんび》な響《ひび》きに鼓動《こどう》がトクンと跳《は》ねた。

『今、どこにいらっしゃいますか？』

「リ、リビングの……ソファ」

『どんな格好をしていますか？』

「シャツの上にジャケットを羽織っているけど」

『ではまず、ジャケットを脱《ぬ》いでシャツ一枚になってください。それからボタンを外して』

さっきより艶《つや》めいて聞こえる声にドキドキしながらも、抗《あらが》いがたい命令口調に押し負け、ジャケットを脱いだ。携帯を首と肩の間に挟《はさ》んで、シャツのボタンを外し始める。ひとつ、ふたつと外すにつれて、だんだん心臓の音が大きくなってくる。指先が震えてしまって、ボタンを上手《うま》く外せなかった。

『全部外しましたか？　シャツの合わせははだけていますね？』

「う、うん」

『では、ご自分で乳首《ちくび》を弄《いじ》ってください』

「え……っ」

予想の範疇《はんちゅうこ》を超えた指示に絶句するぼくに、マクシミリアンはもう一度繰《く》り返した。

『乳首を弄ってください』

抗いを許さない声に圧《お》され、狼狽《うろた》えつつもおそるおそる乳首に手を伸《の》ばす。ぷくっと膨《ふく》らんだ小さな突起《とっき》を指で触《さわ》ってみた。

『どうですか？』

「よく……わかんない。くすぐったい感じ？」

『突起を二本の指で摘《つ》まんで擦《こす》ってみてください。先端《せんたん》を爪《つめ》で引っ掻《か》いたり、軽く引っ張ったり、傷つけない程度に刺激《しげき》を与《あた》えるのです』

自分で乳首を弄るのなんて初めてだったから、最初はおっかなびっくりだったけれど、指導どおりに刺激しているうちに少しずつ、ピリッとした刺激が気持ちよくなってきた。

「あ……なんか……硬《かた》くなってきた」

『よくできましたね。初めてにしてはとても上手ですよ』

やさしい声で煽《おだ》てられれば、遠い昔の記憶《きおく》が蘇ってくる。マクシミリアンが誉《ほ》めてくれることが何より嬉《うれ》しかった子供時代。

『次はベルトを外して、下着の中に手を入れて』

ほとんど条件反射で、誘導《ゆうどう》されるがままに従順にベルトを外してファスナーを下げる。下着の中にそろそろと手を入れた。

『ご自分のものを擦ってください。乳首のほうも疎《おろそ》かにしないように』

耳許《みみもと》の教育的指導に従って、片手で乳首を弄りながら、もう片方の手でペニスを扱《しご》き始める。
二、三度擦っただけであっけなく硬くなった。
あまりに他愛《たわい》ない自分が恥《は》ずかしい。でももうずっとしていなかったから。何度かマクシミリアンを思って自分で慰《なぐさ》めたこともあったけれど、余計に寂《さび》しさが募《つの》る気がしてやめてしまった。

なのに今は、同じ自分の手の愛撫《あいぶ》でも、ものすごく感じてしまい、たちまち先端から透明《とうめい》な蜜《みつ》が溢《あふ》れる。溢れ出た先走りが軸《じく》をとろとろと伝って、手を動かすたびにくちゅっ、にちゅっと淫靡な音を立てた。

『濡れてしまいましたね。下着を脱ぎましょう』

恥ずかしい摩擦《まさつ》音が聞こえてしまったのだろうか。耳許のマクシミリアンが甘くて昏《くら》い声で促した。

『脱いだら両脚《りょうあし》を大きく開いて』

おずおずと開いた脚の間から、濡れたペニスがふるふると勃《た》ち上がる。

『かわいいお口が見えますか？』

「お……口？」

『いつも私をきゅうっと締《し》めつけて離《はな》さない下のお口です』

恋人《こいびと》が何を言わんとしているのかを漸《ようや》く覚《さと》り、じわっと赤面する。

「見……見えないよ」

『では指で触ってみてください』

「こ、こう？」

自分では見えない奥深い場所まで、怖々と指を這《は》わす。

『二本の指でお口を開いてご覧なさい』

死ぬほど恥ずかしかったけれど、どうせマクシミリアンにだって見えていない。そう開き直ったぼくは、硬く口を閉じている窄《すぼ》まりを二本の指でそっと開いた。

『かわいらしいピンク色ですね』

なのに、まるで見えているみたいに囁《ささや》かれて、顔がカッと熱くなる。また先端からつぷっと蜜が溢れた。滴《したた》った透明な液が指を濡らす。下腹がジンジン疼《うず》いて、ものすごく熱い。

（もう……イキたい）

もどかしげにもぞもぞとお尻《しり》を揺《ゆ》すったのを見透《みす》かされたみたいに、耳許で厳しい声が言った。

『いいですか？　私の許しが出るまではひとりで勝手に達してはいけません』

「そ、そうなの？」

『当たり前です。お仕置きですから。そのまま指を中に入れてください』

「えっ」

次なる指令にはさすがに動揺《どうよう》する。自分で指を入れるなんて、そんなこと。

「で、できな……っ」

『できなければ、このままずっとお預けですよ？』

「ひど……」

唇《くちびる》をきゅっと噛《か》み締める。

（マクシミリアンの意地悪っ）

泣きそうになったけれど、ずっとこのままというのも耐《た》えられなかった。切迫《せっぱく》した欲求《よっきゅう》に背中を押されたぼくは、自分の先走りで濡れた窄まりに思い切って中指をつぷっとめり込ませる。

「う、んっ」

異物感に眉《まゆ》をひそめた。

『奥まで入ったら動かしてみてください。傷つけないようにそっと』

鼓膜《こまく》を震《ふる》わす低音の囁きを耳に、自分で指を出し入れしていると、徐々《じょじょ》に異物感が消えて、代わりにじわじわと快感が高まっていく。

『感じるところを探して擦って』

「んっ、あぁっ」

どうしよう。体の中が燃えるみたいに熱い。

ペニスはいつの間にか、お腹《なか》にくっつきそうなくらいに反り返っていた。指を出し入れする都度聞こえてくる、くぷくぷといった水音にも煽《あお》られる。物欲しげに粘膜《ねんまく》がうねって、腰《こし》がうずうずと淫《みだ》らに揺れて――。

「も……だめ……っ」

気がつくとぼくは泣き声をあげていた。

『もう我慢《がまん》できませんか？』

「できないっ。どうかなっちゃう！　マクシミリアン……早く、来てっ」

正気では絶対に口にできないような、あられもない言葉を口走ってしまう。

『わかりました。今、差し上げます』

「早……くっ……ちょうだいっ」

『今から……あなたの中に入ります』

自分をしたたかに侵略《しんりゃく》する恋人のたくましい雄《おす》の形、その灼けるような熱量を思い出し、期待にぶるっと太股《ふともも》の内側が震えた。

『少しずつ……ゆっくりと呑《の》み込んで。そう、とてもお上手ですよ。すごく上手に私を呑み込んでいらっしゃる』

「ぅん……大き、いっ」

『全部……入りました』

本当にマクシミリアンが中にいるような錯覚《さっかく》に囚《とら》われて、薄《うす》く開いた唇から熱い息が漏《も》れた。

「は……ふっ」

『あなたの中は……すごく……熱い』

吐息《といき》混じりの低音で耳殻《じかく》に囁かれ、瞳《ひとみ》がじわりと濡《ぬ》れる。

『襞《ひだ》がいやらしくヒクヒクと蠢《うごめ》いていますね。私に浅ましく絡《から》みついて離れない。……そんなに餓《う》えていらしたのですか』

「だ……だって……ずっと、してなかっ……」

『ご自分では慰めていらっしゃらなかった？』

「やってみたけど上手《うま》くできなくて。それに……やっぱり本物のマクシミリアンがいい」

切々とした訴《うった》えに返答はなかった。

『…………』

数秒の沈黙《ちんもく》のあとで、なぜか怒《おこ》ったような声が急《せ》いた口調で告げる。

『いいですか？　動きますよ？』

「あ、……ぁんっ……あんっ……くぅんっ……そんなに動いたら……いっちゃうっ」

『まだ、駄目《だめ》です。私の許可無くひとりで達したらお仕置きですよ？』

「また？……なんでそんなにお仕置きばっかりなの？」

『それは……あなたを愛しているからです』

真摯《しんし》な囁きに胸がきゅんっと甘く締めつけられる。

「ぼくも愛してる」

『ルカ様……』

そこから先も意地悪な恋人に散々に焦《じ》らされ、でもその分ものすごく感じさせられて、最後は泣きながら「もう達《い》かせて」とおねだりして漸く、達くことを許された。

……お仕置きって大変だ。


その夜はひさしぶりにマクシミリアンといっぱい話せたことと、初めての『電話でのお仕置き』の余韻《よいん》がなかなか引かず、遅《おそ》くまで寝《ね》つけなかった。

「ルカ様」

「ん……」

「ルカ様、起きてください。もう時間ですよ」

翌朝――ぼくは耳許《みみもと》の囁きで薄目《うすめ》を開けた。

「う……ん……も……ちょっと……寝させて」

「いけません。大学に遅《おく》れますよ」

「もうちょっとだけ……お願いマクシミリアン……マクシミリア……ン？」

ガバッと起き上がる。と、至近距離《きより》で、眼鏡《めがね》のレンズ越《ご》しの青灰色《ブルーグレイ》の瞳と目が合った。

「マクシミリアンッ⁉」

「おはようございます」

ストイックなくらいに、きっちりと締め上げられたネクタイと一筋の乱れもなく撫《な》でつけられたアッシュブラウンの髪《かみ》。怜悧《れいり》な美貌《びぼう》を見つめながら、パチパチと両目を瞬《またた》かせる。

「ゆ……夢？」

「夢ではありませんよ。ほら」

長い指がぼくの頬《ほお》をきゅっと抓《つね》った。

「痛いっ」

抓られた頬を手で押さえて呆然《ぼうぜん》とつぶやく。

「――って、ことは現実？」

「ええ。本物です」

「な、なんで？」

とっさには喜びよりも驚《おどろ》きが勝《まさ》って、思わず問い質《ただ》した。

「だって戻《もど》ってくるのは一週間後だって」

「予定を一週間繰《く》り上げるために、ここしばらくはプライベートの時間がまったく取れませんでした。そのせいで、あなたには寂《さび》しい思いをさせてしまいましたが」

少しでも早くあなたにお会いしたくて。そう言って微笑《ほほえ》む。

「いつ日本に⁉」

「昨日電話を切ってすぐにプライベートジェットに乗り、今朝空港に到着《とうちゃく》しました」

そこまで聞いてやっと実感が込み上げてきたぼくは、体を屈《かが》めてきたマクシミリアンの首に抱《だ》きつく。

「マクシミリアン、会いたかった！」

「私もです。……お会いしたかった」

重なってきた唇《くちびる》に夢中で応《こた》えた。熱い舌を口腔《こうこう》内へと誘《さそ》い込みつつ、マクシミリアンもろともベッドに倒《たお》れ込む。

「いけません。授業に遅れます」

身を引こうとする恋人《こいびと》に必死にしがみついた。

「お願い。もうマクシミリアンが足りなくて死んじゃう……」

「いけない子ですね」

形のいい眉をひそめ、ため息をひとつ零《こぼ》したマクシミリアンが、眼鏡を抜《ぬ》き取って、サイドテーブルに置いた。その仕草にうっとり見惚《みと》れて耳許に囁《ささや》く。

「抱いてくれるの？」

「私の忍耐《にんたい》も限界です。ただし、授業に間に合うように十分で終わらせます」

「えー。……十分だけ？」

「残りはじっくりと今晩」

不満げに尖《とが》らせたぼくの唇を唇で塞《ふさ》ぎながら、マクシミリアンの大きくて硬《かた》い体がゆっくりと覆《おお》い被《かぶ》さってきた。

ロッセリーニ家の息子

守護者 Another Story2

秋の三連休を利用して、ぼく、杉崎琉佳ことルカ・エルネスト・ロッセリーニはイタリアに帰国することにした。

今回はプライベートジェットを使わず、自分でアリタリアを予約する。座席はエコノミークラス。これだって自分のバイト代で出せるギリギリの金額だった（エアチケットがこんなに高いことを今回初めて知った。ファーストに至っては目が飛び出しそうな金額で……ぼくのアルバイト料の何ヶ月分？）。

成田《なりた》まではバスを使った。空港に行くのも、チェックインもイミグレーションを通るのも、ひとりでするのは何もかも初めての経験だ。

エコノミーチケットだとラウンジは使えないらしいので、ボーディングタイムまで展望デッキに出て、いろいろな国の飛行機の離発着《りはっちゃく》を眺《なが》めた。そういえば、あの時はここでマクシミリアンを捕《つか》まえたんだよな……などと、数ヶ月前のことを懐《なつ》かしく思い出しながら。

いよいよ出発。初めは座席の狭《せま》さに驚いたけれど、隣席《りんせき》が気さくなイタリア人のビジネスマンで、あれやこれやと世話を焼いてくれたので、終わってみればなかなか快適な旅だった。お尻《しり》はちょっと痛くなったけれど。

夕方にフィウミチーノ空港に着き、レオナルド・エキスプレスでテルミニ駅まで行く。そこからはメモの住所を頼《たよ》りにタクシーを使った。

目的地でタクシーを降り、石造りのどっしりとしたアパートメントを見上げる。サマータイムなので、まだ周囲は充分《じゅうぶん》に明るい。

「ここ……なんだ」

初めて訪《おとず》れる建物を感慨《かんがい》深く眺めてから、胸の鼓動を意識しつつ、堅牢《けんろう》な外扉《そととびら》の横についている部屋番号のボタンを押した。鉄格子《こうし》の奥のエントランスを見つめてしばらく待ってみたけれど、誰《だれ》も降りてこない。十分経過しても音沙汰《おとさた》なし。

「まだ戻ってきていないのか」

がっかりして、石段に腰《こし》を下ろす。

まぁ、まだ八時過ぎだし、それも当たり前か。

携帯《けいたい》の番号は知っているけれど、連絡《れんらく》したらサプライズでここを訪れた意味がなくなってしまう。

どうしようかな。カフェにでも入って時間を潰《つぶ》してこようかな。

斜《なな》めがけのバッグを抱《かか》えて思案しているうちに、長旅の疲《つか》れも手伝って、いつしかうとうとしてしまったらしい。

「……ルカ様？」

訝《いぶか》しげな呼びかけに、ぼくは「うーん」と眉《まゆ》をひそめた。誰かがあわてて近づいてくる気配。

「ルカ様⁉」

今度は耳許《みみもと》で呼ばれ、薄目を開ける。まだ焦点《しょうてん》の合わない視界の中に、怜悧《れいり》に整った貌《かお》が映り込んだ。レンズの奥の青灰色《ブルーグレイ》の目が、驚愕《きょうがく》に見開かれている。

「マクシ……ミリアン？」

身を屈《かが》めてぼくの顔を覗《のぞ》き込んでいる彼の名を、夢うつつの狭間《はざま》でぼんやりと呼んだ。

――いつもの夢？

「ルカ様？　本当にルカ様……ですか？」

まだ信じられないといった表情で、マクシミリアンがぼくの肩《かた》を摑《つか》んだ。大きな手でぎゅっと摑まれ、その力の強さに、じわじわと実感が込み上げてくる。

夢じゃない、本物だ。帰ってきたんだ。

「ただいま」

ひと月ぶりに会う恋人ににっこり微笑みかけると、マクシミリアンがつと眉根《まゆね》を寄せる。今度はぼくの頬に手のひらで触《ふ》れて囁《ささや》いた。

「……夢じゃ……ないんですね」

「うん」

「本当に、あなたが、ここに？」

「うん」

こくっとうなずいた直後だった。肩を引き寄せられ、ぎゅっときつく抱《だ》き締《し》められる。

「………っ」

身がしなりそうな抱擁《ほうよう》に息を止めたぼくは、恋人の大きな胸に包まれる幸福感に酔《よ》いしれながら、彼の背中にゆっくりと腕《うで》を回した。


「私に内緒《ないしょ》で勝手に帰国なさるなんて……なぜこんな無茶《むちゃ》をなさったんですか」

甘い再会も束《つか》の間。アパートメントの最上階にあるマクシミリアンの部屋に入るなり、厳しい尋問《じんもん》が始まった。

へぇ、ここがマクシミリアンの部屋なんだ、思っていたとおりに片付いてる……などときょろきょろする暇《いとま》も与《あた》えられず、ソファに座らされる。ちんまりと座すぼくの前に、剣呑《けんのん》なオーラを纏《まと》ったマクシミリアンが腕組《うでぐ》みの体勢で立った。

「なんでって……びっくりする顔が見たかったから」

ぼくの答えに、マクシミリアンが片方の眉を持ち上げる。

「もし、私が本日家に戻《もど》らなかったらどうするつもりだったのです？」

「今日はローマの本社で会議だって知っていたもん」

「たまたま会議が早く終了《しゅうりょう》したからいいものの、あと三十分遅《おそ》ければ日が暮れていました。そもそも『びっくりする顔が見たい』などという思いつきで、ひとりでイタリアに戻られるなど言語道断。いくらなんでも無謀《むぼう》過ぎます。ここ最近はずいぶんと精神的に成長なさったと思っておりましたが、どうやら私の思い違《ちが》いだったようですね。あなたはご自分の立場に対する認《にん》識《しき》が足りないようです。いいですか？　繰《く》り返しになりますが、ロッセリーニ家の一員である以上は……」

それからの十分になんなんとするお説教を、ぼくは表面上はおとなしく殊勝《しゅしょう》に、かつ心の耳をしっかりと塞《ふさ》いで拝聴《はいちょう》した。これぐらいの小言はもとより覚悟《かくご》の上だ。

ひととおり『ロッセリーニ家の人間としての心得』を言い聞かせて、少し気持ちが落ち着いたのか、マクシミリアンが漸《よう》くお説教モードを解除した。

「一体どのようにしてここまでいらしたのですか」

改めての質問に、ぼくはここまでの経緯《けいい》を振《ふ》り返る。

「まず自分でアリタリアのチケットを買った」

「ご自分で？」

「半分は東堂に手伝ってもらったけど。エコノミーの格安チケットをインターネットで手に入れて……」

「エコノミー！」

マクシミリアンが絶句した。やがて、はっと我に返ったようにラグに片膝《かたひざ》を突《つ》き、ぼくの両《りょう》肩《かた》に手を置く。真剣《しんけん》な眼差《まなざ》しで尋《たず》ねてきた。

「何か……危険な目には遭《あ》いませんでしたか？」

「ううん。最初は狭いと思ったけど、すぐに慣れたよ。正直、機内食はあんまりおいしくなかったけど、でも隣席がイタリア人男性で、すごく親切にしてくれたんだ。証券会社に勤めていて、東京には出張で来たんだって。あ、そういえばビジネスカードをもらったんだった」

ぴくりとマクシミリアンのこめかみが震《ふる》える。

「そのカードをあとで私に渡《わた》してください。社用で会社からビジネスクラスを宛《あて》がわれないビジネスマンは信用なりません。それで、空港からはどうなさったのです？」

「レオナルド・エキスプレスに乗ったけど、ローマ市内まで三十分で着いて驚《おどろ》いた。そうそう、隣《となり》の席の女の子が顔中にピアスしていたよ。両方の腕にびっしりと刺青《いれずみ》もあって、びっくりした。でもガムをくれたりして、話してみたらいい子で……」

生まれて初めてのひとり旅にやや興奮気味のぼくとは対照的に、マクシミリアンは沈痛《ちんつう》な表情で天を仰《あお》ぎ「……お話を聞けば聞くほど気が遠くなりそうです」とため息を吐《つ》く。

「それにしても」

気を取り直したようにシルバーフレームの眼鏡《めがね》のブリッジを持ち上げ、マクシミリアンが鋭《するど》い眼差しをひたりとぼくに据《す》えた。

「どうしてわざわざローマにいらしたのですか？　来週には私が東京に行くとお話ししてあったでしょう」

「それは知っていたけど、でもどうしても今日会いたかったんだ」

「どうしても今日？」

「うん。あのね、ちょっと待って」

ぼくは傍《かたわ》らのバッグのファスナーを開け、中から小さな箱を取り出した。

「これを……どうしても直接渡したくって」

差し出した箱を、マクシミリアンが怪訝《けげん》そうな面持《おもも》ちで受け取る。

「開けてみて」

包装を解き、箱の蓋《ふた》を開けて、ゆるゆると瞠目《どうもく》した。

「……これは？」

バイト先の近所にある雑貨店で見つけたアンティークのシルバーカフリンクスで、四つ葉のクローバーがモチーフになっているものだ。

「マクシミリアンが着けていてもおかしくないブランドのものだったらよかったんだけど……今回はこれで精一杯《せいいっぱい》で……ごめんね」

謝るぼくを、マクシミリアンは青灰色の瞳《ひとみ》でじっと見つめてきた。

「これは……アルバイトのお給料で？」

こくりとうなずいたぼくは、東京から用意してきた言葉を口にするために唇《くちびる》を開く。一泊《ぱく》三日の強行軍を覚悟ではるばる海を越《こ》えて来たのも、この言葉を告げるため。そしてそれは、今日でなければ意味がなかった。

「マクシミリアン……誕生日、おめでとう！」

刹那《せつな》、目の前の恋人《こいびと》が息を呑《の》む。

「ルカ様……」

完全に虚《きょ》を衝《つ》かれた顔つきの一瞬《いっしゅん》後、端整な貌がくっと歪《ゆが》んだ。眉をひそめて手許《てもと》のカフリンクスに視線を落とす。そのまま黙っているので、ぼくはだんだん不安になってきた。

「き、気に入ってくれた？」

はっと顔を上げたマクシミリアンが、ぼくに微笑《ほほえ》みかける。

「ええ……とても。こんなに嬉《うれ》しい贈《おく》り物をいただいたのは、生まれて初めてです」

何かを噛《か》み締めるような声でそう告げると、上着を脱《ぬ》ぎ、見るからに高価そうな白蝶貝《しろちょうがい》のカフリンクスを取り去った。代わりに、ぼくの贈った四つ葉のクローバーを着ける。小さなカフリンクスが留まった袖口《そでぐち》をぼくに見せて、厳《おごそ》かに告げた。

「素敵《すてき》なプレゼントをありがとうございました。一生の宝物にします」

「うん」

よかった。とりあえず気に入ってもらえたみたいだ。

ほっと肩《かた》の力を抜《ぬ》いた直後に、「あっ」とつぶやく。そうだった。忘れるところだった。

「そ、それでね。やっぱりこれだけじゃ寂《さび》しいかなぁと思って、実はもうひとつプレゼントを用意してあるんだ」

おずおずと切り出すぼくに、マクシミリアンが困惑《こんわく》の面持ちで首を横に振る。

「何をおっしゃいますか。充分《じゅうぶん》です。これ以上は……」

「これ……なんだけど」

バッグの中から折り畳《たた》んだ布を取り出すと、受け取ったマクシミリアンが、慎重《しんちょう》な手つきで広げた。

「エプロン、ですか？」

思案げに数秒沈黙したあとで、合点《がてん》したように「ああ」とつぶやく。

「このエプロンをつけてルカ様が夕食を作ってくださるとか？」

「違う」

首を左右に振ったぼくは、躊躇《ためら》いがちに唇を舐《な》めた。

（ど、どうしよう）

いざとなると恥《は》ずかしい。でもせっかくここまで持ってきたんだから。

思い切って口を開く。

「は……裸《はだか》でこれをつけたらマクシミリアンがすごく喜ぶって東堂が」

一気に言ってしまってから、カッと顔が熱くなった。マクシミリアンの肩がぴくっと揺《ゆ》れ、切れ長の双眸《そうぼう》がじわりと細まる。

「……………」

咎《とが》めるような視線と重苦しい空気に耐《た》えられず、ぼくはあわてて言葉を継《つ》いだ。

「せ、世界共通で『裸エプロンは男のロマン』って本当？」

「……東堂さんがそうおっしゃったんですか？」

「うん、でね、そんなの信じられないって言ったら、じゃあ観《み》せてやるよってＤＶＤを……」

「観たんですか？」

低い声の確認にうなずく。

「そしたら本当に女の人が裸にエプロンしてて驚いちゃった。あんな格好でキッチンに立って風邪《かぜ》ひかないのかな」

一瞬なんとも微妙《びみょう》な表情をしたマクシミリアンが、すぐに険しい顔つきに戻《もど》る。

「女の人はそのあと何を？」

「あ……えっと」

「何をしていましたか?」

追及《ついきゅう》されて俯《うつむ》く。もじもじと膝《ひざ》を摺《す》り合わせながら、ぼくは小声で答えた。

「え、……エッチしてた。……男の人と……キッチンで」

「そこも観たんですか?」

「だ、だって、東堂がマクシミリアンのために観ておけって」

「ルカ様」

地を這《は》う低音で名前を呼ばれ、びくっと顔を上げる。目と目が合った。クールなはずの青灰色《ブルーグレイ》の瞳が、熱を帯びて光っている。

「お仕置きしなければいけませんね」

形のいい唇から発せられた、その昏《くら》く艶《つや》やかな声音《こわね》に、ぼくの胸はドキッと高鳴った。

甘いおののきが全身を駆《か》けめぐる。

「……お」

お仕置き!?

一ヶ月ぶりの「お仕置き」が済んで、ぼくはぐったりとマクシミリアンの胸に顔を埋《うず》めた。

ふーっと満ち足りた吐息《といき》が漏《も》れる。

（すごかった……）

気怠《けだる》さと、いまだ引かない興奮が入り混ざった幸せな余韻《よいん》にどっぷりと浸《ひた》っていると、腕《うで》枕《まくら》をしてぼくの髪《かみ》を撫《な》でていたマクシミリアンが、不意に言った。

「私は自分の本当の誕生日を知りません」

「え？」

「孤児《こじ》ですので、便宜上《べんぎじょう》、養護施設《しせつ》に預けられた日を誕生日としてきました。そのせいか、今ひとつ誕生日に対する思い入れが希薄《きはく》でした」

「…………」

「三十六年間、とりたててそのことを意識したこともありませんでしたし、正直に申し上げれば今日も忘れておりました」

「そ、そっか」

そうだよね。もう充分に大人なんだから、誕生日なんて、そんなに重要なイベントでもないよね。

なのに、ひとりで大騒《おおさわ》ぎしちゃって恥ずかしい。

ぼくが自分の舞《ま》い上がりっぷりを内心で恥じていると、ぽつりとつぶやきが落ちる。

「生まれて初めて知りました」

「え？」

「愛する人と過ごす誕生日がこんなにも幸せなものだと」

「マクシミリアン」

「生まれてきたことを感謝したい気分です」

髪を撫でていた手を止め、マクシミリアンがぼくをやさしく見つめる。

「この世に生まれて、あなたに会えたことを、心から父と母に感謝します」

マクシミリアンは、感謝を捧《ささ》げる時に、お父さんの顔もお母さんの顔も思い浮《う》かべることができない。きっと子供の頃《ころ》はそれがつらくて寂しかったに違《ちが》いない。

でも今、その澄《す》んだ瞳にはぼくが映っている。

もうひとりじゃない。

それがすごく嬉しかった。

「マクシミリアン、大好き」

怜悧《れいり》に整った貌《かお》が甘く蕩《とろ》ける。

「ルカ様、愛しています」

ぼくも……と囁《ささや》き返して、ぼくはぼくの『守護者』兼恋人《けんこいびと》の首筋にキスをした。

ロッセリーニ家の息子

捕獲者 Another Story 1

ピンポーン、ピンポーン、ピンポーン。

インターフォンが鳴った。

「う……ん」

ベッドの中で寝返《ねがえ》りを打った成宮礼人《なるみやあやと》は、眉《まゆ》をひそめてブランケットから片手《て》を出した。手探《さぐ》りでベッドサイドの時計を掴《つか》み、薄目を開ける。

――午前八時五分。

今日は、実に二週間ぶりのオフだ。しかも、昨夜は帰宅が一時過ぎ。戻ってからも持ち帰り仕事を片づけるためにパソコンに向かっていたので、就寝《しゅうしん》したのは午前四時を過ぎていた。まだ四時間弱しか寝《ね》ていない。頼《たの》むから、もう少し寝させて欲しい。

ピンポーン、ピンポーン、ピンポーン。

しかし、無情なチャイムは鳴り続ける。根負けした礼人は渋々《しぶしぶ》とベッドから降り、寝不足の体を引きずってリビングへと向かった。

インターフォンのボタンを押す。

「……はい」

『朝早くに申し訳ございません。成宮礼人様宛《あて》にお届け物です』

（お届け物？）

インターフォン越《ご》しのさわやかな声に、嫌《いや》な予感が胸を過《よぎ》った。

だがいまさら拒否《きょひ》するわけにもいかず、エントランスの自動ドアを開けるために、オートロック解除のボタンを押す。

玄関《げんかん》まで行き、まだしゃっきりとしない頭でぼんやり待っていると、ややあってチャイムが鳴った。

「成宮さーん、お荷物です」

「今開けます」

ガチャッと開けたドアの向こうに、この一ヶ月ですっかり顔見知りになってしまった青年が立っていた。にっこりと礼人に微笑《ほほえ》みかけ、縦長の黒い箱を差し出してくる。両手で抱《かか》えなければならないほどのその大きさに、一気に目が覚めた。

「中まで運びましょうか？」

「いえ、大丈夫《だいじょうぶ》です」

親切な申し出には首を横に振《ふ》った。

見た目から非力に見えてしまうようだが、ベル業務についていた頃は、これでも十キロはある革《かわ》のトランクを両手に提《さ》げて運んでいたのだ。

「では、受け取りのサインお願いします」

礼人が受領書にサインすると、青年は「いつもありがとうございます！」と帽子《ぼうし》を脱《ぬ》ぎ、ぺこりと頭を下げて立ち去っていく。

「…………」

ドアを閉めた礼人は、ずっしりと重量のある箱をリビングまで運び、ローテーブルの上に置いた。厳重な梱包《こんぽう》を解いていき、最後に箱の蓋《ふた》を開く。

幾重《いくえ》にも包まれたやわらかなオーガンジーの中から、一揃《ひとそろ》えの礼服が現れた。

その光沢《こうたく》だけで最高級とわかるカシミアドスキンのタキシードスーツ。これもまた見るからに高級な生地で仕立てられた白のウィングカラーシャツ。シルクのカマーバンドとサスペンダー。やはりシルクの蝶《ちょう》タイ。共布《ともぬの》のポケットチーフ。小さなビロードの小箱の中からは、シルバーのカフリンクスが出てきた。靴《くつ》まで用意されている。エナメルのオペラパンプスだ。

「また……高価なものを」

トータルの金額は想像もつかないが、礼人が今まで袖《そで》を通した中でも、飛び抜《ぬ》けて高価な礼服であることは間違《まちが》いない。

礼人は困惑《こんわく》げな面持《おもも》ちで、添《そ》えられたカードを手に取った。

【質のいいカシミアを見つけたので、仕立てさせた。これを着たきみを早くエスコートしたい】

美しい筆跡《ひっせき》の持ち主は、ミラノにいる恋人《こいびと》――エドゥアール・ロッセリーニ。

覚えず、ため息が零《こぼ》れる。

遠距離《えんきょり》恋愛《れんあい》中の恋人から三日と空けずに航空貨物便が届くようになるまで、自分は知らなかったのだ。

クールなアイスブルーの瞳《ひとみ》を持つ、あの人がプレゼント魔《ま》だったなんて。

これでスーツは三着目だ。一着はロッセリーニブランドのシングルブレステッドスーツ。二着目はオーダーメイドのブラックフォーマルスーツ。そして今回のタキシード。スーツ以外にも、カーフの手袋《てぶくろ》、タイバー、時計などの小物（と言っても、庶民《しょみん》の自分がおいそれと手にできる代物《しろもの》ではない）が単品で届くこともある。一度は両手に余るほどの大量の薔薇《ばら》が届いて、生ける器《うつわ》が追いつかずにパスタ鍋《なべ》まで総動員させた。

「嬉《うれ》しいけれど……」

男の身でプレゼント攻勢《こうせい》を受けるというのも、微妙《びみょう》な気分だった。

また、どのスーツもあつらえたようにぴったりなのが、自分のサイズを熟知していると言われているようで、いささか気恥《きは》ずかしい。

（それに……もらってばかりというのも気が引ける）

今日こそは、お礼の電話の際にやんわりと、これ以上の贈《おく》り物はいただけませんと言おう。お気持ちだけで充分《じゅうぶん》ですからと。

心に決めたところでタイミングよく携帯《けいたい》が鳴る。充電器《じゅうでん》から携帯を引き抜き、耳に当てると、甘いテノールが耳殻《じかく》に囁《ささや》いてきた。

『おはよう、アヤト』

自分の名前を呼ぶ『彼』の声にうっとりしつつ、「ボンジョルノ、エドゥアール」と返す。イタリアとは時差があるので、ミラノは今、深夜だ。

『荷物は届いた？』

「先程《さきほど》届きました。とても素敵《すてき》な贈り物をありがとうございます。……すみません。あんな高価なものを」

『これからはきみもフォーマルな場に出ることが多くなるだろうし、タキシードは持っていたほうがいいだろうと思ってね。ミラノに帰ってすぐにオーダーしておいたんだ』

説明を受け、礼人は瞠目《どうもく》した。

「そうだったんですか」

礼人が、ボスのエドゥアールによって、創業四十周年を迎《むか》える老舗《しにせ》ホテル『カーサホテル東京』の総支配人に任命されて一ヶ月。たしかに、以前と比べて公《おおやけ》の場に出る機会が多くなっている。

ホテルの『顔』である自分が、場に相応《ふさわ》しい装いをしていないと、ホテルの品位を下げてしまう。

帰国直後から、クローゼットが満杯《まんぱい》になるほどスーツや靴や小物をプレゼントし続けてくれたのも（薔薇はともかくとして）、自分の乏《とぼ》しいワードローブを補完するためだったのかと、いまさらながらに思い至る。

「お気遣《きづか》いありがとうございます」

自分の至らない部分をさりげなくフォローしてくれる上司兼恋人に、心からの礼を述べた。

謝礼を口にしたあとで、おずおずと言葉を継《つ》ぐ。

「でも、あの、もう充分に揃いましたので、本当にもうこれ以上は……」

しかし、みなまで言う前に『そう言わないでくれ』と遮《さえぎ》られた。

『きみと離《はな》れている今、私のたったひとつの楽しみなんだから』

拗《す》ねたみたいな声音《こわね》を出されれば、それ以上は強く言えなくなってしまう。

『それより、今日はいい知らせがある』

気を取り直したように切り出したエドゥアールの声は、心なしか弾《はず》んでいた。

『東京ブランチの立ち上げに関連して、来週急遽《きゅうきょ》、日本へ赴《おもむ》くこととなった』

「本当ですか⁉」

礼人も思わず大きな声を出す。

実現すれば、紆余曲折《うよきょくせつ》を経《へ》て結ばれた恋人との、約一ヶ月ぶりの逢瀬《おうせ》だ。

声だけでなく、その顔を見て、匂《にお》いに包まれ、体温を感じることができる……。

『水曜から五日間の滞在《たいざい》だが、一日はオフも取れそうだ。土曜はきみも休みを取っておいてくれ』

「はい、わかりました」

エドゥアールと一日一緒《いっしょ》に過ごせるなんて、夢のようだ。

喜びを噛《か》み締《し》める礼人に、ミラノの恋人が囁《ささや》いた。

『アヤト、早くきみに会いたい』

それからの一週間は瞬《また》く間に過ぎた。

ついに迎えた水曜日——礼人は朝からそわそわと落ち着かない気持ちで午前中いっぱいを過ごした。

(遅《おそ》い)

先程から一分置きに視線を落としている文字盤《ばん》の針は、午後の一時二十分を示している。

恋人からは一時間くらい前に、プライベートジェットの中から『もうすぐ羽田《はねだ》に着く』と連《れん》絡《らく》があった。羽田空港から直行ならばそろそろ到着《とうちゃく》してもいい頃合《ころあ》いだ。リムジンが渋滞《じゅうたい》に巻き込まれているのだろうか。

総支配人室で腕時計《うでどけい》を睨《にら》みつつ、やきもきしていると内線が鳴った。

『成宮さん、ＣＯＯが到着なさいました！』

ベルボーイの北川《きたがわ》の知らせに、礼人は椅子《いす》から跳《は》ねるようにして立ち上がり、勢いよく部屋から飛び出しかけた。が、ドアの前ではたと足を止める。くるりと踵《きびす》を返し、壁《かべ》にかかった鏡を覗《のぞ》き込んだ。

今日は、エドゥアールにプレゼントされたシングルブレステッドスーツを着てきた。もちろん自宅を出る際に確認《かくにん》済みだが、念のためにもう一度、ネクタイが曲がっていないか、ノットの形に問題はないかを確かめ、髪《かみ》を撫《な》でつける。せっかくの贈り物を披露《ひろう》するに当たって、隙《すき》のある着こなしで恋人をがっかりさせるわけにはいかない。

（よし。大丈夫《だいじょうぶ》だ）

身だしなみを確認した礼人は、こほんと咳払《せきばら》いをしてからドアノブを回した。

平素はどちらかと言うと『実年齢《じつねんれい》よりも落ち着いて見える』と評されることが多い自分が、あまり浮《う》き足立っている姿をスタッフに見られるのもまずい。

（落ち着け）

自分に言い聞かせ、部屋から意識的にゆっくりと一歩を踏《ふ》み出す。

ともすれば急ぎ足になる自分を抑《おさ》えてエントランスロビーに辿《たど》り着くと、ちょうど正面玄関《げんかん》の自動ドアが開き、エドゥアールがカーサに入ってきた。

流れるようなプラチナブロンド。知性的な額とすっきりと端整《たんせい》な眉《まゆ》。気高く、貴族的な鼻梁《びりょう》。艶《つや》めいていながら気品の漂《ただよ》う口許《くちもと》。

そして見る者を魅了する、クールな輝《かがや》きを放つアイスブルーの瞳。

シチリアを本拠地《ほんきょち》に世界各国にブランチを持つロッセリーニ・グループCOO――最高業務責任者のノーブルなルックスに、ロビーにいたゲストとスタッフから、ほぅ……と感嘆のため息が漏《も》れる。

（エドゥアール）

ひと月ぶりのその優美な姿に胸を高鳴らせつつ、礼人はオーナーを迎えるスタッフの先頭に立った。COOを前にしてきっちりと体を折り、深々と一礼する。

「お帰りなさいませ」

ここはエドゥアールにとっても『我が家《カーサ》』であるという想《おも》いから、敢《あ》えてその言葉を選んだ。

「ただいま」

流暢《りゅうちょう》な日本語を耳に、ゆるゆると顔を上げる。自分に微笑《ほほえ》みかける眩《まぶ》しいほどの美貌《びぼう》を目にして、胸の奥がじわっと熱くなった。今にもその身に触《ふ》れたい衝動《しょうどう》をぐっと堪《こら》える。

「お帰りなさい！　COO」

「ミラノからのフライトお疲《つか》れ様《さま》です。お待ちしておりました！」

若いスタッフの声に笑顔《えがお》で応《こた》えてから、エドゥアールがもう一度礼人を見た。

「カーサに変わりはないか？」

「はい。とりたてて大きな問題はありませんでしたが、ＣＯＯのお時間が許すようでしたら、いくつかご相談したい件が」

「わかった。部屋で聞こう」

総支配人室に場所を移し、改めてこの一ヶ月間の業務報告をした。電話やメールでは報告し切れなかった細かい部分を口頭で説明し、ものによっては指示を仰《あお》ぐ。

その間、北川たちベルボーイが、前回の滞在時も使用した最上階のスイート八〇六号室にトランクを運び、部屋をＣＯＯ仕様に設《しつら》える。

旅の疲れを癒《いや》す間もなく、早速《さっそく》青山《あおやま》の『Rosellini Giappone《ロッセリーニ・ジャポン》』のオフィスへ向かうというエドゥアールに、礼人は尋《たず》ねた。

「お戻りは何時頃《ごろ》になりますでしょうか」

「七時には切り上げたいと思っている」

「お食事はいかがなさいますか？」

「会食は断るつもりだ。――今夜はきみと食事がしたい」

さらりとそう言って、エドゥアールの青い瞳《ひとみ》がじっと見つめてくる。トクンと鼓動《こどう》が跳ねた。

仕事中はきちんと一線を引くというお互《たが》いの間の取り決めがあるので、総支配人室にふたりだけになったあとも、私情に流されないよう、ビジネスライクに徹《てっ》していたのだが。

「スーツ、とてもよく似合うよ」

ただでさえ、自分をまっすぐ見つめる眼差《まなざ》しに体温が上昇《じょうしょう》しかけていたところに、そんなふうに囁かれ、カッと顔が熱くなる。

「お気づきでしたか」

「もちろん、ひと目でわかった。きみの清楚《せいそ》な美しさを最大限に引き立てる——自分の見立ての正しさに惚《ほ》れ惚《ぼ》れしていたところだ。サイズもぴったりなようだね」

「はい。体に添うようにぴったりとフィットして……驚《おどろ》きました」

エドゥアールの端整な唇《くちびる》がふっと笑みを刷いた。

「きみのことなら、体の隅々《すみずみ》まで熟知しているからね。首回り、胸回り、ウェストのサイズ、すらりと伸《の》びた脚《あし》の長さ……両手で摑《つか》めるくらいに細い腰《こし》」

「……あ……あの」

なんだかこのままいけないムードに流れていきそうな気配を察し、礼人はあわてて切り出した。

「夕食なんですが……もしよろしければ、今夜はうちにいらっしゃいませんか？」

エドゥアールが目を瞠《みは》る。

「きみの部屋に？」

「狭《せま》いところで恐縮《きょうしゅく》なのですが」

驚きの表情が、やがてあまやかに蕩《とろ》けた。

「部屋に招待してもらえるなんて、すごく嬉《うれ》しいよ。ぜひとも伺《うかが》いたい」

申し出を受けてもらえたことにほっとして、礼人も小さく微笑む。

「では、お戻りをお待ちしております」


予定より三十分遅《おく》れで戻ってきたエドゥアールと、リムジンで礼人の部屋へ向かう。運転手には翌朝七時に迎《むか》えに来てもらうように頼《たの》んだ。

この部屋に他人が上がるのは——ましてや恋人《こいびと》を自分の部屋に迎え入れるのは、礼人にとって生まれて初めての経験だ。実は緊張《きんちょう》のあまり、昨日はよく眠《ねむ》れなかった。

念入りに掃除《そうじ》はしたつもりだけれど……。

「靴《くつ》を脱《ぬ》ぐんだったね？」

玄関で確認されて、申し訳ない気分でうなずく。

「はい、すみません」

「大丈夫。前に茶《さ》道《どう》を習っていたから慣れている」

ルームシューズに履《は》き替《か》えたエドゥアールをリビングへ誘《さそ》う。リビングとダイニングキッチンが一緒《いっしょ》になった十二畳《じょう》の空間をぐるりと見回す恋人を、礼人は横目でちらりと窺《うかが》った。

ひとり暮らしには充分《じゅうぶん》な広さなのだが、ミラノに邸宅《ていたく》を構える彼にとっては、おそらく浴室よりも狭く感じることだろう。

「狭くてすみません」

消え入りそうな声で謝ると、エドゥアールは首を横に振《ふ》った。

「なぜ謝る？　きみらしくて素敵《すてき》な部屋じゃないか」

「私らしい、ですか？」

「そう。すっきりと整理されていて清潔感に溢《あふ》れている。アンティークの使い方が上手《うま》いせいか、落ち着いた雰囲気《ふんいき》もあり、居心地《いごこち》がいい」

過分な誉《ほ》め言葉に顔を赤らめた礼人は、スーツの上着を受け取って、ソファを勧《すす》めた。

「どうぞ、お座りください」

「ありがとう」

ふたり掛《が》けのソファに腰を下ろした恋人を見下ろし、少しばかり不思議な気分になる。

庶民《しょみん》的な自分の部屋にプラチナブロンドの美丈夫《びじょうふ》がいるという絵が、なんだかすごい違和感《いわかん》だ。いつもはそれなりの場所で会っているからさほど気にならないけれど、改めて、普通《ふつう》の人ではないのだなと思う。

自分とは釣《つ》り合わない――雲の上の人。

（馬鹿《ばか》。せっかくひさしぶりに会えたのに）

沈《しず》みかけた気持ちを奮い立たせ、礼人は恋人に尋ねた。

「和食はお好きですか？」

「大好きだ」

「よかった。では準備しますので、少しの間お待ちください」

待っている間の食前酒としてヴェルモットを供してから、キッチンに戻った。

エプロンをして、冷蔵庫から作り置きしてあった料理を取り出し、器《うつわ》に盛る。

今回、勇気を振り絞《しぼ》って、エドゥアールを自分の部屋に招待したのは、身に余るプレゼントのお礼をしたかったからだ。

頂戴《ちょうだい》するばかりで何も返せないことが、ずっと気になっていた。しかし、それを口にすれば、「気にしなくていい」と言われることはわかっている。

でも、やっぱり一方的なのは気が引ける。せめて、感謝の気持ちだけでも表したい。

だけどそれこそ、生まれついてのセレブである恋人はなんでも持っている。自分の手の届く範疇《はんちゅう》で、所有していないものなどないだろう。そう思うと、何を返せばいいのかわからなくなって、この一ヶ月の間ぐるぐると思い悩《なや》んでいたのだ。

考えあぐねた末の結論が、今回の夕食だった。自分の拙《つたな》い手料理に、豪華《ごうか》な贈《おく》り物の数々と同等の価値があるとは、もちろん思っていないが。

「よし。あとは直前にお椀《わん》をあたためるだけだ」

日本酒も、熱燗《あつかん》は苦手かもしれないと思い、冷やでも美味《おい》しい銘柄《めいがら》を用意してある。

あらかた準備が整ったので、礼人はリビングに戻った。

「お飲み物ですが、まずはビールとスプマンテ、どちらが……」

問いかけの半ばで声が途切《とぎ》れる。

エドゥアールは、ソファの肘掛《ひじか》けに片肘《かたひじ》をついた状態で眠っていた。長いまつげが規則正しい呼吸に合わせて揺《ゆ》れている。

普段《ふだん》はゴージャスオーラを放っている恋人の無防備な寝顔《ねがお》に、礼人は思わず見入った。堂々とした物腰から、ひとつ年下だということをつい忘れてしまいそうになるけれど、こうして見れば、まだ充分に若いのだ。

この若さで日々重責を担《にな》って世界を駆《か》けめぐり……。

相当に疲れているのだろう。

もしかしたら、今回の来日のために——一日のオフを作るために無理をしたのかもしれない。

そう思った瞬間《しゅんかん》、胸がきゅんと切なく痺《しび》れた。起こさないようにそっとソファの足許《あしもと》に膝《ひざ》をつき、その寝顔を黙《だま》って見つめていると、繊細《せんさい》な目蓋《まぶた》が蠢《うごめ》き、エドゥアールがふっと目を覚ました。

「…………」

一瞬《いっしゅん》、焦点《しょうてん》の定まらない瞳で不思議そうに礼人を見つめ、やがて「アヤト？」とつぶやく。長くて形のいい指が伸びてきて、礼人の頰《ほお》に触《ふ》れる。

「本物だ……」

囁《ささや》いた恋人が、幸せそうに微笑《ほほえ》んだ。

「また、夢かと思った」

「夢？」

「ああ、いつもきみの夢を見て……目が覚めてがっかりするから」

「……………」

「すまない。つい……居心地がよくて眠ってしまった」

礼人は微笑んだ。その言葉が嬉しかった。自分に心を許してくれているようで――。

「もう少しお休みになりますか？」

「いや、もう用意ができたんだろう？　いい匂《にお》いがする」

しめじと菊《きく》の花のお浸《ひた》し、平目の昆布〆《こぶじめ》のお造り、湯葉と栗《くり》のしんじょ、秋刀魚《さんま》の焼き物、松茸《まったけ》ご飯、蕪《かぶ》とつみれのお椀。

知り合いの日本料理店の板前に相談して、秋の味覚を取り入れた献立《こんだて》にしてみたのだが、果たして口に合うだろうか。

礼人の心配そうな視線の先で、箸《はし》の使い方も美しいエドゥアールは、ダイニングテーブルに並べた料理のすべてを、ひとつ残らずにきれいに食べた。

「ご馳走様《ちそうさま》」

箸を置いたエドゥアールが、満足そうな息を吐《は》く。

「どれも本当に美味しかった。……本当に夢のようだ。きみの部屋できみの手料理を食べているなんて」

「そんな……大げさです」

礼人は困惑《こんわく》気味に俯《うつむ》いた。こんなもので喜んでもらえるなら、毎日だって作るのに。

「いつも贈り物をいただくばかりで、何もお返しができないので……」

「あれは私がしたくて勝手にしていることだから、きみは気にしなくていい」

案の定、予想していたとおりの言葉が返ってくる。視線を上げた礼人は、目の前の顔を真剣《しんけん》な表情で見つめた。

「私はホテルの仕事以外できませんし、お役に立てるとも思えませんが、もし何か私でもお手伝いできることがあるようなら、いつでもおっしゃってください」

「ありがとう。その気持ちはとても嬉《うれ》しい」

微笑んだエドゥアールが、さらに唇《くちびる》の端《はし》を持ち上げる。

「でもう、エプロン姿のきみが見られただけで充分だ」

「エプロン……ですか？」

「うん、似合っていたよ。可愛《かわい》らしかった」

真顔で言われ、急に気恥《きは》ずかしさが込み上げてくる。正面からの視線から逃《のが》れるように、礼人は立ち上がった。

「あ、あの、お飲み物のお代わりは？」

「いや……もう大丈夫《だいじょうぶ》だ」

そう断ったエドゥアールが、ふと思い直したように言葉を継《つ》いだ。

「ドルチェが欲しいな」

そのリクエストに礼人はあわてた。以前一緒にイタリアンレストランで食事をした時もドルチェに手をつけなかったので、てっきり甘いものは苦手なのだと思い込んでいたのだ。

「生憎《あいにく》とデザートの用意はないのですが、フルーツでもお持ちしましょうか？」

「きみがいい」

「え？」

不意を衝《つ》かれて固まっているうちに、椅子《いす》を引いて立ち上がったエドゥアールに腕《うで》を摑《つか》まれる。ぐいっと引き寄せられた次の瞬間、気がつくと礼人は恋人《こいびと》の胸の中にいた。

「さっきからきみが欲しくてたまらなかった」

恋人の甘い香《かお》りと耳許《みみもと》の囁きに体温がいよいよ上昇《じょうしょう》する。

「知っていた？　私たちはまだ再会してからキスもしていない」

「そういえば……」

言われて気がついた。

それだけ、ひと月ぶりの恋人との再会に舞《ま》い上がり、部屋に招待するというイベントだけでいっぱいいっぱいになっていたのかもしれない。ホストとして失格だ。

「すみません……」

余裕《よゆう》のない自分を省《かえり》みてうなだれる礼人に、エドゥアールが首を振《ふ》った。

「謝るのは私のほうだ。予期せずきみの部屋に招待されて、すっかり自分を見失ってしまっていた」

自分と同じ？　エドゥアールもまた、自分と同じように平常心を失っていた？

驚《おどろ》きつつも、胸がじわりと熱くなった。顔を上げ、広い胸の中で少しだけ背伸《せの》びをする。

「改めて……お帰りなさい、エドゥアール」

お詫《わ》びの気持ちを込めて、礼人は自分から恋人にくちづけた。

翌朝、いつもの習慣で、礼人は外が白み始めた頃《ころ》に目が覚めた。

身じろぐと、腰《こし》に回った手で抱《だ》き寄せられる。どうやら、もう恋人も目覚めているようだ。

「おはよう」

「おはようございます」

目と目を合わせ、同じ挨拶《あいさつ》を交《か》わせる喜びを嚙《か》み締《し》める。

「昨夜もきみは素敵《すてき》だった」

頰をすり寄せながら囁かれ、まだ生々しい昨夜の記憶《きおく》が蘇《よみがえ》った。

まるでひと月分のブランクを取り戻《もど》そうとするかのように、激しく甘く求められ——自分もまた、恋人を狂《くる》おしく求めて……何度も何度も体を繫《つな》げ、数え切れないほど達して……最後はいつ、どんなふうに眠《ねむ》りについたのかもはっきりと覚えていない。

「ベッドが狭《せま》くてすみません」

「ベッドが狭いのは大歓迎《だいかんげい》だ。きみとくっついて眠れる。できることならば……このまま一日中きみを抱き締めていたい」

本当に、このままずっと抱き合っていられたら、どんなにかいいだろう。

一度素肌《すはだ》で触れ合ってしまえば、ふたたび離《はな》れることがこんなにもつらい。

しかし、現実は無情だった。あと一時間足らずで運転手が迎《むか》えに来てしまう。自分はともかくとして、分刻みのスケジュールで動いているエドゥアールとは、この先ゆっくり話をすることもままならないに違《ちが》いない。

「もう時間か？」

名残惜《なごりお》しそうな恋人の声に、礼人は自分を励《はげ》ます意味も込めて言った。

「でもまだ土曜日のオフが残っています」

「そうだな」

ため息を吐いたエドゥアールが、礼人の髪《かみ》を掻《か》き上げる。

「せっかくの休日だ。土曜日に何をするか考えておいてくれ」

「はい」

「何をしたい？　ドライブ？　クルージング？　乗馬？　ああ、香港《ほんこん》で蟹《かに》を食べるのもいいね」

候補に挙げてもらったすべてに心惹《こころひ》かれたし、エドゥアールとならば何をしても、どこにいても充実《じゅうじつ》した時間を過ごせることはわかっていたけれど。

「あの……ものすごく贅沢《ぜいたく》なことだとはわかっているのですが……」

礼人が躊躇《ためら》いがちにおずおずと切り出すと、嬉しそうに促《うなが》された。

「どんなことでもいいから言って」

「あなたと一緒《いっしょ》に……寝坊《ねぼう》がしたいです」

「寝坊？」

「午前中ずっとベッドで……何をするでもなく一緒にゴロゴロしていたいです」

虚《きょ》を衝かれたような、きょとんとした表情をしていた恋人が、しばらくして、くっと片頰《かたほお》を歪《ゆが》めた。

「それは……たしかにものすごい贅沢だ。わかった。そうしよう。——でもひとつだけ」

アイスブルーの瞳《ひとみ》がいたずらっぽく輝《かがや》く。

「きみと一緒にベッドにいて何もしない——というのは難しいかもしれない。それは約束できないけれど、それでいい？」

うっすら紅潮した頰でうなずく礼人に、エドゥアールがやさしくくちづけてきた。

ロッセリーニ家の息子

捕獲者 Another Story2

外を歩けばすっかり息が白くなってきた。

成宮礼人にとって激動の年が、そろそろ暮れようとしている。

秋に『カーサホテル東京』の総支配人に就任して以降、毎日が飛ぶように過ぎていったが、とりわけここ数日は大切なお客様をお迎えしたこともあり、目が回るような忙《いそが》しさだった。十二月に入ったら、さらに慌《あわ》ただしくなるだろう。

十二月には、年間でもかなり大きなイベント、クリスマスがある。イブの夜には、たくさんのカップルがメインダイニングでディナーを取り、そのままホテルに一泊《ぱく》するが、カーサも例外ではなかった。

今年は予約も順調で、二ヶ月も前から部屋は売り切れ、クリスマスの特別ディナーもひと月前に完売した。当日になっても空室があった去年とは雲泥《うんでい》の差だ。

秋以降、いろいろな雑誌に取り上げられたせいだろうか。

「都会の大人の隠《かく》れ家《が》」といった切り口で、とある雑誌に載《の》った直後から、取材も予約も一気に増えた。

火付け役は、カーサのオーナーであるエドゥアール・ロッセリーニだ。エドゥアールが、日本の雑誌のインタビューを受けた際に、カーサについて語ったことが、ブレイクのきっかけとなった。それまではマスコミの取材をいっさい受けなかったことを考えると、おそらくカーサのためを思って一肌脱《ひとはだぬ》いでくれたのに違いない。

やさしい恋人の心遣《こころづか》いが身にしみる。

もちろん一時的にお客様が増えても、満足していただき、リピーターになってもらえなければ意味はない。そのためにも従業員一同、今まで以上に気を引き締めて、サービスに当たる必要があった。

(さぁ、今日も一日の始まりだ)


早朝の館内の巡回《じゅんかい》を済ませ、ロビーに戻ってきた礼人は、天井の高い空間をぐるりと見回した。昨日まではなかったものが今朝はある。吹《ふ》き抜《ぬ》けにそびえる巨大《きょだい》なクリスマスツリーだ。

昨夜、深夜までかかって飾《かざ》り付けを済ませたばかりのもみの木を、目を細めてじっくりと眺《なが》める。七メートルはあろうかというもみの木に光るのは、白と淡《あわ》いブルーの電飾《でんしょく》。オーナメントはすべてシルバーで統一してある。

少し離れた場所からツリーをチェックしていた礼人は、ツリーの前に立つ華奢なシルエットに目を留めた。

ダウンジャケットを着たほっそりとした青年だ。おっかなびっくりといった手つきで、枝に触《ふ》れる仕草が初々《ういうい》しい。

なんとなく居心地《いごこち》が悪そうな様子が気になり、そっと近寄って背後から話しかけた。

「昨夜、飾り付けを済ませたばかりなんです」

びくっと彼の肩《かた》が揺《ゆ》れた。後ろを振《ふ》り返る。

大きな目を見開く青年に、礼人は頭を下げた。

「いきなりお声をかけてしまいまして、大変に失礼いたしました」

「い……いいえ」

首を横に振った青年が、礼人から、ふたたびツリーに視線を転じる。

「あの……こういった色合いのツリー、初めて見ましたけど、すごく綺麗《きれい》ですね。クールでスタイリッシュな感じで」

「ありがとうございます。ミラノ在住の当ホテルのオーナーからツリーのディスプレイに関して指示書が送られて参りまして、その指示書をもとに専門の方に飾り付けをしてもらいました」

説明してから、礼人は改めて問いかけた。

「ロビーでどなたかとお待ち合わせですか？」

「あ、はい。――ミスター・サイモン・ロイドと」

「ミスター・サイモン・ロイドと？」

その名前は、礼人にとっても特別な名前だった。ミスター・サイモン・ロイドはエドゥアールの古くからの友人で、商用で東京を訪《おとず》れ、一昨日《おととい》からカーサに宿泊《しゅくはく》している。

まだ表情にあどけなさも残る目の前の青年と、英国の有名映画監督《かんとく》の孫であるサイモン氏のつながりを少し意外に思っていると、

「あの、俺……じゃなくて僕」

なぜか焦《あせ》った様子の青年が、たどたどしい口調で事情を説明し始めた。

「今日からロイドさんの通訳をすることになっているんです……っていっても本職じゃなくってアルバイトなんですけど」

通訳――なるほど。

納得《なっとく》した時、凛《りん》と涼《すず》やかな声が吹き抜けの空間に響《ひび》いた。

『総支配人』

すらりとスタイルのいいスーツ姿の外国人男性が近寄ってくる。ミスター・サイモン・ロイドの秘書のクリスだ。

『おはようございます』

『おはようございます。今、ちょうどお部屋に伺《うかが》おうと思っていたところでした』

英語で挨拶を返した礼人は、青年に視線を転じる。

『ミスター・サイモン・ロイドをお客様が訪ねておいでです』

その段で初めてその存在に気がついたかのように、クリスが青年を見た。

『ああ！』

合点《がてん》したみたいな声を出し、体の向きを変えて声をかける。

『あなたが……ミナセユウ？』

『はい』

優美な仕草で右手を上げたクリスが、腕《うで》時計の文字盤を確認《かくにん》して、にっこりと笑った。

『九時五分前。時間に正確ですね。私はクリス・シン・ナーグラ。サイモンの秘書をしています。今回はサイモンとふたりで来日しました』

自己紹介をしたクリスと青年が握手《あくしゅ》をする。

『サイモンは上の部屋で待っています。行きましょうか』


クリスとミナセのふたりをエレベーターで最上階まで送り届けたあと、礼人は一階の総支配人室に戻《もど》った。ハイバックチェアに腰を下ろし、デスクの上の書類に手を伸《の》ばした刹那《せつな》、胸元《むなもと》の携帯《けいたい》が鳴り始める。

「はい、成宮です」

『アヤト？』

耳殻《じかく》に甘く響く美声は、ミラノにいる恋人《こいびと》のものだった。

「エドゥアール！」

思わず声が弾《はず》む。メールでのやりとりは毎日していても、世界を飛び回る多忙《たぼう》な恋人の声を聞くのは三日ぶりだ。

『今、話していても大丈夫《だいじょうぶ》？』

「はい、大丈夫です」

『サイモンの様子はどう？』

一昨日、部屋に案内した時点で、「無事に到着《とうちゃく》されました」とメールで報告は入れておいたのだが、やはり気にかかるのだろう。

「到着早々に精力的に動かれて、カーサにも馴染《なじ》んでくださっているようです。先程《さきほど》、お客様をお部屋にご案内しました」

『そう、よかった。しばらく面倒《めんどう》をかけるけれど、よろしく頼《たの》む』

「私にできる限りのお手伝いはさせていただくつもりです。あなたのお友達は、私にとっても大切な方ですから」

『アヤト……』

恋人の声が、あまやかに蕩《とろ》ける。

誰《だれ》も聞いていないのをわかっていながらも、礼人は声をひそめた。携帯に小さく囁《ささや》く。

『……会いたい』

「私も会いたいです」

『……次にきみをこの腕《うで》に抱《だ》き締《し》められるのは……クリスマスか』

そう——二十五日にはエドゥアールが来日する予定になっていた。

『なんだか気が遠くなるほど先のことに感じるよ』

海の向こうから嘆息《たんそく》が届く。

「……エドゥアール」

その気持ちは、自分も同じだ。今日も、残りの時間を恋人の声を反芻《はんすう》して過ごすことになるのだろう。

『とはいえ、先のように思えて、日々仕事に追われていればきっとあっと言う間だな』

自分に言い聞かせるような声音《こわね》にうなずいた礼人は、おずおずと切り出す。

「あの……ツリーを」

『ツリー？』

「クリスマスツリーをあなただと思って毎日眺めます」

礼人の発言に、ミラノの恋人が幸せそうな笑い声をたてた。

『アヤト、愛してる』

「私もです」

愛してると繰《く》り返し囁き合い、通話を切る。名残惜《なごりお》しげに携帯を胸に戻した礼人は、甘い睦《むつ》言《ごと》の余韻《よいん》に浸《ひた》りながら、書類を手に取った。

ロッセリーニ家の息子 共犯者

第一章　マクシミリアン・コンティ×ルカ・エルネスト・ロッセリーニ

1

十二月も二週目に入り、朝、ベッドから起き上がるのが少しつらくなってきた。

建物自体が数百年の歴史を持っているフィレンツェの屋敷《やしき》よりは、今のマンションはずいぶんとあたたかいけれど、それでも掛《か》け布団《ぶとん》を捲《めく》った瞬間《しゅんかん》、ひんやり冷たい空気に触《ふ》れると体がぶるっとする。

今朝も目覚まし時計の音で目を覚ましたぼくは、ベッドから下ろした素足《すあし》を、急いでフェルト地のルームシューズに突《つ》っ込んだ。パジャマの上にウールのガウンを羽織り、寝室《しんしつ》を出る。

まずは、玄関《げんかん》で新聞をピックアップしてから、リビングに入り、コンソールテーブルに近づいて、写真立てを手に取った。フォトフレームの中の恋人に「おはよう」と告げて、小さくキス。

恋人への朝の挨拶《あいさつ》が終わったら、キッチンでお湯を沸《わ》かし、冷蔵庫から卵とハム、牛乳、ヨーグルトを取り出す。テレビを点《つ》けて、流れてきたニュース番組の音声をBGMに、ハムエッグを作り、パンをトーストし、カプチーノを淹《い》れて、デザート代わりのフルーツ入りヨーグルトを器《うつわ》によそえば朝食は完成。

　至ってシンプルなメニューだけど、日本に来る前はすべて他人任《ひとまか》せで、お茶の一杯《いっぱい》も淹れた経験がなかったことを思えば、朝食を自分で用意できるようになったのはかなりの進歩だと思う。――たぶん普通《ふつう》の人からしてみればあまりに当たり前のことだろうから、口に出して自慢《じまん》はできないけれど。

　新聞に目を通しながら朝食を胃に収め、使った食器をざっと水洗いしたのちに食洗機にかける。カフェでのアルバイトの賜物《たまもの》か、後片づけもずいぶん手慣れて、時間がかからなくなってきた。ひとり暮らしの当初は朝食を作るのと食べるのと後片づけで、トータル二時間ぐらいかかっていたけれど、今はその半分。その分ゆっくりと寝《ね》ていられる。

　顔を洗い、歯を磨《みが》き、服に着替《きが》え、靴《くつ》を履《は》き、髪《かみ》を整え――身支度《みじたく》を終えたぼくは、余った時間でノートパソコンを立ち上げた。メールチェックのあと、イタリアのポータルサイトに飛んでニュースを見る。家族や知り合いのほとんどがイタリアにいるから、やっぱり現地のニュースは気にかかる。ざっと目を通したところ、とりたてて大きな事故や事件はないようだ。ほっと安心したぼくは、インターネットを落とした。

　一連の朝の儀式《ぎしき》を済ませて時計を見れば、大学の始業時間の三十分前だった。このマンションから大学までは十五分あれば着くので、余裕《よゆう》を見てちょうどいい頃合《ころあ》いだ。

「携帯、お財布《さいふ》、筆記用具、ノート、テキスト、ハンカチ、ティッシュ、ハーブキャンディ」

　バッグの中身を声に出して確かめる。

「よし、大丈夫だ」

　必需品《ひつじゅ》と防犯グッズの入ったバッグを、ピーコートの上から斜《なな》め掛《が》けにしたぼくは、最後、コンソールテーブルに駆《か》け寄り、もう一度写真立てを手に取った。

　シルバーフレームの眼鏡《めがね》の奥から、眼光鋭《するど》く、こちらを見つめる青灰色《ブルーグレイ》の瞳《ひとみ》。ストイックなくらいにきっちりと締め上げられたネクタイと、一筋の乱れもなく撫《な》でつけられたアッシュブラウンの髪。

　マクシミリアン・コンティ――ローマに離《はな》れて暮らす、ぼくの『守護者』兼恋人《けんこいびと》。

　見ているだけでこちらの背筋までぴんと伸びるような、「切れ者オーラ」を放つ怜悧《れいり》な美貌《びぼう》にじっと視線を注いだのちに、ぼくは大好きな恋人の写真に今朝二度目のキスを落とした。小さな声で囁く。

「行ってくるね、マクシミリアン」

　ぼく――杉崎琉佳こと、ルカ・エルネスト・ロッセリーニが、生まれ故郷のイタリアを離れ、留学生として日本へやってきてから、早いもので八ヶ月が過ぎた。

その間に、季節は春から夏、そして秋、冬へと移り変わり、何をするにもいちいちおっかなびっくりだったぼくも、だいぶひとり暮らしが板についた。日本の環境《かんきょう》にも馴染《なじ》んできたと思う。

今の生活に慣れてしまうとなんだか信じられないけれど、何しろフィレンツェにいた頃《ころ》のぼくは、二十四時間、ボディガードや使用人に囲まれる日常を送っていた。どこへ行くにも必ずお付きがいて、完全にひとりになれるのは、自分の部屋にいる時だけ（それも部屋の外には護衛がいた）。

どうしてそんな不自由な生活を強《し》いられる必要があったかといえば、ぼくが生まれ育った家《ファミリー》に原因がある。

ロッセリーニ家はシチリアを本拠地《ほんきょち》に二百有余年続く、いわゆる名家だ。父の代から飛躍《ひやく》的に事業を拡大し、現在はホテル・レストラン・アパレルビジネスなどを手がけ、世界を股《また》にかけた一大コンツェルンとして幅広《はばひろ》く展開している。

また、ロッセリーニ一族は、ロッセリーニ・グループという表の顔とは別に、もうひとつ裏の顔を持っていた。

それは、シチリアンマフィアであること。

このため、営利誘拐《ゆうかい》と、マフィアの抗争《こうそう》に巻き込まれる危険性のふたつの要因から、ロッセリーニ本家の三男坊《ぼう》であるぼくは、生まれた時から二十年間、常に誰《だれ》かにガードされる生活を余儀《よぎ》なくされてきたのだ。

籠《かご》の鳥のようなその生活が、かねてより念願だった日本への留学を果たしたことによって、ガラリと一変した。日本は、亡《な》き母の故郷であり、ぼくにとっても長年の憧《あこが》れの地だった。

今では麻布のマンションでひとり暮らしをしながら（通いのお手伝いさんにフォローされつつ、だけど）大学に通い、週に三回はアルバイトもしている。

生まれて初めて友達もできた。

プライベートでも遊んでいる、親友と呼べるような相手はまだひとりだけど、大学で一緒《いっしょ》にランチを取ったりノートを貸し借りする仲間は何人かできたし、アルバイト仲間もいる。週に一度は母の父である祖父の家にも顔を出している。

日本に来る前に、こうなったらいいなとぼんやり思い描《えが》いていた夢は、ほとんど実現することができた。

（これであとは、マクシミリアンさえ側《そば》にいてくれれば百点満点なのに）

午前中の授業を終えたぼくは、バッグの中にテキストとノートを仕舞《しま》い込みながら、覚えずふっと小さなため息を吐《つ》いた。

今年の四月、お目付役として一緒に来日したマクシミリアンは、今は帰国してローマにいる。ロッセリーニ・グループのＣＥＯである長兄《ちょうけい》レオナルドの片腕《かたうで》として、グループ全体のマネジメント業務を担《にな》っているのだ。

来年の春には、東京ブランチ『Rossellini Giappone《ロッセリーニ・ジャポン》』の立ち上げに合わせ、再来日する予定になっているけれど、一緒に暮らすことができるのはまだまだ先だ。

（春かぁ……）

思わず遠い目をしてしまってから、憂《うれ》いを吹《ふ》き飛ばすようにふるっと首を振《ふ》り、ぼくは椅子《いす》から立ち上がった。

最後にマクシミリアンと会ったのは一ヶ月以上前。その後もほぼ毎日電話で話してはいるけれど、声を聴《き》くだけじゃ満たされないものがあって。

忙《いそが》しい合間を縫《ぬ》って連絡《れんらく》をくれるマクシミリアンの気持ちは本当に嬉《うれ》しいし、自分でも贅沢《ぜいたく》だとは思うんだけど。

（やっぱり声だけじゃ足りない）

マクシミリアンが足りない……。

たぶん、そろそろ「マクシミリアンが切れかかって」いて、だからこんなにそわそわと気分が落ち着かないんだ。

大教室から出て廊下《ろうか》を歩き出したぼくは、またしても口から零《こぼ》れそうになっていたため息を、無理矢理《むりやり》喉《のど》の奥に押し戻《もど》した。

春までは遠いけど、でもその前にクリスマスがある。

今年のクリスマスは、普段《ふだん》はバラバラに暮らしている家族がシチリアの本邸《ほんてい》に集まる予定になっており（次兄《じけい》のエドゥアールが来られるかどうかはまだはっきりしないみたいだけど）、ぼくも大学が休みに入る来週にはイタリアに戻ることになっていた。

クリスマス休暇《きゅうか》の間には、どこかでマクシミリアンに会えるはずだ。

（あと一週間。一週間我慢《がまん》すればマクシミリアンを補充《ほじゅう》できる）

そう自分に言い聞かせて、なんとか沈《しず》みがちな気持ちを奮い立たせる。

そうだ。みんなにクリスマスプレゼントを用意しなくちゃ。

秋にマクシミリアンの誕生日にかこつけてローマに遊びに行った際のチケット代で、貯金をほとんど使い果たしてしまったので、次のアルバイト代が出るまで買い物は保留にしていたのだが。

あと三日でお給料日だ。バイト代が出たら、すぐに買いに行かなくっちゃたぶん間に合わない。

イタリア勢は――ローマがマクシミリアンと父様、ミラノがエドゥアール、そしてシチリアがレオナルド、瑛さん、ダンテ、そうそう、忘れちゃいけない、ファーゴにも。

東京勢は――お祖父様《じいさま》、石田《いしだ》さん、東堂、バイト先のオーナーとバイト仲間、あと通いのお手伝いさんにも何か……。何がいいかな？

頭の中のメモにメンバーをリストアップしつつ、キャンパスを歩いていたぼくの肩《かた》を、誰かがぽんと叩《たた》いた。振り返ると、すらりと手足の長い端整《たんせい》なルックスの男が立っている。

「東堂」

法学部に在籍《ざいせき》する親友の東堂が、指でぼくのおでこをツンッとつついた。

「何しょげてんだよ？」

「え？」

自分では持ち直したつもりだったので、その指摘《してき》は心外だった。

「しょげてた？」

東堂が「えっらいしょげてた」とうなずく。

「十メートル後ろからでもわかるような、寂《さび》しい子犬オーラ、全身から漂《ただよ》わせてたぜ？」

頭を前向きに切り換《か》えたつもりでも、寂しい気分は完全には払拭《ふっしょく》しきれていなかったのかもしれない。

「そっか……ごめん」

謝るぼくの顔を東堂が覗《のぞ》き込んできた。

「まーた、あの人のこと考えてたのか？」

図星を指されて、うっと詰《つ》まる。

「そろそろ一ヶ月だもんなぁ。切れる頃か」

「う……」

察しのいい東堂は、なんでもお見通しだ。ぼくとマクシミリアンのことを知っている彼には、隠《かく》し事ができない。

「けど、クリスマスには向こうに帰るんだろ？」

「あ、うん」

「いいよなー。ヨーロッパのクリスマスとか、雰囲気《ふんいき》よさそう」

羨《うらや》ましそうな東堂の声を聞いた瞬間《しゅんかん》、ぼくの頭に名案が閃《ひらめ》いた。

「そうだ！　東堂も一緒にシチリアに来ない？　父も兄たちもきっと歓迎《かんげい》するよ」

我ながらすごくいい案だと思ったのだが、東堂が残念そうに首を横に振る。

「あー、行きてーけど無理だわ。冬休みはずっとバイト入ってるし」

「そうか……シフト……ぼくの分も入ってくれるんだよね」

東堂とぼくは、東堂の伯父《おじ》さんが経営する代官山《だいかんやま》のカフェ【café Branche】でアルバイトをしている。自分でお金を稼《かせ》ぐためのアルバイト先を探していたぼくを、東堂がオーナーに紹介《しょうかい》してくれたのだ。

「ごめんね。忙しい時なのに抜《ぬ》けちゃって」

「いいよ、しょうがないじゃん。それに伯父貴《おじき》んとこだけじゃなくって、カテキョのバイトも入ってるからさ」

肩を竦《すく》める東堂に、ぼくは言った。

「うちのワイナリーのワインとか、おいしいものいろいろお土産《みやげ》に持って帰ってくるから」

「嬉しいけどそんなに気ぃ遣《つか》うなって。それよかさ、ちゃんとマクシミリアンさんに甘えて、パワーを補充してこいよ」

そう言ってニッと笑った東堂が、もう一度、ぼくのおでこを指でツンッとつついた。


(よかった。まだある)

大学からバイト先へと向かう道の途中《とちゅう》、代官山の洋服屋さんのショーウィンドウのガラスにぺったりと張りついて、ぼくはマネキンが首に巻いている白いカシミアのマフラーを見つめた。

この店には、もうかれこれ一週間は通っているので、店員さんにもすっかり顔を覚えられてしまい、さっきも目が合ったとたん、にっこりと微笑《ほほえ》まれてしまった。

ちょっと気恥《きは》ずかしかったけれど、売れてしまわないかが心配で、つい毎日ウィンドウの前で足を止めてしまうのだ。

今日もまだ、お目当てのマフラーがディスプレイされているのを確認《かくにん》して、ぼくはほっと息を吐いた。

(どうか給料日まで他《ほか》の誰《だれ》かが買ってしまいませんように)

胸の中でお祈《いの》りして、ショーウィンドウから離《はな》れる。

他のみんなへのプレゼントもそろそろ絞《しぼ》り込まないとな。

誰に何を買おうか、あれこれ考えながら歩き出した時、コートのポケットの携帯《けいたい》がブルルッと震《ふる》え出した。

(マクシミリアン？)

とっさに恋人《こいびと》の顔を思い浮《う》かべ、あわてて携帯をポケットから引き出す。けれど液晶《えきしょう》ディスプレイの表示は非通知だった。

誰だろう？

出るべきか否《いな》か悩《なや》んだけれど、万が一緊急《きんきゅう》の用件である可能性を考慮《こうりょ》し、通話ボタンを押して耳に当てる。

「もしもし」

『こちらルカ様の携帯でしょうか？』

「はい、そうですけど……」

石田ですと名乗られて、初老の男性の顔を思い浮かべた。長年祖父の世話をしてくれている人だ。

「石田さん？　どうしたんですか？」

『今、病院から電話をさせていただいております』

「病院って……？」

問いかけの途中ではっと気がつく。

「もしかしてお祖父様に何かあったんですか？」

『実は、旦那《だんな》様がお怪我《けが》をなさいまして』

「怪我⁉」

『ここ最近はかなり調子がよろしく、杖《つえ》を使って歩かれることもございましたので、ご自分でも油断なさったようです。私がちょっと側《そば》を離れた隙《すき》に……』

ひとりで車椅子《くるまいす》から立ち上がろうとして転んでしまったのだと説明され、ぼくは息を呑《の》んだ。

『先程《さきほど》お医者様に診《み》ていただきましたが、幸い、腰骨《こしぼね》にヒビが入った程度で後遺症《こういしょう》が残《のこ》ることはないだろうとの診断でした。ただ、やはり年齢《ねんれい》的なこともあり、しばらく入院することになりました』

「しばらくってどのくらいですか？」

『おそらくは今年いっぱいはかかるのではないかというお話でした』

「わかりました。今からすぐにそちらへ向かいます」

石田さんに病院の名前と住所を聞いたぼくは、そのまま携帯でバイト先に連絡《れんらく》を入れた。事情を説明し、今日のシフトをキャンセルさせてもらうやいなや、駅に向かって駆《か》け出す。

ナースステーションで教えてもらった病室のドアをノックしてしばらく待つと、横開きのドアがスライドして、初老の男性が顔を覗かせた。

「石田さん」

「ルカ様、わざわざすみません」

「お祖父様《じいさま》は？」

「眠《ねむ》っていらっしゃいます」

個室にそっと足を踏《ふ》み入れ、ベッドの近くまで歩み寄る。

祖父は少し疲《つか》れた顔つきで眠っていた。おそらく薬が効いているのだろう。

（でも、顔色は悪くないみたいだ）

そう判断して、少し安堵《あんど》する。

「申し訳ございません……私の目が行き届かず……」

傍《かたわ》らから小声で謝られ、ぼくは首を左右に振《ふ》った。

「石田さんには、いつも本当によく祖父の面倒《めんどう》を見ていただいて……感謝しています」

母がまだ娘《むすめ》だった時分から杉崎家に仕えてくれている男性に頭を下げると、あわてた声で「お顔を上げてください」と懇願《こんがん》される。

顔を上げたぼくに、石田さんが微笑みかけてきた。

「私こそ、ルカ様には感謝しております」

「石田さん？」

「ルカ様が遊びにいらしてくださるようになってから、旦那様は目に見えてお元気になられました。週に一度、ルカ様が訪ねてきてくださる日を心待ちにしていらっしゃいます」

「そう……ですか？」

祖父はあまり言葉や態度に心情を出さないので、実のところぼく自身は、祖父がぼくと過ごす時間を楽しんでくれているのかどうか、半年経《た》った今もわからないままだった。

「旦那様は感情表現がお上手な方ではいらっしゃいませんが、長年仕えている私にはわかります。ルカ様が遊びに来てくださるのを旦那様は心から楽しみにしていらっしゃいます」

「もしそうなら、嬉《うれ》しいんですけど」

最初の結婚《けっこん》の件で祖父から勘当《かんどう》され、それ以後その冷えた関係を改善することなくこの世を去った母の代わりに、孫のぼくが少しでも祖父の慰《なぐさ》めになれるのだとしたら、それはすごく嬉しいことだけれど。

「ルカ様が帰られたあとは、いつも寂《さび》しそうにしていらっしゃって……」

石田さんのつぶやきを耳に、ぼくは祖父の皺深《しわぶか》い顔を見た。

祖母が逝《い》き、ひとり娘が去ったあとは、ずっとひとりぼっちだった祖父。

ぼくにはマクシミリアンがいるし、東堂だっている。イタリアに帰れば、父様もレオナルドもエドゥアールも、瑛さんだっている。

でもお祖父様には、顔を見られる血の繋《つな》がった身内は、ぼく以外にいないんだ。もうひとりの孫である瑛さんは、今シチリアだし。

改めて祖父の孤独《こどく》に気がついた刹那《せつな》、胸に迫《せま》ってくる想《おも》いがあった。

怪我をして心細くなっている時くらいは、できるだけ側にいて励《はげ》ましてあげたい。——せめて退院するまでの間だけでも。

「あの……ぼく、これから毎日お見舞《みま》いに来ます」

ぼくの申し出に、石田さんが目を瞠《みは》った。

「それは……そうしていただけるのは有り難《がた》いですが、ルカ様のご負担ではありませんか？」

「もうすぐ大学も休みに入りますし、大丈夫《だいじょうぶ》です」

請《う》け合うと、「無理しないでくださいね」と念を押しつつも、石田さんが顔を綻《ほころ》ばせた。

「旦那様はきっととても喜ばれると思います」


その夜、麻布のマンションに戻《もど》ったぼくは、シチリアにいる長兄《ちょうけい》のレオナルドに電話をした。

向こうは日中なので、まずはパレルモのオフィスにかける。とにかく忙《いそが》しい人だからそう箇単には捕《つか》まらないかもしれないとも思ったが、運良く兄はオフィスにいた。

『ルカか？』

秘書の女性の取り次ぎのあと、ほどなく回線を通して耳に心地《ここち》よいテノールが届く。

「レオナルド？」

ひさしぶり、元気か？　元気だよ、兄さんは？　などとひとわたりの挨拶《あいさつ》を交《か》わしてから、ぼくは用件を切り出した。祖父の怪我の件を話し、今年のクリスマスには帰れそうにないことを告げる。

「だから残念なんだけど、今年のクリスマスはこっちに残ろうかなと思って」

『そうか……そういった事情ならば仕方がないな。屋敷《やしき》の者も皆《みな》、おまえが帰ってくるのを楽しみにしていたから、残念がるだろうが』

落胆《らくたん》の滲《にじ》む声を出した長兄が、不意に『ちょっと待ってくれ』と言った。

『アキラが替《か》わりたいと言っている』

「瑛さん、そこにいるの？」

『ああ……』

兄が電話口から離《はな》れる気配がして、さほど間を置かずに『もしもし、ルカ？』と、心配そうな声がぼくの名を呼ぶ。

「瑛さん、ご無沙汰《ぶさた》しています」

『お祖父様が怪我をしたって？』

瑛さんは、ぼくとは母親が同じ兄弟、つまり異父兄《いふけい》に当たる人で、今はレオナルドと一緒《いっしょ》にシチリアの本邸《ほんてい》で暮らしている。ぼくと瑛さんは日本とイタリアに離れて育ったので、初めて兄弟として対面できたのが去年の夏だった。

その後もそう幾度《いくど》も会う機会を持てないままに、ぼくが日本に来てしまったので、今年のクリスマスにはひさしぶりに顔を合わせて、母やお祖父様の話をしたいと思っていたのだけれど。

「そうなんです。でも軽いヒビで、骨は折れてはいないそうなので、年内には退院できるんじゃないかという話でした。さっき病院に行ってきましたけど、薬でよく眠っていて顔色は悪くなかったです」

『そうか……よかった……』

ほっとしたようなつぶやきが聞こえる。

『すまない、ルカ。祖父のことはきみに任せきりで』

瑛さんに申し訳なさそうな声で謝られ、ぼくは恐縮《きょうしゅく》した。

「そんなの……日本にいるんですから当然です」

逆を言えば、瑛さんがシチリアの、レオナルドの側にいてくれるから、ぼくも日本に残れるのだ。ロッセリーニ・ファミリーを束ねる若きカポ・レオナルドは、誰《だれ》もが一目置くカリスマ性を備えているけれど、その実——本人は絶対に認めたがらないが——ナイーブで寂《さび》しがりやの一面を持つ。だから、瑛さんがレオナルドの側にいてくれることが本当に心強い。

「お祖父様にも、瑛さんが心配していたことを伝えておきますね」

『ありがとう』

最後は『今後状況《じょうきょう》が変わるようなことがあったら知らせて欲しい』という瑛さんの要請に
「わかりました」と応じ、ふたたびレオナルドに電話を替わる。

『おまえがいないクリスマスは寂しいが、ロッセリーニ家の代表として、杉崎氏が退院するまでしっかりと見守ってくれ』

家長らしい言葉を紡《つむ》ぐレオナルドに、ぼくはこっくりとうなずいた。

『親父《おやじ》とエドゥアールには俺から伝えておこう。マクシミリアンにはもう話したか？』

その名前を出されて、ちょっとドキッとする。

「あ、ううん、まだ……これから連絡《れんらく》しようかなと思っていたところ」

『そうか。――そういえば、おまえ聞いたか？』

「何？」

『マクシミリアンの縁談《えんだん》の話』

一瞬《いっしゅん》、何を言われたのかわからなかった。意味がわからないままに鸚鵡《おうむ》返しする。

「縁……談？」

『ああ、親父が取り仕切っているらしい。たしかにあいつももう身を固めていい年だ。いや、むしろ遅《おそ》いくらいか。親父もロッセリーニのためにプライベートを犠牲《ぎせい》にし、婚期《こんき》を逃《のが》したマクシミリアンの縁談を、自分がまとめなければと張り切っているようだ』

身を固める？　婚期？

『良家の子女を見繕《みつくろ》っては、引き合わせる場をセッティングしているらしい』

良家の子女？　セッティング？

兄の言葉を反芻《はんすう》しているうちに、漸《ようや》くじわじわとシナプスが繋がり、意味を理解すると同時に、背中がすーっと冷たくなる。

（って、マクシミリアンが結婚⁉）

震《ふる》える手で受話器を握《にぎ》り締《し》めたぼくは、首を左右にふるふると振《ふ》った。

「そんなの……知らな……」

『聞いてなかったのか？　おまえはあいつに懐《なつ》いているから、あいつもおまえには話しているのかと思っていたんだが』

（嘘《うそ》……そんなの聞いてない！）

衝撃《しょうげき》に頭が白く霞《かす》み、レオナルドの声が遠ざかっていく。その後はどんな受け答えして兄との会話を終了《しゅうりょう》させたのかも記憶《きおく》にない。

気がつくとぼくは、通話が切れた受話器を片手に、呆然《ぼうぜん》と立ち尽《つ》くしていた。

どれくらい立ち尽くしていたんだろう。

ヴー、ヴーと、どこからか聞こえてくる呼び出し音に、ぼくは我に返った。

どこかで携帯《けいたい》が鳴っている。手許《てもと》の受話器を親機に戻し、ふらつく足取りでダイニングテーブルに近づく。そこでブルブルと震えている携帯に手を伸《の》ばした。

「……はい」

『ルカ様ですか？』

深みのある低音美声に息を呑《の》む。

「………っ」

マクシミリアンからの定期連絡だ。いつもなら嬉《うれ》しくてたまらない恋人《こいびと》の声が、今日は狼狽《ろうばい》の元凶《げんきょう》となり、ぼくは携帯を耳に当てた状態でリビングの中をうろうろした。

『ルカ様？　どうなさいましたか？　今、お話ししていて大丈夫ですか？』

「う、うん……大丈夫」

『本当に、大丈夫ですか？』

勘《かん》のいい恋人に疑わしげな声を出され、いよいよ動揺《どうよう》が大きくなる。

心臓がドキドキして、胸がざわざわして。

（どうしよう）

縁談の件について訊《き》きたいけど、もしあっさり認められてしまったら？

その可能性を思うと……なんだか怖《こわ》い。

それに、ぼくに話さなかったということは、内緒《ないしょ》にしていたということで。

マクシミリアンが話さないほうがいいと判断しているなら、向こうが何か言ってくるまで、こっちからはその話題に触《ふ》れないほうがいいんじゃないだろうか。

ソファに腰《こし》を下ろしたぼくは、息を深く吸って吐《は》く、という動作を二度ほど繰《く》り返した。深呼吸で少し気持ちが落ち着いたので、携帯を持ち直す。

「大丈夫《だいじょうぶ》だよ。ちょうどぼくもマクシミリアンに連絡しようと思っていたところ」

『何かあったのですか？』

「うん、実はね」

とりあえず、縁談の件は一時保留と決めて、自分の用件を話すために口を開いた。

「杉崎のお祖父様《じいさま》が怪我《けが》をしてしまって」

先程《さきほど》レオナルドにした説明を、今度はマクシミリアンにする。

「それで、今年のクリスマスはこっちに残ろうかなと思っているんだ。レオナルドにはさっき伝えたんだけど」

ぼくの説明を黙《だま》って聞いていたマクシミリアンが『なるほど』とつぶやいた。

『それでですか、ご様子がおかしかったのは』

「…………」

本当はそれが原因じゃないんだけど、真実が言えないぼくは別のことを言った。

「あの、……ごめん、クリスマスに会えなくなっちゃった」

『それは仕方がありません。怪我をしたお祖父様を置いて帰れないというお気持ちもわかりますし』

「あ……うん」

あっさり納得《なっとく》してもらえて、それはそれでよかったんだけど、少しばかり肩《かた》すかしな気分にもなる。

逆の立場だったら、たぶんぼくはかなりダメージを受けただろうし。

マクシミリアンにとっては、クリスマスにぼくと会うことは、そんなに大事なことじゃないのかな？

マクシミリアンはぼくより十五も年上で、もう立派な大人だし、仕事も忙《いそが》しいし、だから仕方がないとは思うけど……でも、今年は恋人としてつき合い始めて初めてのクリスマスだし、この機会を逃したら、次はいつ会えるかわからないのに。

自分の都合で帰らないのだから、マクシミリアンを責める権利なんてないとわかっている。

本当に自分勝手だと思うけど、それでもどうしても一抹《いちまつ》の寂《さび》しさは拭《ぬぐ》えなくて。

きゅっと唇《くちびる》を噛《か》んだ瞬間《しゅんかん》、先程の「縁談」という不穏《ふおん》な単語が頭の中で大きく膨《ふく》らんだ。

マクシミリアンは父様の命令には逆らえない。だからもしかしたら、本当にこのまま父様の薦《すす》める女性と結婚《けっこん》してしまうかもしれない。

何も言わないのは、結婚が決まったら、ぼくと別れようとしているから？

それとも、結婚しながら、ぼくとも続けるつもり……で？

どちらの可能性もつらくて、心臓が鷲《わし》づかみにされたみたいに、ぎゅっと痛くなる。

そんなの嫌《いや》だ。どっちも嫌だ。

『ルカ様？』

訝《いぶか》しげな問いかけが耳に届き、電話中なのに思考が余所《よそ》に行ってしまっていたことに気がつく。

「あ……ごめん」

『お祖父様のこともあってお疲《つか》れでいらっしゃるんでしょう。今日は早くお休みになったほうがいい』

宥《なだ》めるような声でそう言って、『また明日、ご連絡《れんらく》いたします』と、マクシミリアンは通話を切った。

結局、縁談の話は出なかったし、こっちからも言い出せなかった。

「…………」

いつもはマクシミリアンと話したあとは、幸せな気分になるのに、今日は違《ちが》う。
なんだか、心が重くて苦しい。
携帯を耳から離し、重苦しい気分をため息にしてふぅと吐き出す。
そうやって吐き出しても、雨雲のような黒い不安は一向に晴れなかった。

2

大学は冬休みに入ったが、ぼくは慌《あわ》ただしい日々を送っていた。

イタリアに帰らないのなら店を手伝って欲しいと、年末で猫《ねこ》の手も借りたいアルバイト先のオーナーから頼《たの》み込まれたのだ。

忙しいほうがあれこれ余計なことを考えて悶々《もんもん》としなくて済むかとも思い、応援要請《おうえんようせい》を受けたら、本当にびっしりシフトに入ることになってしまった。

アルバイトの合間を縫《ぬ》うように、毎日祖父の病室に顔を出す。二時間ほどの面会の間は、祖父に囲碁《いご》を習ったり、ぼくが大学やアルバイト先でのちょっとした出来事を話したり、イタリアでの生活や母との思い出話をしたりして過ごした。

祖父は相変わらず口に出すことはなかったが、石田さんいわく「面会時間の前はそわそわしておいでです」ということらしく、ぼくが病室にいる間は表情が穏《おだ》やかなので、やっぱり東京に残ってよかったなと思った。

担当のお医者様によれば、経過も良好だということだし、だから祖父に関しては今のところ順調なのだけれど。

(問題は……マクシミリアンだ)

あれ以来――クリスマスに帰れないというやりとりをして以降――マクシミリアンも相当に忙しいみたいで。

毎日電話は来るけれど、マクシミリアンが移動中だったり、途中《とちゅう》で別の電話が入ったりで、短い時間で切られてしまうことが多い。

ぼく自身、本当はすごく気にしているのにも拘《かか》わらず、縁談《えんだん》の件を問い質《ただ》す勇気を持てなかったから、胸にわだかまりを抱《かか》えながらの会話はあまり弾《はず》まなかった。

もっとたくさん声が聴《き》きたいのに、話をするのがつらいという矛盾《むじゅん》。

「はーあ……」

今日何度目か、もう自分でもわからない嘆息《たんそく》が歩道に落ちた。ピーコートのポケットに両手を突《つ》っ込み、俯《うつむ》き加減《かげん》にとぼとぼと代官山の街を歩くぼくの両側を、せわしげな足取りの人たちが行き交《か》う。

沈《しず》みがちなぼくの心とは裏腹に、暮れなずむ街はどこもかしこもクリスマスデコレーション一色で、店頭から流れてくるのもクリスマスソングばかりだ。

クリスマスまであと三日を切った。

毎年、街路樹がイルミネーションで輝《かがや》くこの時期になると、自然とそわそわしてきて、クリスマスに向けてどんどん気持ちが盛り上がっていくものなのに。

今年はモチベーションが上がるどころか、日々落ちていく一方。――これは、ただでさえマクシミリアンが足りなくて元気がなかったところに縁談ショックに追い打ちをかけられ、食欲《しょくよく》がないのと、眠《ねむ》りが浅いせいもあるかもしれない。

今日はアルバイト中にぼーっとしてしまって、オーダーを二回もミスしてしまった。

シフトが終わったあと、ちょっとへこみつつバックヤードで着替《きが》えていたら、後から部屋に入ってきた東堂に「おまえ、ここんとこ様子がおかしいぞ」と言われた。

「マクシミリアンさん絡《がら》みなら、ひとりでうだうだ悩《なや》んでないで、ちゃんと本人にぶつかれよ？　自分ひとりで抱え込むの、おまえの悪いくせだぞ」

東堂は相変わらず鋭《するど》くて、そのアドバイスは、いつものことながら的確で正しい。

自分でも、こんなふうにうじうじしている自分は嫌だし、はっきりさせたいとも思う。

だから毎日「今日こそは」って思うんだけど、いざマクシミリアンから電話があると、何も言えないまま、適当な会話でお茶を濁《にご》してしまう。

（ほんと、意気地《いくじ》がないよな。駄目《だめ》すぎる）

でも、怖《こわ》いんだ。

ぼくはどう足掻《あが》いたってマクシミリアンとは結婚できない。ぼくたちの関係を明かしたところで、父様を喜ばせるどころか、困惑《こんわく》させてしまうことは必至だから。

マクシミリアンに「ドン・カルロのために結婚します」と言われたら……ぼくは。

どうするんだろう。

身を引くのか。

もしマクシミリアンがそれを望んだとして、今の関係を持続するのか。

自分でもどうすればいいのか答えが出ていないのに、マクシミリアンを問い詰《つ》めても仕方がない気がして。

「あー……また頭がぐるぐるしてきた」

このところ、バイト先でも、ひとりでマンションの部屋にいても、寝《ね》ても覚《さ》めても、マクシミリアンの縁談の件が頭の片隅《かたすみ》から離《はな》れない。

だめだ。頭を切り換《か》えないと。こんなことばっかり考えているから、バイトでミスしちゃうんだ。

やや強引《ごういん》に「何か楽しいこと、気分が明るくなること」……と思考を巡《めぐ》らせていたぼくは、気鬱《きうつ》にかまけてうっかり失念していた重大な事柄を思い出した。

（そうだった！）

アルバイトのお給料が出たらすぐ、クリスマスプレゼントを買うんだった！

イタリアの家族には直接渡《わた》すことができないけれど、今から航空貨物便で送ればなんとかイブに間に合うはずだ。

そう思い立ったぼくは、今日出たばかりのお給料の入った封筒《ふうとう》を握《にぎ》り締《し》め、代官山巡りを開始した。

頭の中の買い物リストと照らし合わせつつ、以前から目星をつけておいたものを順次購入《こうにゅう》する。二時間ほどかけてほぼ九割方のプレゼントを買い揃《そろ》えてから、ラスト、閉店ギリギリのショップに飛び込み、例の白いマフラーを買った。

「ご贈答《ぞうとう》用でしょうか?」

店員さんに尋《たず》ねられて「はい」と答える。

「ではプレゼント用のラッピングをいたしますね」

「お願いします」

(よかった。売れずに残っていてくれて)

神様が願いを聞き入れてくれたようで、ひさしぶりに心がほっこりと温《ぬく》もる。

「ありがとうございました!」

モスグリーンの包装紙に包まれ、焦《こ》げ茶《ちゃ》色のリボンを結ばれたマフラーを受け取り、店員さんに見送られてショップを出た。

歩道に出たところで両手の紙袋《かみぶくろ》を足許《あしもと》に置き、マフラーの包みをじっと見つめる。リボンの形をそっと指でなぞったぼくは、小さくひとりごちた。

「マクシミリアン……気に入ってくれるといいけど」

その夜、マンションに戻《もど》ってお風呂《ふろ》に入ってから、みんなへのクリスマスカードを書き始めた。

日本の分とイタリアの分を合わせて全部で十枚書き上げる。この時点ですでに深夜を過ぎてしまっていた。

「よし、あとは残る一枚だけ」

最後のカードはマクシミリアン用だ。

【Buon Natale!】

そこまで書いて、続きを悩む。よく考えてみたら、マクシミリアンに手紙とかカードを送るのは、今みたいな関係になってから初めてだ。

なんて書こうか思案しながら、万年筆で文字を綴《つづ》り始める。

【今年のクリスマスは会えなくて寂《さび》しいけれど……】

(なんだか湿《しめ》っぽいな)

クリスマスカードなんだからもっと楽しい文面にしなくちゃ。

思い直し、修正液で消して、上から書き直した。

【マフラー、使ってもらえると嬉《うれ》しい。来年のクリスマスは一緒《いっしょ》に過ごせるといいね】

「こんな感じかな？」

なんとか書き上げたカードを手に取って翳《かざ》して、ふっと息を吐《は》く。

(来年、か)

本当に一緒に過ごせるのかな?

来年のクリスマス、自分たちは一緒にいられるんだろうか。

疑い始めると、だんだん覚束《おぼつか》ない気分になってくる。

よく考えてみたら、マクシミリアンとずっと一緒にいられる保証なんてないんだ。

現に今だって離ればなれで……。

「ああっ、また! やめやめっ」

どんよりとした気分を振《ふ》り払《はら》うように、ぼくはライティングデスクからすっくと立ち上がった。

「荷造りしよう」

声に出してつぶやき、広いダイニングテーブルに移動して、イタリアへ送る荷物を造り始める。明日の朝早い時間に航空貨物便のピックアップの予約をしたから、それまでには荷造りを終えないと。

まずは各々《おのおの》へのプレゼントにカードを添《そ》えて、緩衝《かんしょう》シートで包んだ。割れ物はとりわけ厳重にぐるぐる巻きにする。

「んー……けっこう難しいかも」

梱包《こんぽう》作業自体が生まれて初めての経験なので、いまいちコツが摑《つか》めず、何度も失敗してはやり直す羽目になった。

不格好な仕上がりではあったが、漸《よう》くなんとか全部のパッキングを済ませたぼくは、次に段ボール箱を三つ組み立てた。ひとつはローマで、ひとつはミラノ、最後のひとつはシチリア宛《あて》だ。

それぞれの包みを三つの段ボール箱に振り分けて入れてみる。

ミラノ行きは一個なので問題なく入った。――が。

「あれ？　しまった……入りきらないや」

ローマ行きとシチリア行きが段ボール箱からはみ出してしまった。

もっと大きい箱はないかと探してみたけれど、見当たらなかった。

仕方ない。もう一度テープを剝《は》がし、緩衝シートの大きさを調整して、初めから全部包み直す。

三十分かかってやっとすべての再包装を終え、箱に詰め込んだ。今度はローマ行きはなんとかギリギリ入ったけれど。

「嘘《うそ》。まだ入らない……」

シチリア行きの箱に入りきらなかった最後の包みを手に、呆然《ぼうぜん》とつぶやく。

焦《あせ》ってなんとか狭《せま》いスペースに押し込もうと試みるも、物理的に無理だった。縦にしても横にしても入らない。

「ってことは、また初めからやり直し？」

さすがに泣きそうになる。時計を見たら、もう深夜の二時を過ぎていた。

眠気《ねむけ》と疲《つか》れのせいで頭は朦朧《もうろう》としている。しかし、だからといってこの状態で投げ出して寝てしまうわけにはいかない。

自分の不器用さを呪《のろ》いながらも、半泣きのぼくはシチリア宛の荷物の三度目のパッキングに取りかかった――。

キンコーン。

どこかで鐘《かね》が鳴っている。フィレンツェの教会の鐘？

キンコーン。

二度目の鐘の音で揺《ゆ》り起こされたぼくは、眉《まゆ》をひそめ、ゆっくりと薄目《うすめ》を開いた。なんだか背中と腰《こし》が痛い。

「う……ん」

伏《ふ》せていた顔をのろのろと上げて、周囲を見回す。

「……え？　あれ？」

ややあってぼくは、自分がリビングのダイニングテーブルに突《つ》っ伏《ぷ》して寝《ね》ていたことに気がついた。

「なんで……こんなとこに？」

上手《うま》く回らない舌でつぶやき、まだ半分眠《ねむ》っている頭を懸命《けんめい》に動かして、意識が無くなる前の記憶《きおく》を探《さぐ》る。

たしか……イタリアに送る荷物を造っていたはずだ。

その記憶を裏付けるように、目の前には緩衝シートに包まれた塊《かたまり》が四つ転がっていた。

「途中《とちゅう》で寝ちゃった？」

このところの寝不足が祟《たた》って、作業の途中で寝てしまったらしい。どうやらシチリア行きのプレゼントの三度目の梱包が済んだ時点で力尽《ちからつ》きたようだ。

そこまで思い出した時、ふたたび鐘の音が鳴った。

キンコーン。

この段階でやっと、その音が来客を告げる呼び鈴《りん》だと気がつく。人が訪ねてくることは滅多《めった》にないので、すぐにはピンと来なかったのだが。

(誰《だれ》かお客さん？)

壁《かべ》の掛《か》け時計を見れば、文字盤《ばん》の針は八時半を指していた。

こんなに朝早くから誰だろう。

ぼんやりと思い巡《めぐ》らせていて、はっと両目を見開く。

航空貨物便のスタッフが荷物をピックアップしに来た⁉

（まずい！　まだ荷物ができていない！）

漸くはっきりと目が覚めたぼくは、あたふたと椅子《いす》を引いて立ち上がり、壁際《かべぎわ》のインターフォンまで駆《か》け寄った。一階の自動ドアのオートロックをボタンで解除すると、急いでダイニングテーブルに舞《ま》い戻り、梱包済みの包みをシチリア行きの段ボール箱に詰《つ》め込む。今度こそ全部がぴったりと空間に収まった。箱の口を閉じ、ガムテープを貼《は》ったところで、今度は部屋の呼び鈴が鳴る。

ピンポーン。

「来ちゃった！」

どうしよう。荷物はなんとかできたけどまだ送り状を書いていない。

あわてて玄関《げんかん》まで走ったぼくは、レバーハンドルを捻《ひね》ってドアをガチャッと押し開けた。隙《すき》間《ま》から顔を突き出し、開口一番「すみません！」と謝る。

「まだ送り状が書けていな……」

言葉が途中で途切《とぎ》れた。

目の前に立っていた人物が、予想していたようなユニフォーム姿ではなかったからだ。

チャコールグレイのスーツだ。それも見るからに仕立ての良さそうな三《み》つ揃《ぞろ》いのスーツ。

背が高い。

長い脚《あし》と高い腰位置を確認《かくにん》したのちにじわじわと上昇《じょうしょう》した視線が、厚みのある胸を通過し、やがてストイックなくらいにきっちりと締《し》め上げたネクタイに行きつく。刹那《せつな》、ドクンッと心臓が跳ねた。

（まさか……）

見覚えのあるシルバーグレイのネクタイを見つめてごくっと息を呑《の》む。

（そんな……まさか……そんなことがあるわけがない）

心の中で否定しつつ思い切ってさらに顎を持ち上げたぼくの目が、怜悧《れいり》に整った白皙《はくせき》を捉《とら》えた。

秀《ひい》でた額と理知的な眉。青灰色《ブルーグレイ》の瞳《ひとみ》。シャープな鼻梁《びりょう》。端整《たんせい》な唇《くちびる》。

「………っ」

眼鏡《めがね》のレンズ越《ご》しの鋭《するど》い眼差《まなざ》しと視線がかち合った瞬間《しゅんかん》、びくんっと肩《かた》が揺れる。パチパチと瞬《まばた》きを数回してから、ぼくは信じられない思いで、その名を口にした。

「マ……マクシミリアン⁉」

「おはようございます」

落ち着いた深い低音を耳にしてもまだ信じられなくて、上擦《うわず》った声が零《こぼ》れる。

「え？　嘘……なんで？　これ、夢？」

もしかして、まだ夢から覚めていなかったとか？

だって、ローマにいるマクシミリアンがここにいるはずが……。

思わず目蓋《まぶた》をごしごしと手で擦《こす》って、もう一度パチッと両目を見開く。

マクシミリアンは消えていなかった。

（夢じゃない。本物……だ）

本物の、マクシミリアンだ。なんでここにいるのか理由はわからないけど、本当に、本物だ。

込み上げてきた実感に胸を震《ふる》わせながら、両手をぎゅっと握《にぎ》り締めていると、目の前の恋人《こいびと》が「部屋の中に入ってもよろしいですか？」と尋《たず》ねてきた。

「あ、う、うん」

飛び退《すさ》るようにしてレバーハンドルから手を離《はな》す。ぼくの代わりにドアを支えたマクシミリアンが、玄関の中に体を入れ、さらにスーツケースを引き入れる。それら一連の動作を、ぼくは片時も目を離さずに凝視《ぎょうし》し続けた。

だって少しでも目を離したら、マクシミリアンが消えていなくなってしまいそうで。

（本物だ……本物だ）

今にも小躍《こおど》りしそうなぼくの脇《わき》を通り抜《ぬ》け、マクシミリアンがリビングへと進む。そのぴんと背筋の伸《の》びた背中を、ぼくも小走りに追った。

リビングの真ん中で足を止め、スーツケースから手を離したマクシミリアンが、くるりと振《ふ》り返る。眼鏡のブリッジを中指でついっと押し上げたかと思うと、すぐ後ろのぼくをひたと見《み》据《す》えた。

「さて——ルカ様」

平素より幾分《いくぶん》かトーンの低い声が、頭上から落ちてくる。

「カードキーを持っている私が、なぜわざわざチャイムを鳴らしたか、おわかりですか？」

半ば夢見心地《ごこち》で恋人の顔をぽやんと見上げていたぼくは、突然《とつぜん》の質問に面食《めんく》らった。

「それは……ええと」

答えられないぼくを冷ややかな眼差しで見下ろしたマクシミリアンが、おもむろに低音を落とす。

「あなたの警戒心《けいかいしん》を確かめるためです」

「あ………」

「先程《さきほど》あなたはインターフォンで相手を確かめることもせずに、いきなりオートロックを解除した。さらには誰何《すいか》をせずにドアを開けた。これでは、なんのためのセキュリティなのかわかりません」

淡々《たんたん》と低い声を紡《つむ》ぐ怖《こわ》い顔を見上げているうちに、背中がひんやり冷たくなってきた。舞い上がっていた気持ちが急激に萎《しぼ》む。

「こ、航空貨物便に荷物のピックアップを頼《たの》んでたから……て、てっきり集荷スタッフだと思って」

しどろもどろに言い訳するぼくを、マクシミリアンが厳しい眼差しで射貫《いぬ》いてきた。

「仮にアポイントがあったとしても、ドアの外にいるのが本当にそのアポイントの相手なのか、確認する必要があります」

「そ、そうなんだけど、荷物ができてなくてちょっと焦《あせ》っちゃって」

「どんなに焦っていても、確認作業を疎《おろそ》かにしてはいけません」

言い訳をぴしゃりと封じられ、首を竦《すく》める。

「こちらでの生活も半年以上が過ぎて、お気持ちがいささか緩《ゆる》んでいらっしゃるのではないですか？」

「う……そうかも」

ぼくの返答に、マクシミリアンが眉をひそめ、ふぅとため息を吐《つ》いた。

「よろしいですか？　あなたの安全にかかわる大切なことです。今後は二度と、このようなことはないように」

「……うん」

「必ず確認すると約束してください。いいですね？」

念を押されてうなずく。

「……気をつける」

不意打ちの訪問の喜びに浸《ひた》る間もなく、いきなり教育的指導を受け、しょんぼりとうなだれるぼくに、マクシミリアンが「お顔を上げてください」と言った。その声が若干和《じゃっかんやわ》らいでいるのを感じて、おずおずと顔を上げる。

改めて一ヶ月半ぶりの——写真じゃない生の——恋人をじっと見つめた。

「どうして？」

青灰色の瞳を見つめたまま尋ねる。

「なんでいきなりこっちに？」

「あなたがクリスマスに戻《もど》っていらっしゃれないということでしたので、私のほうが東京に参りました」

あっさりとそんな言葉を返され、思わず大きな声が出た。

「参りましたって、仕事は？　大丈夫《だいじょうぶ》なの？」

「急なことでしたので少々手間取りましたが、どうにか調整がつきました」

その説明を耳にして、もしかしたらそのせいでこのところ慌《あわ》ただしい様子だったのかもしれないと思い当たる。

さっきはなんでもないことのようにさらりと言っていたけれど、要職についているマクシミリアンの予定を直前で変更《へんこう》することが、そう容易ではないことはぼくにだってわかる。

ただでさえものすごく忙《いそが》しい中、おそらくはかなりの無理を自らに課し、周囲に頭を下げ、仕事の予定をやりくりしてまで——。

「わざわざぼくに会いに来てくれたの？」

問いかけに、マクシミリアンが小さく微笑《ほほえ》んだ。

「今年のクリスマスは、あなたとどうしても一緒《いっしょ》に過ごしたかったのです」

「マクシミリアン！　嬉《うれ》しいっ！」

喜びを爆発《ばくはつ》させたぼくは、目の前の恋人に飛びつくみたいにして抱《だ》きついた。

「ルカ様」

マクシミリアンもまた、ぼくをぎゅっと抱き返してくれる。

その広い胸に顔を埋《うず》め、懐《なつ》かしいコロンの香《かお》りにうっとりと浸っていると、マクシミリアンが腕《うで》の力を緩めた。少しだけ体を離され、至近距離《きょり》で目と目が合う。

「ルカ様、お会いしたかった」

「……マクシミリアン……ぼくも」

マクシミリアンの顔が近づいてくる気配に、ぼくはゆっくりと目を閉じた。

「…………」

恋人とのひさしぶりのキスに胸が高鳴る。

吐息《といき》が間近に迫《せま》り、唇《くちびる》と唇が重なる寸前だった。

キンコーン。

チャイムの音にマクシミリアンがぴくりと震え、ぼくもパチッと目を開ける。

キンコーン。キンコーン。

マクシミリアンがかすかに眉根《まゆね》を寄せた。その顔には（間が悪い）と書いてある。それはぼくもすごく同感だったけれど。

「ごめん、きっと航空貨物便の引き取りだ。ちょっと待ってて」

マクシミリアンにそう断り、インターフォンに駆《か》け寄る。今度はちゃんと言いつけどおりにモニターを確認《かくにん》すると、白いユニフォームを着て赤い帽子《ぼうし》を被《かぶ》った男の人がぺこりと頭を下げた。

『エア・カーゴです。お荷物を引き取りに参りました』

「はい、今開けます」

オートロックを解除してから、ダイニングテーブルに走り寄って、送り状を急いで書く。ぼくの横合いから手許《てもと》を覗《のぞ》き込んだマクシミリアンが、「イタリアへの荷物ですか？」と尋ねてきた。

「うん、そう。シチリアとミラノとローマにクリスマスプレゼントを送ろうと思……」

言いかけて、はっと気がつく。

ローマ行きの箱の中にマクシミリアンへのプレゼントも入っちゃってる！

あわてて段ボール箱のガムテープを剝《は》がしにかかると、ピンポーンと呼び鈴《りん》が鳴った。

「マクシミリアン、代わりに出てもらっていい？　一分待ってもらって」

「承知しました」

マクシミリアンが応対に出てくれている間に、ぼくは箱の中からマクシミリアン用のプレゼントの包みを取り出した。ふたたびガムテープで段ボール箱の口を閉め、送り状も貼《は》って、荷物が完成する。

「では、明日現地着で、ローマ行き、シチリア行き、ミラノ行きがそれぞれ一口ずつ、計三口の荷物をお預かりします」

「よろしくお願いします」

玄関先《げんかんさき》で三つの段ボール箱を手渡《てわた》して、ほっと一息。昨日からの孤軍奮闘《こぐんふんとう》がやっと終了《しゅうりょう》した。軽く脱力《だつりょく》しながらリビングに引き返し、マクシミリアンの顔を見たとたん、出し抜けに懸案《けんあん》事項が蘇ってくる。

そうだ、縁談《えんだん》……。

荷造り騒《さわ》ぎとマクシミリアンの突然《とつぜん》の来訪に紛《まぎ》れて、失念していたけれど。

あの件があったんだ。

ここのところずっとぼくを苦しめてきた気鬱《きうつ》の種を思い出すと同時に、気持ちがずしんと重くなる。

マクシミリアンが日本まで来てくれたことによって、会えない寂《さび》しさは解消できた。だけど、もうひとつの気がかりは依然《いぜん》未解決のまま。マクシミリアンと会えたからって、縁談の件が解決するわけじゃない。

ぼくは、荷造りの後片づけをするマクシミリアンの横顔を黙《だま》って見つめた。

今なら訊《き》ける。

これは、直接本人に問い質《ただ》すチャンスだ。

(でも……)

もの言いたげなぼくの視線に気がついたのか、マクシミリアンがこちらに顔を向けてくる。

「どうかなさいましたか?」

「…………」

喉許《のどもと》の声を呑《の》み込み、開きかけた口を閉じて、ぼくは首を左右に振《ふ》った。

「ルカ様?」

「……なんでもない」

秀麗《しゅうれい》な眉《まゆ》がつと寄る。

マクシミリアンがぼくの態度を不審《ふしん》に思ったのはわかったけれど、無理だ。面と向かってなんて訊けないよ、そんなこと。

問い質した結果、「結婚《けっこん》します」とその口から言われてしまったら……。

想像しただけで、ぞくっと背筋が震《ふる》える。

（きっと立ち直れない）

意気地《いくじ》のない自分に苛立《いらだ》ちつつ、ぼくはマクシミリアンの訝《いぶか》しげな眼差《まなざ》しからそっと目を逸《そ》らした。

3

自分からマクシミリアンに縁談の件を問い質す勇気はない。

だけど、自分から問わないまでも、マクシミリアンのほうから切り出される可能性だってあるのだ。

もしかしたら、ぼくに直接その件について話すために、わざわざ東京まで来た可能性も……。

そのことに気がついた瞬間《しゅんかん》から、ぼくはマクシミリアンの顔がまともに見られなくなってしまった。

目が合いそうになる寸前で視線を逸らす。マクシミリアンが何かを話そうとする気配を察するたびに、先に自分から話題を持ち出して躱《かわ》してみたり、立ち上がってできるだけさりげなく別の部屋に逃《に》げ込んでみたり——。

こんなの不自然だし、絶対マクシミリアンだってぼくの様子がおかしいと思っている。それはわかっていたけれど、自分ではどうしようもなかった。

マクシミリアンの結婚話なんて聞きたくない。

(だって……聞きたくない)

縁談の件で頭が一杯《いっぱい》になってしまったぼくは、いつマクシミリアンにその話を切り出されるかと、そわそわ、びくびく、落ち着かない気分で午前中を過ごした。

だから、アルバイトに出かける時間が来た時には、心密《こころひそ》かにほっとした。

「ごめんね、せっかく朝早くローマから来てくれたのにアルバイトが入っちゃってて。今、すごく忙しい時期でキャンセルはできないんだ」

玄関《げんかん》で謝るぼくに、マクシミリアンが鷹揚《おうよう》に首を振る。

「いいえ、私のほうこそ前触《まえぶ》れもなくいきなり来てしまってすみませんでした。私も本日は青山ブランチの準備室に顔を出しますので、私のことはお気になさらず、アルバイトをがんばってください。——お荷物はこれだけですか？」

マクシミリアンが渡《わた》してくれたバッグを、ぼくは「うん」と受け取って斜《なな》めがけにした。

「お祖父様《じいさま》の病室に寄ってくるから、帰りもちょっと遅《おそ》くなると思う。ここに戻《もど》ってこられるのは九時過ぎちゃうかも」

「ご夕食はいかがなさいますか？」

「カフェで賄《まかな》いが出るから食べてくる」

ぼくの返答に、目の前のマクシミリアンがほんのちょっぴり寂《さび》しげな表情を浮かべたような……でも、ぼくが（あれ？）と思った時には、もういつものクールなマクシミリアンに戻ってて「わかりました」とうなずいていた。

「では、アルバイト先を出られる時点でご連絡《れんらく》をいただければ、駅までお迎《むか》えに上がります」

そんなふうに言われて、ちょっと面食《めんく》らう。

マクシミリアンの過保護は今に始まったことじゃないけど。

「大丈夫《だいじょうぶ》だよ。いつもそれくらいの時間でもひとりで帰ってきてるし、駅からここまで二分だもん」

「…………」

マクシミリアンがうっすら眉《まゆ》をひそめた。

「しかしルカ様……」

憮然《ぶぜん》とした面持《おもも》ちで反論を継《つ》ぎかけるマクシミリアンを遮《さえぎ》るように言葉を重ねる。

「本当に大丈夫だから。ね？」

「…………」

「じゃあ、行ってきます」

まだ何か言いたそうなマクシミリアンににっこりと笑いかけ、そそくさとドアを押し開けたぼくは、廊下《ろうか》に足を一歩踏《ふ》みだしたところで、「あっ」と声を出した。くるっと振り返り、玄関口までぼくを見送ってくれたマクシミリアンに訊《き》く。

「いつまでこっちに居られるの？」

「二十六日までです。二十六日の夕刻には羽田を発《た》ちます」

今日が二十三日だから、今日を入れて約四日間か。

クリスマスを一緒《いっしょ》に過ごせるのは嬉《うれ》しいけれど、この調子で四日間あの件から逃げ続けるのは正直かなりつらい……かも。

口から零《こぼ》れそうな嘆息《たんそく》を呑《の》み込み、ぼくはもう一度「行ってきます」と言ってドアを閉めた。


結局、その夜アルバイトから帰宅したあとも、ぼくはマクシミリアンに対して警戒心《けいかいしん》を解くことができなかった。

(……疲《つか》れた)

なんだか、今日一日でものすごく疲れた。

立ちっぱなしで棒のようになった足を引きずって自分の部屋に入るなり、ベッドにばったりと倒《たお》れ込む。

前日にベッドでちゃんと寝《ね》ていなかったせいもあるし、八時間休憩《きゅうけい》もほとんどなしでフロアと厨房《ちゅうぼう》を行ったり来たりしていたせいもあるけど、やっぱりマクシミリアンと一緒にいる間ずっと緊張《きんちょう》しているのが一番の原因かもしれない。

ぼくの緊張が伝わるのか、マクシミリアンもどことなく不機嫌《ふきげん》で、部屋の中にもぎくしゃくとした空気が流れている。

（こんな調子で、あと三日も保《も》つのかな）

そんなことを考える自分が悲しい。

せっかくふたりきりの夜なのに、マクシミリアンを避《さ》けてばかりなのがやるせない。

（駄目《だめ》だ……疲れているせいでどんどん気持ちが沈《しず》んでいく）

鬱々《うつうつ》とした気分を振り払《はら》うために、ぼくは頭をふるっと振って、のろのろと起き上がった。

「……お風呂《ふろ》に入って気分転換《てんかん》しよう」

マクシミリアンが用意してくれたお風呂に入り、頭と体を洗う。浴室を出てから、パウダールームで髪《かみ》を乾《かわ》かして歯を磨《みが》いた。

それからキッチンに行って、冷蔵庫からミネラルウォーターのボトルを取り出し、リビングのソファに腰《こし》を下ろした――ところまでは覚えているのだけれど、どうやらそこでエネルギー切れになったらしい。

いつの間に寝入《ねい》ってしまったのか、気がつくと朝で、ぼくはちゃんと自分の部屋のベッドに寝ていた。

……ということは？

（またマクシミリアンに抱《だ》っこで運ばれた⁉）

いつぞやの二の舞《まい》に、カーッと顔が熱くなる。

子供みたいで恥《は》ずかしい。自分ではこの八ヶ月でだいぶ自立したつもりでいたけれど、こんなところでマクシミリアンに面倒《めんどう》をかけてしまうようでは、まだ全然駄目だ。

進歩のない自分に落ち込みながらリビングに行くと、マクシミリアンはすでに身支度《みじたく》を済ませ、キッチンで朝食の用意をしていた。

「……おはよう」

「おはようございます」

今朝も一分の隙《すき》もない美丈夫《びじょうふ》が微笑《ほほえ》みかけてくる。

「マクシミリアン……昨日はごめんね」

己《おのれ》の不甲斐《ふがい》なさに悄然《しょうぜん》と俯《うつむ》くぼくとは裏腹に、マクシミリアンはなぜか機嫌《きげん》がよかった。

「かなりお疲れのご様子でしたね。私がお部屋のベッドに運んでも、まったく目を覚ましませんでした」

「うん……このところ、あんまり眠《ねむ》れなかったから」

「眠れない？　何か心配事でも？」

切り返されて、自分の失言に気がつく。

「あ、ううん、別に大したことじゃないから」

あわてて両手を振《ふ》るぼくを、マクシミリアンが目を細めて見下ろしてきた。内面を見透《みす》かすような鋭《するど》い視線から、ぼくはぎくしゃくと目を逸《そ》らし、ダイニングテーブルの上の新聞を手に取る。一面の日付を見て心の中でつぶやいた。

（今日はイブかぁ）

そうはいっても、今日もアルバイトがオープンの十時から夕方までびっしり入っている。

「本日のご予定は？」

朝食のあとで尋《たず》ねられ、ちょっとドキッとした。怒《おこ》られるかな、とびくびくしながら答える。

「十時から六時までアルバイトで、そのあとお祖父様のお見舞《みま》いに行くつもりだけど……」

イブなのに一緒にいられないぼくを、けれどマクシミリアンは責めなかった。

「わかりました。ご夕食は？」

せめてクリスマスディナーくらい一緒に食べたいと思って、「今日は家で食べる」と言ったら、マクシミリアンが満足げにうなずいた。

「では、何かご用意しておきます」


カフェのアルバイトは、今日と明日だけ特別なクリスマスメニューがあるためか、オープンからお客さんが多くて忙《いそが》しかった。ランチ時がピークで、ぼくもフロア業務だけでなく、厨房にも入って手伝う。お昼をまともに取る暇《ひま》もなく働き続け、五時四十五分に夜のシフトのスタッフが来てくれて、漸《ようや》くバトンタッチ。

「杉崎くん、お疲れ様」

「お疲れ様でした。お先に失礼します」

　バックヤードでタブリエの紐《ひも》を解《ほど》いていたら、ぼくと入れ替《か》わりのシフトの東堂が、ドアを開けて中に入ってきた。

「杉崎、これから病院？」

「うん」

「そっか、お祖父《じい》さんによろしく。そういやマクシミリアンさん、来てるんだっけ？　今麻布のマンションにいるの？」

　昨日アルバイトで顔を合わせた際に事情を話したので、東堂はマクシミリアンが東京に来ていることを知っている。

「うん、たぶん今頃《いまごろ》は夕食の支度をしてくれていると思う」

「それにしてもさ、あの人もクールに見えて余裕《よゆう》ないってーか、必死だよなぁ」

　隣《となり》で着替《きが》え始めた東堂がクックッと笑い、ぼくはユニフォームをロッカーに仕舞《しま》いながら首を傾《かし》げた。

「マクシミリアンが必死？」

「おまえがイタリアに帰れないって知ったら、もう居ても立ってもいられなかったんじゃね？　万難排《ばんなんはい》してＰ　Ｊ《プライベートジェット》で飛んで来ちゃうんだからすげーよ。どんだけおまえに惚《ほ》れてるんだかって話だよ」

「そ、そうかな……」

心配かけると思ったから、縁談《えんだん》の話はしていない。だから東堂はそんなふうに言うけれど。

「なーに自信なさげな顔してんだよ？　こんだけ愛されて何が不満だ？」

ぴんっと指先でおでこを弾《はじ》かれて、ぼくは悲鳴をあげた。

「痛いっ」

「ダーリンがクリスマスディナー作って待ってんだから、なるべく早く帰ってやれよ？」

「う、うん」

「楽しいクリスマスをな」

ロッカーの中から紙袋《かみぶくろ》を取り出し、バタンとドアを閉めて「東堂もね」と言う。二十四日と二十五日は店が忙しいことがわかっていたので、昨日の時点でバイト先の皆と東堂にはプレゼントを先渡ししてあった。

「おー。お疲れー」

片手を上げた東堂に手を振り、ぼくはバックヤードを出た。裏口を抜《ぬ》け、ビルの裏側の出口から外に出る。

「うー……寒い」

頬《ほお》を撫《な》でる冷たい空気にぶるっと震《ふる》えたぼくは、路地の壁際《かべぎわ》に立つ人影《ひとかげ》に目を細めた。

ロングコートを羽織った、すらりとした長身のシルエットを認めた刹那、デジャ・ビュに襲《おそ》われる。

(あれ？　前にもこんなシーンがあった気がする)

そうだ。あれはまだアルバイトを始めたばかりの頃《ころ》──。

記憶《きおく》を探《さぐ》っている間にロングコートのシルエットが建物の陰《かげ》から出てきた。街灯の光に照らされ、その怜悧《れいり》な美貌《びぼう》があらわになる。

「マクシミリアン！」

息を呑《の》んだ一瞬《いっしゅん》後、大きな声を出すぼくに向かって、長身がさらに近づいてきた。やがてぼくのすぐ手前で足を止める。

「ど、どうしたの？」

間近のマクシミリアンを、ぼくは瞠目《どうもく》して見つめた。

「何かあった？」

不安を覚えたぼくの重ねての問いかけに、マクシミリアンがゆっくりと首を横に振る。

「何かトラブルがあったわけではありません。ただ、お祖父様のお見舞いに私も同行させていただきたいと思いまして」

「それは……別にかまわないけど」

どうした風《ふ》の吹き回しだろう。

不思議に思っていると、マクシミリアンが片手を背中に添えてきた。静かに促《うなが》される。

「病院までお送りいたします」


シルバーボディのマセラティに乗り込み、マクシミリアンの運転で病院へ向かった。

よく考えてみたら、マクシミリアンとお祖父様が顔を合わせるのは初めてだ。

ちょっとドキドキする。

(別に『恋人《こいびと》』とか、そんなふうに紹介《しょうかい》するわけじゃないんだから)

そう自分に言い聞かせてみたものの、一度走りだした胸の動悸《どうき》は簡単には鎮《しず》まらなかった。

マクシミリアンと連れだって入院病棟のロビーを横切り、エレベーターを使って十階まで上がる。ここの十階は個室専用の階なので人の気配がほとんどない。シンと静まり返った廊下《ろうか》を歩き、突《つ》き当たりの部屋の前で足を止めた。

やや緊張《きんちょう》の面持《おもも》ちで、ドアをコンコンとノックする。

「はい」

しわがれた声のいらえを待って、ぼくはスライドドアを開けた。

祖父は部屋の中央に置かれたベッドに、上半身をリクライニングした状態で寝《ね》ていた。本を読んでいたようだ。

「お祖父様」

呼びかけて部屋の中に入る。ぼくを認めた祖父が老眼鏡を外した。

「琉佳」

「お加減はいかがですか？」

「悪くはない」

答えた祖父が「石田は買い物に出ている」と言い添えてから、視線をぼくの後ろに立つマクシミリアンに向けた。

「あ、……ええと」

ぼくも首を捻《ひね》ってマクシミリアンを見上げる。どう紹介しようかと思案しつつ、ゆっくりと口を開いた。

「ぼくの子供時代からの世話役で、今は兄の補佐《ほさ》役でもあるマクシミリアンです。仕事で東京に来ていて、今日は車で病院まで送ってくれたんです」

「マクシミリアン・コンティです。初めてお目にかかります、ミスター杉崎」

名乗ったマクシミリアンが両腕《りょううで》をぴしりと体の脇《わき》に添え、深々とお辞儀をした。日本人の祖父に合わせ、握手ではなく、日本式の挨拶にしてくれたようだ。祖父が皺《しわ》深《ぶか》い目をわずかに細める。

「日本語が達者だな」

「ミカ様に教えていただきました」

「美佳《みか》に……」

祖父が、今は亡《な》き娘《むすめ》の名前を噛《か》み締《し》めるようにつぶやいた。

「一使用人に過ぎない私を、ミカ様は本当の家族のように扱《あつか》ってくださいました。ミカ様がご健勝でいらした当時、ロッセリーニ家に仕える者は、ミカ様に憧《あこが》れ、お話がしたい一心で、競《きそ》うように日本語を勉強しました。私もそのひとりですが、今でも古くからの使用人は皆《みな》、とても流暢《りゅうちょう》な日本語を話します」

「……そうか」

もしかしたらマクシミリアンは、母様がシチリアでみんなに愛されていたことをお祖父様に伝えるために、今日病院に足を運んだんだろうか。

お祖父様は、自分からは決して娘の話をしないけれど、ぼくが母様の話をすると、いつも懐《なつ》かしそうな目をする。たぶん本当はもっといろんな人から母様の話が聞きたいんだ。離《はな》れていた時期の娘の様子を知りたいんだ。

マクシミリアンはそれをちゃんとわかっていた。

（ありがとう、マクシミリアン）

感謝の気持ちが満ちると同時に、ぼくの胸にはもうひとつの感情が沸《わ》き上がってきた。

ぼくにとって、とても大切なふたりであるお祖父様《じいさま》とマクシミリアン。そのふたりがこうして顔を合わせてくれたのは嬉《うれ》しい。

でもできればお祖父様には、マクシミリアンのことをもっと知ってもらいたい。

ぼくにとってマクシミリアンがどれだけ大切な存在であるのか。身も心も、どんなに彼に支えてもらっているかを伝えたい。

その欲求《よっきゅう》に駆《か》られたぼくは、祖父に向かって言った。

「マクシミリアンは、今年の春にぼくが東京に来る時に一緒《いっしょ》にイタリアから来て、こちらの生活に慣れるまで面倒《めんどう》を見てくれたんです。生活のフォローのみならず、ぼくを護《まも》るために身を挺《てい》してくれたり、ある時は厳しく叱《しか》ってくれたり、本当に誠心誠意尽《つ》くしてくれて……マクシミリアンがいなかったら、ぼくはきっと今でも何ひとつ自分でできない甘ったれのままで、こんなふうにひとりで暮らすこともできなかったと思います」

精一杯《せいいっぱい》の言葉を尽くして説明したものの、まだ充分《じゅうぶん》に伝え切れていない気がして、ぼくはもどかしい心持ちで祖父の目を見つめた。

「あの……」

逡巡《しゅんじゅん》した挙げ句に、思い切って口にする。

「彼は……ぼくの大切な人です」

「ルカ様」

マクシミリアンが驚《おどろ》いたような声を出した。

祖父に理解されなくてもいい。でも、ぼくのマクシミリアンへの気持ちだけはきちんと伝えておきたい。――そう思ったから。

「…………」

祖父がぼくからマクシミリアンに視線を転じた。マクシミリアンの顔を十秒ほどじっと見つめたのちに、しわがれた声を紡《つむ》ぐ。

「わしに何かあった時には琉佳を頼《たの》む」

マクシミリアンが小さく息を呑む気配がした。だがすぐに足を踏《ふ》み出して祖父の枕許《まくらもと》に立ち、揺《ゆ》るぎない声音《こわね》で告げる。

「お任せください。ルカ様は生涯《しょうがい》、私がこの命に代えてお護りいたします」

厳《おごそ》かなマクシミリアンの誓《ちか》いに、祖父がうなずいた。

(……マクシミリアン……お祖父様)

その様子を見ていたぼくの胸はジンと痺れたみたいに熱くなる。

さらに鼻の奥がツンと痛くなったぼくは、泣きそうな自分を誤魔化《ごまか》すために、「そうだ」と明るい声を出した。

「お祖父様に……これを」

手に提《さ》げていた紙袋《かみぶくろ》の中から、茶色い包みを取り出す。

「これは？」

「クリスマスプレゼントです。ムートンの部屋履《ば》きなんですけど、退院なさった時に履いていただこうと思って」

プレゼントを受け取り、包みを開いた祖父が、もこもこしたムートンを皺深い手で撫《な》でた。

「前に膝掛《ひざか》けをもらったのに、また気を遣《つか》わせて悪かったな」

「いつも大したものじゃなくてすみません。もしかしたらお祖父様の趣味《しゅみ》に合っていないかもしれないんですけど」

「そんなことはない……いつも心遣《こころづか》いを有り難《がた》く思っている。ありがとう」

ありがとうと言われたのは初めてだったので、なんだか嬉しかった。

「あ、あと、一緒に食べようと思ってケーキも持ってきました」

紙袋から、小さなケーキの箱を取り出した時、ガラリと背後のドアがスライドして、石田さんが顔を覗《のぞ》かせた。

「賑《にぎ》やかですね」

にこにこと笑顔で近づいてきて、初対面のマクシミリアンにお辞儀をする。

「マクシミリアン、お祖父様の世話をしてくださっている石田さんです。石田さん、ぼくの世話役のマクシミリアンです」

それぞれに対するぼくの紹介《しょうかい》が終わると、祖父に頼まれた石田さんがケーキの箱を開けた。

「これは、美味《おい》しそうなケーキだ」

「アルバイト先のカフェのパティシエが作ってくれたんです」

「楽しみですね、旦那《だんな》様。早速《さっそく》分けていただきましょうか。今、お茶の用意をします」

石田さんの言葉に祖父が「うむ」とうなずいた。


ケーキを食べたあと、四人で少し雑談をしてから、祖父にまた明日来ることを約束して病室を辞す。地下駐車場《ちゅうしゃじょう》のマセラティの助手席に乗り込んだぼくは、運転席のマクシミリアンにお礼を言った。

「お見舞《みま》いにつき合ってくれてありがとう。それから、お祖父様に母様の話をしてくれてありがとう」

「お礼を申し上げるのは私のほうです。いつかはご挨拶《あいさつ》をと思っていましたので、こうしてミスター杉崎にお会いできる機会をいただけてよかったです。お話しできて本当によかった」

安堵《あんど》の声を出したマクシミリアンが、ふと表情を引き締める。ぼくを見つめて「それよりも」と継《つ》いだ。

「この数日、ルカ様のご様子に違和感《いわかん》を覚えておりました。私に何かおっしゃりたいことがあるのではございませんか？」

やっぱりぼくの様子がおかしいことに気がついていたんだ。そう思いながら、「……うん」とうなずく。

「でも……もういいんだ」

――ルカ様は生涯、私がこの命に代えてお護りいたします。

さっきマクシミリアンがお祖父様に言ったあの言葉に嘘《うそ》はないと思うから。

（それに）

――彼は……ぼくの大切な人です。

お祖父様に告げた時、自分の中にも迷いはなかった。心から素直《すなお》にそう思えた。

たとえ今後どんな障害がふたりの前に立ちはだかったとしても、ぼくがマクシミリアンを好きで、大切に思っている気持ちは変わらないし、揺るがない。

今一度、自分の想《おも》いの強さを確かめたぼくは、マクシミリアンをまっすぐ見た。

「マクシミリアンを信じる」

「ルカ様」

「縁談《えんだん》の件もちゃんと考えて答えを出してくれるって信じ……」

「縁談？」

秀麗《しゅうれい》な眉根《まゆね》が寄った。

「あ……」

しまった、と思ったけどもう遅《おそ》い。

視界の中のマクシミリアンの顔がみるみる険しくなった。

「どなたにお聞きになったのですか？」

「レ……レオナルドから」

怖《こわ》い顔で問い詰《つ》められ、渋々《しぶしぶ》と答える。

「……それでですか」

マクシミリアンがふーっとため息を吐《つ》いた。

「これでやっと理由がわかりました」

ずっと胸に溜《た》めていた気鬱《きうつ》の種を吐き出したことで、少し気分が楽になったぼくは、おずおずと訊《き》いた。

「あの……父様が縁談を進めているんだよね？」

「たしかにそういったお話もいただきました」

「…………」

本人に認められて、ズキッと胸が痛む。

「ですがその件に関しましてはドン・カルロにはっきりとお断り申し上げました。私の忠誠は生涯ロッセリーニ家にあり、家族を持つつもりはない、と」

「マクシミリアン」

真剣《しんけん》な眼差《まなざ》しがぼくを射貫《いぬ》いた。

「私が生涯を誓った主人《パドローネ》はあなただけです。わかっておいでてでしょう？」

「うん……」

何を言われても自分の気持ちは変わらないと思っていたけれど、やっぱり、マクシミリアンに口に出してはっきり言ってもらえると安心する。

(よかった)

胸の閊《つか》えが完全に消え、ほっとするぼくの視線の先で、マクシミリアンの白皙《はくせき》がふと憂《うれ》いを帯びた。

「正直なことを申し上げれば、あなたのお祖父様《じいさま》やドン・カルロに対して、今でも申し訳ないという気持ちが消えたわけではありません」

「マクシミリアン？」

「私の存在によって、大切な孫であり息子《むすこ》であるあなたの先の可能性の芽が、幾《いく》つか摘《つ》まれてしまう。そのことを思えば、自責の念が湧《わ》くのも、また偽《いつわ》らざる事実です」

「そんなことっ」

ぼくの反駁《はんばく》の声を遮《さえぎ》るように、マクシミリアンが「――それでも」と言葉を継ぐ。青灰色《ブルーグレイ》の瞳《ひとみ》が、ぼくを切なげに見つめた。

「あなたを愛さずにはいられない」

思い詰めたような囁《ささや》きに、胸がズキンと甘く疼《うず》く。

「……マクシミリアン」

マクシミリアンが手を伸《の》ばしてきて、ぼくの手を取った。自分のほうに引き寄せ、指先にそっと唇《くちびる》で触《ふ》れる。

「これからは、何か心配事があったら、胸に溜めたりせずに私に言ってください」

「うん」

「あなたがひとりで苦しむのは耐《た》えられない」

「ごめん」

「約束ですよ？」

念押しに、ぼくはこくっとうなずいた。

「約束する」

言葉だけでは足りない気がして、自分から身を乗り出し、顔を近づけた。マクシミリアンの唇にそっと唇で触れる。

あたたかい唇と触れ合った次の瞬間《しゅんかん》、腰《こし》に腕《うで》が回ってきて、ぐいっと強く引き寄せられた。

「んっ……マクシ……ミリ……アン……ッ」

激情を解き放つような情熱的なくちづけに翻弄《ほんろう》される。

約一ヶ月半ぶりの再会を果たしてから、これが初めてのキスだった。

麻布のマンションに戻《もど》るなり、ぼくたちは玄関先《げんかんさき》でキスをして、そのままもつれるようにマクシミリアンの寝室《しんしつ》に雪崩《なだ》れ込んだ。

「ん、ぅん、ん……」

キスをしながらマクシミリアンに抱《だ》き上げられ、ベッドにやさしく落とされる。ベッドリネンに仰向《あおむ》けに横たわったぼくは、自分を真上から見下ろす恋人《こいびと》の、艶《つや》めいた美貌《びぼう》を見上げた。

（マクシミリアン……好き）

目で訴《うった》えると、レンズの奥の青灰色の瞳がじわりと細まる。

「……ルカ様」

かすれた声で名前を呼ばれた直後、マクシミリアンの唇が唇にそっと触れた。啄《ついば》むみたいな小さなキスを何度か繰《く》り返したあとで、舌先が唇の隙間《すきま》をツッとなぞってくる。

「………ん」

うっすらと開いた唇の狭間《はざま》に、濡《ぬ》れた舌がするりと入り込んできた。たちまち舌と舌が絡《から》まり合う。

「んっ……ん、っ……ぅん」

角度を変えてはまた唇を合わせることを繰り返しつつ、マクシミリアンの手がぼくのコートを脱《ぬ》がせ、次にジャケットを剝《は》いだ。その間も、間断なく舌を絡ませ合い続ける。

上半身を覆《おお》う衣類をすべて取り去った段で、ぼくたちはもう一度しっかりと抱《だ》き合った。

(気持ちいい……)

マクシミリアンの硬《かた》い体に包まれ、胸と胸とをぴったりと密着させてじっとしていると、隙間なく合わさったマクシミリアンの胸からも、少し速い鼓動《こどう》が伝わってくるような気がした。その力強い心臓の音を聞きながら、なんだかちょっと泣きたい気分になってくる。

「……ルカ様」

マクシミリアンがぼくの首筋に顔を埋《うず》めた。唇が、鎖骨《さこつ》、肩《かた》、二の腕と移動して、最後にちゆくっと乳首《ちくび》を吸う。

「あっ……」

ざらりとした舌で先端《せんたん》を舐《な》め上げられて、びくんっと肩が震《ふる》えた。さほど時をかけずに、胸の飾《かざ》りがあっけなく芯《しん》を持ち始める。

「……勃《た》ってきましたね」

「あっ、ん」

勃ち上がった尖《とが》りを舌で転がされたり、甘嚙《が》みされたりしているうちに、胸から生まれた

「熱」が下半身へと伝わっていくのが自分でもわかった。

お腹《なか》の下のほうがジンジンと……熱い！

たまらず腰をもじもじとくねらせていると、マクシミリアンがその身を下へずらした。

ぼくのボトムの前をくつろげ、下着ごと引き下げる。羞恥《しゅうち》に身を捩《よじ》る間もなく内股《うちもも》に手をかけられ、ぐいっと大きく開かされた。

「やっ、だ」

自分がすでに昂《たかぶ》り始めているのがわかっていたから、すごく恥《は》ずかしかった。じっと熱っぽい視線を注がれて、顔が火を噴《ふ》く。

「も……見ない、で」

お願いは聞き入れられず、股間《こかん》に顔を寄せたマクシミリアンが、まるで味わうかのようにゆっくりと、ぼくの欲望《よくぼう》を口に含《ふく》んでいく。

「あっ……」

熱い口腔《こうこう》内に包まれて息を呑《の》んだ。マクシミリアンの舌がねっとりと軸《じく》に絡みつく。

「はっ……あっ……ん」

仰向いた喉《のど》から、甘い吐息《といき》が漏《も》れた。

熱くて……気持ち……いい。

舐められている部分から、アイスキャンディみたいにとろとろに蕩《とろ》けちゃいそう……。

先端から溢《あふ》れ出た恥ずかしい蜜《みつ》を、舌先で舐め取られる。敏感《びんかん》なポイントをきゅっと強く吸われて、びくんっと腰が跳《は》ねた。

「だ、だめっ」

あわててマクシミリアンの頭を摑《つか》んで押しのけようとしたけれど、びくともしない。それどころかいよいよきつく吸い上げられて。

「やっ……そんなふうにしないで……も、出ちゃうよ……出ちゃ……あっ、あん……あぁーっ」

喉を大きくのけ反らしたぼくは、マクシミリアンの口の中でどくんっと弾《はじ》けてしまう。

「はぁ……はぁ」

胸を喘《あえ》がせて両目をうっすら開けると、マクシミリアンがぼくの放ったものを飲み下しているのが見えた。

「……マクシミリアン」

成熟した男の色香《いろか》が滴《したた》るような、その艶めいた表情を見ているうちに、達したばかりなのにまた体が熱く昂ってくる。

こくっと喉を鳴らし、ぼくは上半身を起こした。ベッドの上でマクシミリアンと向き合い、以前から胸に秘《ひ》めていた欲求《よっきゅう》を思い切って口にする。

「ぼ、ぼくもしたい」

「ルカ様？」

形のいい眉《まゆ》がひそめられる。

「しても、いい？」

いつもしてもらうばっかりなのは嫌《いや》だ。ぼくだってマクシミリアンにしてあげたい。下手なのはわかっているけど……。

欲求に圧《お》され、そろそろと股間へ手を伸ばしたら、マクシミリアンがかすかに身じろいだ。

「……お願い」

消え入りそうな声の懇願《こんがん》に、レンズの奥の双眸《そうぼう》がふっと細まる。

それを了承《りょうしょう》と受け取ったぼくは、トラウザーズの前をくつろげて、恋人の欲望を取り出した。

その間、マクシミリアンは動向を見守るかのように、じっと動かなかった。

（……大きい）

手の中の、ずっしりとした雄の印《しるし》をまじまじと見つめる。

よく考えてみたら、こんなふうにじっくりと観察するのは初めてかもしれない。

こ、こんな大きなものを口の中に？

怯《ひる》んで固まるぼくに、頭上からやさしい声がかかる。

「無理はなさらないでください」

「む、無理じゃないもん」

含む。

強がりを口にしたぼくは、意を決して顔を近づけた。おずおずと唇《くちびる》を開き、頭の部分を口に含む。

「んっ……う、んっ」

持て余すような大きなものをおっかなびっくり半分くらいまで頰張《ほおば》ったあと、残りを一気に口に入れようとして、喉の奥でぐっとむせた。

「大丈夫《だいじょうぶ》ですか？」

心配そうな問いかけに、涙目《なみだめ》のぼくは、マクシミリアンを銜《くわ》えたまま首を縦に振《ふ》った。大きな手が伸《の》びてきて、あやすみたいに頭を撫《な》でられる。

「ゆっくりとあわてずに……少しずつ喉を開いていって」

マクシミリアンの指導のもと、言われたとおりに少しずつ喉を開いた。嘔吐《おうと》感が少し和《やわ》らぐ。

「お口全体で包み込む感じで……そう……とてもお上手ですよ。吞み込みが早い。次は……舌を使ってみましょうか」

誉《ほ》められたことが嬉《うれ》しくて、軸に舌を這《は》わせてみた。いつもされていることを思い出しながら、懸命《けんめい》に舌を使っているうちに、口の中のマクシミリアンが少しずつ漲《みなぎ》るのを感じる。

「んっ……く」

やがて、マクシミリアンの先端から、とろりと粘《ねば》ついた液体が溢れてきた。

その少し苦い味を舌先で捉《とら》えた瞬間《しゅんかん》、ぼく自身も、じわっと濡《ぬ》れてしまう。

(あ……どうしよう)

上目遣《うわめづか》いに様子を窺《うかが》うと、マクシミリアンと目が合った。苦しげに寄せられた眉の下、欲《よく》情《じょう》に濡れた青灰色の瞳《ひとみ》でじっと見下ろされて、背中がぞくぞくする。

いいの？　と目で尋《たず》ねたら、耳の後ろをやさしく撫でられた。

「とてもいいですよ。……悦《よ》すぎてあなたを汚《よご》してしまいそうだ」

(……感じてくれているんだ)

口いっぱいの欲望は苦しかったけれど、マクシミリアンが気持ちよくなってくれている証《あかし》だと思えばそれすら嬉しい。

もっと感じて、気持ちよくなって欲しい。

その一心で一生懸命《いっしょうけんめい》舌で愛撫《あいぶ》していたら、ぼくの頭を撫でていた手に不意に力が入った。

肩を摑まれ、そっと押し退《の》けられる。マクシミリアンの昂りが口の中からぬるっと抜《ぬ》け出た。

「……あっ」

小さく非難の声をあげた次の瞬間には、ぼくはふたたび仰向《あおむ》けに押し倒《たお》されていた。

ぼくの顔の横に両手をつき、まっすぐ見下ろしてくるマクシミリアンの眼差《まなざ》しは、今までとは一変した獰猛《どうもう》な光を湛《たた》えていて――。

熱っぽい視線に縫《ぬ》い留められた状態で、先走りに濡れた欲望を握《にぎ》り込まれ、びくっと腰《こし》が震《ふる》える。

「私のを口にしただけで、こんなに濡らしたのですか？」

甘く昏《くら》い声で囁《ささや》きながら、親指で先端《せんたん》のぬめりをぐりぐりと塗《ぬ》り込まれた。

「……あぅっ」

「こちらも……こんなにいやらしくヒクヒクさせて」

後孔《こうこう》に指がぬるっと減《め》り込んでくる。

「あっ……」

感じるポイントを指先で突《つ》かれ、背中がひくんっと浮《う》き上がった。指の抽挿《ちゅうそう》に合わせて自分の中が淫《みだ》らに蠢《うごめ》くのがわかる。

「んっ……あっ、あんっ」

中を掻《か》き混ぜられると同時に屹立《きつりつ》を扱《しご》かれ、前と後ろの両方からもたらされる強い快感に、頭の芯《しん》が白く霞《かす》んだ。勃《た》ち上がった先端から恥ずかしい蜜が滴り落ちて、マクシミリアンの手をくちゅっ、ぬちゅっと濡らしている。

「……いい……気持ち……い」

熱に浮かされたみたいな声が溢れて、止まらない。

「ん……ぅん、……いっちゃ……」

「達《い》きそうですか？」

問いかけにはっと目を瞠《みは》り、ぼくはふるふると首を横に振った。

「や……一緒《いっしょ》に……マクシミリアンと一緒がいい」

涙声《なみだごえ》の懇願に、マクシミリアンが形のいい眉をくっとひそめ、ぼくの膝裏《ひざうら》に手をかける。両《りょう》脚《あし》をぐいっと大きく開かされ、あらわになった後孔に灼熱《しゃくねつ》の楔《くさび》をあてがわれた。

(入って……くる)

「ひ、ぁっ」

こじ開けるようにして穿《うが》たれ、一気に貫《つらぬ》かれて、悲鳴が口をつく。

一ヶ月半のブランクのせいか、よりマクシミリアンをしたたかに、熱く感じて。

「……ふっ……は……はっ」

どうにかすべてを受け入れ、うっすら涙を浮かべたぼくが胸を浅く喘がせていると、マクシミリアンが上体を屈《かが》めてきた。まつげに溜《た》まった涙の粒《つぶ》を唇でちゅっと吸い、耳許《みみもと》にかすれた声で囁く。

「動きます」

ぼくの脚を抱《かか》え直し、腰を深く入れてから動き始めた。最奥まで押し込んだかと思うと、ぎりぎりまで引き抜き、ふたたび閉じかけた肉をこじ開けてくる。

「あっ、あっ、あっ」

いきなり激しく中をぐちゅぐちゅと掻き回されて、嬌声《きょうせい》が跳《は》ねた。打ちつけるみたいに奥を突かれるたびに背中がうねる。

頭の芯が白く痺《しび》れ、穿たれた最奥から滲《し》み出すねっとりと熱い官能に瞳が潤《うる》んだ。

「やっ……ん……んっ」

どこもかもが怖《こわ》いくらいに感じやすくなっていて、胸の尖《とが》りを少し弄《いじ》られただけで、快感の火花が散る。

体の中で膨《ふく》らんだ官能を持て余し、すがるようにマクシミリアンの背中に腕《うで》を回したぼくは、汗《あせ》に濡れた首筋にしがみつき、すすり泣きながら訴《うった》えた。

「好きっ……好きっ」

硬《かた》い背中がぴくりと震え、密着した腹筋がいっそう固く引き締《し》まった。お腹《なか》の中のマクシミリアンがひときわ大きく膨らむ。

「あ……あぁ……っ」

猛々《たけだけ》しいほどの質量を持った昂《たかぶ》りで荒々《あらあら》しく抉《えぐ》られて、ぼくは喉《のど》を大きく反らした。

「んっ………い、く……いっ、いっちゃ……う、……あぁ――っ」

高い声を発して達した刹那《せつな》、マクシミリアンを食《は》んでいる部分をさらにきゅうっと締めつけてしまう。

「……くっ」

低いうめき声と同時にマクシミリアンが爆《は》ぜ、あたたかい放埒《ほうらつ》がじわりと体内に染《し》み渡《わた》る。

たっぷりとした「熱」で満たされる感覚に、熱い吐息《といき》が漏《も》れた。

「あ……あ……あ」

じわじわと弛緩《しかん》したぼくに、マクシミリアンがくちづけてくる。額や目蓋《まぶた》、鼻の頭に甘いキスが落ち、最後、唇の隙間《すきま》に囁かれた。

「……愛しています」

「ん……好き……ぼくも……大好き」

「もっと……いくらでもあなたが欲しい」

ベルベットみたいな甘い低音で囁かれれば、ぼくの体もまた熱くなって……。

繋《つな》がったまま上体を引き起こされ、マクシミリアンの膝の上に乗るやいなや、下から力強い抽挿を送り込まれる。

「あっ、あっ、んっ」

揺《ゆ》さぶりに嬌声をあげたぼくは、振り落とされないようマクシミリアンの体に腕を回し、その硬い背中をぎゅっと抱《だ》き締めた。


「せっかくの食事が冷めちゃったね」

「温め直しましょう」

一ヶ月半分のブランクを埋《う》めるために心ゆくまで抱き合ったあと、一緒にシャワーを浴びた。

その後、ダイニングテーブルで向かい合ったぼくたちは、シャンパンで乾杯《かんぱい》して、マクシミリアンが作ってくれたローストチキンを食べた。

「あー、美味《おい》しかったぁ。お腹いっぱい」

「お口に合ってよかったです。エスプレッソを淹《い》れますね」

マクシミリアンがキッチンでエスプレッソを淹れている間に、ぼくは自分の部屋に行った。

昨日、イタリア行きの荷物の中から取り出しておいた包みを抱えてリビングへUターンする。

「マクシミリアン」

キッチンからふたり分のエスプレッソを運んでいたマクシミリアンが、ダイニングテーブルの上にトレイを置いて振《ふ》り返った。

「はい、これ、クリスマスプレゼント」

包みを差し出すと、その顔が嬉《うれ》しそうに綻《ほころ》ぶ。

「ありがとうございます。私もお渡しするものがあります」

そう言い置いてリビングから出ていったマクシミリアンが、しばらくして、赤いラッピングを手に戻《もど》ってくる。

「私からも、ささやかなものですが、よろしければ受け取ってください」

「わっ、嬉しい！　開けてみていい？」

「もちろん。私も開けてよろしいですか？」

お互《たが》いのプレゼントの包みを開いたぼくたちは、ほぼ同時に中身を取り出した。

「あっ」

ふたりの声がユニゾンで重なり合う。

「色違《いろちが》い⁉」

マクシミリアンの手には白、そしてぼくの手にはサックスブルーのカシミアのマフラーが握られていた。

「偶然《ぐうぜん》ですね」

少しおかしそうな顔つきのマクシミリアンに、「ほんと、すごい偶然」とぼくも笑う。

「街のウィンドウディスプレイで見かけて、この色はきっとあなたに似合うと思いまして」

マクシミリアンがぼくの手からサックスブルーのマフラーを受け取り、器用な手つきで首に巻いてくれた。

「どう？　似合う？」

「ええ、とても」

マクシミリアンが自分の見立てに満足したように双眸《そうぼう》を細める。

「マクシミリアンにも巻いてあげる」

かなり背伸《せの》びをして――逆にマクシミリアンは身を屈めてくれた――ぼくは彼の首に白いマ

フラーを巻きつけた。

「どうですか？」

「すごく似合う」

想像していたとおりだ。首回りの白は、マクシミリアンのクールな美貌《びぼう》を引き立てる。よりいっそうその美丈夫《びじょうふ》ぶりが際《きわ》だつ恋人《こいびと》をうっとりと眺《なが》めながら、ぼくはつぶやいた。

「ぼくたち、ペアルックだね」

「期せずしてそうなりましたね」

マクシミリアンが幸せそうに微笑《ほほえ》む。

「せっかくですから、エスプレッソを呑《の》んだあとで、マフラーを巻いてミサに出かけましょうか」

マクシミリアンの提案に、ぼくもこのうえなく幸福な気分で「うん」とうなずいた。

第二章　レオナルド・ロッセリーニ×早瀬瑛

1

カーテンの隙間から差し込む薄日《うすび》に横顔を撫《な》でられ、まどろみを揺り起こされる。

「……う……ん……」

かすかな吐息を零《こぼ》してから、ゆるゆると目蓋《まぶた》を持ち上げた。

はじめにぼんやりと、やがて徐々《じょじょ》に焦点《しょうてん》を結んだ視界の中に、ひとりの男の寝顔《ねがお》が映り込んでくる。

ノーブルな額にかかる艶《つや》やかな黒髪《くろかみ》。くっきりと濃《こ》い眉《まゆ》。貴族的なフォルムを刻む高い鼻梁《びりょう》。官能的な膨らみを持つ唇《くちびる》。

穏《おだ》やかで規則的な呼吸に合わせて、長いまつげが揺れている。

「…………」

間近の彫《ほ》りの深い寝顔を眺めながら、早瀬瑛は、羽のようにやわらかく太陽の匂《にお》いのする寝《しん》具《ぐ》に包まれ、恋人の胸の中で目覚める幸福を噛《か》みしめた。

恋人のレオナルド・ロッセリーニは、瑛よりひとつ年下で、貴族の血とマフィアの血をその身に受け継《つ》ぐ。

一年半前、日本から拉致同然に瑛を攫《さら》い、この地――地中海の十字路とも呼ばれるシチリアへと連れてきた。当初はその暴君ぶりに反発し、彼の許《もと》から逃《に》げ出したこともあったが、今では生涯《しょうがい》変わらぬ愛を誓《ちか》い合い、公私ともにかけがえのないパートナーとして生活を送っている。

何度見ても飽《あ》きることがなく、つい見惚《みと》れてしまう――恋人のエキゾティックな美貌《びぼう》をしばらく眺め、その寝顔を堪能《たんのう》したのちに、瑛は視線を天井《てんじょう》へと転じた。

天井にはフレスコ画が描《えが》かれている。天使が舞《ま》い、アポロンやマース、ビーナスなどの神話の神々がそれぞれの物語を演じている色鮮《いろあざ》やかな絵だ。

（そうだった）

昨日深夜近くに、レオとふたりで、オフィスがあるパレルモから、【パラッツォ・ロッセリーニ】へ戻ってきたのだった。

シチリアの名家ロッセリーニ家の五代目当主兼《けん》ロッセリーニ・ファミリーのカポである恋人は、世界的コンツェルン――ロッセリーニ・グループのCEOでもある。

瑛は現在、ロッセリーニ・グループに所属し、レオの仕事を手伝っている。広報スタッフとして入社したが、今のところは広報の仕事よりも、様々な会議や打ち合わせ、海外出張にも同行するレオのブレーンとしての役割のほうがメインになっている。

ウィークデーはパレルモで過ごし、週末は地元に戻るという生活スタイルにも、すっかり体が馴染《なじ》んだが、今回【パラッツォ・ロッセリーニ】に帰館するのは二週間ぶりだ。

十二月に入ってから、レオの仕事が繁忙《はんぼう》を極《きわ》め（この二週間で三度も海外出張があった）、休日返上で働かなければならなかったためだ。

しかも、いつもならば遅《おそ》くともパレルモを六時前後に発《た》ち、八時前には戻ってこられるのだが、さすがにクリスマス休暇前の昨日は忙《いそが》しさもピークで、帰館が十一時過ぎになってしまった。

その後、主人が不在の間に屋敷《やしき》を預かる執事《しつじ》のダンテと少し話をして軽い夜食を摘み、風呂《ふろ》に入り――瑛の寝室《しんしつ》のベッドでレオと抱《だ》き合うようにして眠《ねむ》りについたのは、三時を過ぎていただろうか。このところのハードワークで疲《つか》れていたせいもあって、一度も目を覚ますことなく、朝までぐっすりと熟睡《じゅくすい》してしまった。

（今、何時だろう？）

時間を確かめるために、瑛は恋人の裸《はだか》の胸（生粋《きっすい》のシチリアーノである恋人は、眠る時は常に全裸《ぜんら》なのだ）から、ゆっくりと身を引き剝《は》がした。起こさないようにそうっと体を反転する。ブランケットから抜《ぬ》き出した手を、サイドテーブルの目覚まし時計に伸《の》ばした。時計を引き寄せて時間を確認《かくにん》する。八時四十分。

……これはかなりの寝坊《ねぼう》だ。

（いい加減に起きないと）

自身は日の昇《のぼ》らないうちに身支度《みじたく》を済ませたダンテが、そろそろ起こすべきか否《いな》かと階下で気を揉《も》んでいるに違《ちが》いない。

思っていた以上の遅い時間に焦《あせ》り、摑《つか》んだ時計をサイドテーブルに戻した時だった。

「…………っ」

背後から伸びてきた腕《うで》に、ぎゅっと抱き締《し》められ、はっと息を呑《の》む。耳の裏側に熱い息がかかり、チュッと音がした。

首を捻《ひね》って振《ふ》り返ると、いつの間に目を覚ましたのか、漆黒《しっこく》の双眸《そうぼう》と目が合う。

「レオ……」

「……アキラ」

寝起《ねお》きのせいか、少しかすれたテノールが耳殻《じかく》をくすぐった。その表情も、いつもよりも幾《いく》分《ぶん》かやさしく、どこか甘い。

平素は猛々《たけだけ》しいオーラを纏《まと》う若き暴君の、こんな無防備な顔を見ることができるのは自分だけなのだと思えば、あまやかな陶酔《とうすい》が胸に満ちてくる。

「おはよう……レ」

朝の挨拶《あいさつ》の途中《とちゅう》で、唇を塞《ふさ》がれた。

「んっ……」

啄《ついば》むようなくちづけを繰《く》り返しながら、レオが瑛の身をくるっと反転させる。そのまま覆《おお》い被《かぶ》さってきた恋人の手が、ほどなく寝間着《ねまき》の裾《すそ》から忍《しの》び込んできた。

「……っ……ん、ぅん」

唇を唇で愛撫《あいぶ》しつつ、上半身を撫で回していた手が、じわじわと下降し、今度は下衣の中に入り込む。熱い手のひらが太股《ふともも》や尻《しり》のラインをなぞる感触《かんしょく》に、ぞくっと背中が震《ふる》えた。

「レオ……」

今にも流されそうな理性を手繰《たぐ》り寄せ、瑛は恋人の名前を呼んだ。

「ん？　なんだ？」

「そろそろ……起きないと……ダンテが」

キスの合間に、切れ切れに訴《うった》える。

「ああ……そうだな」

適当な相づちを打つ間も、レオは手を動かすことを止《や》めない。肌《はだ》を撫でる手のひらが、だんだんときわどい部分に近づいてきて、瑛は焦燥《しょうそう》を覚えた。

（まずい。このままじゃ……）

毎朝、目覚めのためのミルクを部屋まで運んでくるダンテには、自分とレオが一緒《いっしょ》のベッドで眠っていることを隠《かく》しようもない。しかしだからといって、あまり赤裸々《せきらら》な姿を見せるわけにもいかない。

レオは「気にするな。俺たちが仲がいいほうがダンテも喜ぶだろう」などと軽口を叩いて笑うけれど、自分はとてもそんなふうには思えない。

レオとの関係を恥《は》じてはいないが、やはり男同士だし、そもそも日本人のメンタリティはそんなふうにオープンにはできていないのだ。

「駄目《だめ》だ……だ、め」

キスと愛撫でなし崩《くず》しにしようとする恋人に必死に抗《あらが》っているうちに、ついにレオの手が瑛の股間《こかん》に触《ふ》れてきた。熱い手のひらで剝《む》き出しの欲望《よくぼう》を包まれて、ひくんっと体がおののく。

「だ、め、だ……放せって」

「もうずっとおまえを抱《だ》いていない……アキラ……限界だ」

「ずっとって……三日しかブランクないじゃないか……あっ、馬鹿《ばか》、そんなふうに触《さわ》るなっ」

「三日もだ。俺を餓《う》えさせて殺す気か？」

「レオッ、駄目だって言ってるだろっ」

言葉では暴君の暴走を食い止めることはできず、仕方なく瑛は、聞き分けのない恋人《こいびと》の背中を平手で打った。パチンッと小気味いい音がする。

「っ……」

むっと眉をひそめたレオが、瑛を睨《にら》みつけてきた。

負けじと睨み返し、「たまには我慢《がまん》も覚えろ」と告げると、ややあって肉感的な唇が「ふぅ」と息を吐《は》く。

「わかった。……わかったからそう睨むな」

仕方がないなというふうに肩《かた》を竦《すく》めたレオが、ブランケットを剝ぎ取り、獣《けもの》のようなしなやかな動きでベッドから降りた。衝立《ついたて》に掛《か》けてあったローブを片手で掴み、浅黒い肌の上に羽織る。ローブの紐《ひも》を縛《しば》りつつ壁際《かべぎわ》へ近寄り、窓のカーテンを開けた。

やわらかい冬の陽差《ひざ》しが寝室を明るく照らす。

「いい天気だ」

レオがひとりごちた。

「今年のVigiliaは好天に恵《めぐ》まれたな」

Vigilia――つまり今日はクリスマスイブだ。イタリアでも、二十五日のクリスマス当日に次いで大切な日とされている。

今日から二十六日のサント・ステファノの休日までの三日間が、クリスマスフェスタだ。

昨年の六月にシチリアに来た瑛にとっては、イタリアで過ごす二度目のクリスマス――【パラッツォ・ロッセリーニ】で過ごす初めてのNataleということになる。

瑛自身、クリスチャンではないので、クリスマスにはさほど格別な思い入れはない。

子供の頃《ころ》、まだ母が家にいた時は、チキンやケーキを食べ、プレゼントをもらった記憶《きおく》があるが、その母が家を出て、父とふたりの生活になってからは、そんなイベントごととも縁《えん》がなくなった。何しろ、早瀬の家は任侠《にんきょう》の家柄《いえがら》だ。

社会人になってからは、イブであろうがクリスマス当日であろうが、普段《ふだん》と変わらず仕事をしていたし、むしろイベント性ばかりが先行したクリスマスを、冷めた目で見ていたところがあったかもしれない。

だが、本家本元、敬虔《けいけん》なカソリック教徒であるイタリア人にとっては、やはりクリスマスフェスタは特別なものであるらしい。

それは、パレルモの街がクリスマスディスプレイで彩《いろど》られるにつれて、人々がなんとなくそわそわとし始めることからも窺《うかが》えた。仕事関係者も、寄ると触ると話題は家族や友人に渡《わた》すプレゼントについてだったし、レオでさえ、その命題にはタイムリミット寸前まで頭を悩《なや》ませていたようだ。

仕事のあとで瑛を従え、パレルモのショッピングモールへ何度も足を運んだ結果、リストに則《のっと》って購入《こうにゅう》した大量のプレゼントを、昨夜レオは【パラッツォ・ロッセリーニ】に持ち帰ってきていた。

（プレゼント、か）

寝間着の上にカーディガンを羽織りながら、胸の中でつぶやく。

実は、これは瑛にとってもいささか厄介《やっかい》な懸案《けんあん》事項《こう》だった。

昨年は初めての異国でのクリスマスだったので、心の準備ができておらず、誰《だれ》にもプレゼントを用意することなく当日を迎《むか》えてしまった。

イブとクリスマスは、どうしても外せない商談があり、やむを得ずレオと旅先で迎えたのだが、二日の間に顔を合わせた人々から漏《も》れなく贈《おく》り物をもらい、返すものがないことにひどく恐縮《きょうしゅく》した。レオには「感謝の気持ちだけで充分《じゅうぶん》だ。気にしなくていい」と慰《なぐさ》められはしたが（——ちなみにレオからのプレゼントは、トゥールビヨンの超《ちょう》高級腕《うで》時計だった。あとでその宝飾品《ほうしょくひん》のごとき金額を知って恐《おそ》れをなし、とても日常使いにはできないと、特別な日だけするようにしている）。

だが今年は二度目のNataleだ。シチリアに在住して一年半が過ぎた今、もう何も知らなかったでは済まされない。

ということで、今年は十二月の頭から動き始めた。

ダンテをはじめとする【パラッツォ・ロッセリーニ】のみんなへの贈り物は、比較的《ひかくてき》早く目《め》処《ど》がついたのだが、肝心《かんじん》のレオへのプレゼント選びが難航し、なかなかこれといったものが見つからなかった。

考え得《う》る限り、自分が購入できる範囲《はんい》のもので、およそレオが持っていないものなど思い浮《う》かばず——仮にあったとしても、おそらくそれは、レオが欲しくないから、もしくは必要性を感じないから手許《てもと》に置いていないに違《ちが》いない。

となるとお手上げだ。

それでも無い知恵《ちえ》を絞《しぼ》り、あれはどうだろう、これはどうだろうとアイディアを出しては却《きゃっ》下《か》するを繰り返した挙げ句、結局、「とあるもの」に落ち着いたのだが。

果たして喜んでもらえるのか。

このところのほのかな気がかりを胸に還《かえ》していると、主室のほうからコンコンコンとノックの音が響《ひび》く。

「アキラ様」

主室と寝室《しんしつ》の間のドアは開け放してあったので、控《ひか》えめな呼びかけが届いた。

「お目覚めでいらっしゃいますでしょうか」

ダンテの声だ。ついに痺《しび》れを切らしたらしい。

(ギリギリセーフだ)

やっぱりさっき断固レオのアプローチを拒否《きょひ》してよかったと胸を撫《な》で下ろし、ダンテの問いかけに応《こた》える。

「起きているよ」

寝室を出て主室を横切り、ドアを開けたとたん、黒くて大きな塊《かたまり》が飛びついてきた。

「ワウッ」

昨夜は部屋から閉め出されたレオの愛犬に、いきなりのし掛かられ、瑛は「うわっ」と悲鳴をあげる。犬とはいっても黒豹《くろひょう》と見まがうほどの大型犬だ。立ち上がった際の前肢《まえあし》は肩まで届き、そのプレッシャーたるや只事《ただごと》ではない。

「ファーゴ！」

寝室から主室へ移ってきた主人に低い声で叱《しか》られ、ファーゴが「クゥン」と鼻を鳴らした。瑛から前肢を退《ど》け、床《ゆか》に下ろすと、のっそりとレオに近づいて、その手に鼻面《はなづら》を押しつける。身を屈《かが》めたレオが、愛犬の首筋をピタピタと叩《たた》いた。

「昨夜寂《さび》しかったのはわかるし、二週間ぶりのアキラに甘えたい気持ちもわかるが、いきなり押し倒《たお》すのは紳士《しんし》じゃないぞ」

ファーゴがパタパタと尻尾《しっぽ》を振《ふ》る。

「わかったか？　わかったならよし。アキラに謝れ」

「クーン」

ファーゴが甘えるように大きな体を脚《あし》に擦《す》りつけてきたので、瑛は笑ってその背中を撫でた。

「もういいよ、ファーゴ」

「レオナルド様、アキラ様」

主従の会話が一段落するのを見計らったかのように、ダンテが声をかけてきた。

黒の上衣《うわぎ》、立ち襟《えり》の白いシャツにクロスタイ、グレイのベストに縦縞《たてじま》のズボン、白髪《しらが》交じりの頭髪《とうはつ》を寸分の乱れもなくぴったりとオールバックに撫でつけた執事《しつじ》が、瑛の寝室で一夜を過ごした主人を見ても顔色ひとつ変えることなく、ふたりに向かって恭《うやうや》しく一礼する。

「おはようございます」

「おはよう、ダンテ」

「おはよう」

朝の挨拶《あいさつ》を返したふたりに、姿勢を戻《もど》したダンテが尋《たず》ねた。

「おふたりともに、ごゆっくり休まれましたでしょうか？」

「ああ、ひさしぶりにぐっすり寝《ね》た。やはり生まれ育った我が家は落ち着くな」

レオの答えを聞いたダンテが、「それはよろしゅうございました」とにこやかに微笑《ほほえ》む。

「ただいま蜂蜜《はちみつ》入りのミルクをご用意いたしますが、ご朝食はいかがなさいますか？」

「そうだな……俺の部屋でアキラと一緒《いっしょ》に取る。時間は一時間後に」

「かしこまりました」

了承の印に軽く頭を下げたダンテが、顔を上げてレオのほうを向く。

「レオナルド様、本日でございますが、外出のご予定などございますか？」

「特にはない。今日は一日【パラッツォ・ロッセリーニ】の中でゆっくりするつもりだ」

レオの返答に瑛も同意のうなずきを返した。

「では、ご夕食会は予定どおり夕方の六時からでよろしいでしょうか」

「構わない。それで進めてくれ」

蜂蜜入りのミルクを給仕《きゅうじ》したダンテが下がったあと、ふたりでシャワーを浴びて身支度《みじたく》を済ませた。その後、レオの部屋で朝食を取る。このところずっと慌《あわ》ただしかったから、こんなふうにゆったりと時間をかけて朝食を取るのはひさしぶりだった。

朝食後は、レオと連れだって階下へ降りた。

昨夜は帰宅が遅《おそ》かったせいもあり、じっくり館内を回る余裕《よゆう》もなかったが、今、明るい陽差《ひざ》しの中で改めて見れば、階段の踊《おど》り場、玄関《げんかん》ホールや廊下《ろうか》、回廊《かいろう》などのあちこちに、ポインセチアの鉢植《はちう》えが置かれていることに気がつく。燭台《しょくだい》の蠟燭《ろうそく》も白から赤へと変わっていた。

そのせいか、いつもはしっとりと落ち着いた雰囲気《ふんいき》の館内が華《はな》やいで見える。

クリスマスにはさほど思い入れはないつもりだったが、こうして二週間ぶりの【パラッツォ・ロッセリーニ】がNatale仕様に様変わりしているのを目《ま》の当たりにすると、自然と心が浮き立ってくるのを感じた。

「へぇ……あんなところにもリースが飾《かざ》られている……あ、あそこにも」

リースやツリーも要所要所で見かけたが、とりわけ大きなメインツリーは、一階の大広間に飾られていた。

全長七、八メートルはあろうかというもみの木だ。

「……すごい！」

思わず感嘆《かんたん》の声が零《こぼ》れる。

そもそもイミテーションではなく本物であることがすごいし、これだけの高さのツリーが部屋の中に入るのもすごい。日本の住宅事情では考えられないことだ。

天辺《てっぺん》に星を抱《いだ》き、緑や赤、金や銀色のオーナメントと電飾《でんしょく》で彩《いろど》られたツリーの根元には、床が見えないほどの、たくさんの箱が積み上げられている。昨夜、瑛とレオがパレルモから持ち帰ったギフトの山を、どうやらダンテの指示で今朝のうちにセッティングしたらしい。これらはすべて【パラッツォ・ロッセリーニ】の雇《やと》い人や醸造《じょうぞう》所のスタッフ、彼らの家族のために用意されたものだ。

一方、ふたりが用意したプレゼントの他《ほか》にも、果物や瓶詰《びんづ》め、ワインボトルの入った籠《かご》が多数見受けられる。

こちらは逆に、雇い人や醸造所のスタッフたちから持ち寄られたものだとレオに説明され、なるほどとうなずいた。

それにしても、まるで映画の中のワンシーンのようだ。

イメージとしては子供の頃《ころ》から頭にあったけれど、実物は初めて見る「大きなツリーの下にたくさんのプレゼントが積まれた図」を堪能《たんのう》したのちに、メインツリーから視線を転じた瑛は、次に、暖炉《だんろ》の上に飾られた不思議なものに目を留めた。

「あれは？」

指を差して尋ねると、レオが答える。

「あれは『プレゼピオ』だ」

「『プレゼピオ』？」

聞き慣れない言葉を鸚鵡《おうむ》返しにした瑛は、暖炉に近づいていき、「それ」を上から眺《なが》めた。

いろいろな形をした小さな人形が並んでいる。

（ジオラマ？）

「テラコッタでできた置物で、キリスト生誕を再現しているんだ」

同じく暖炉に近寄ったレオが、瑛の傍《かたわ》らに立って、説明してくれる。

「キリストの生誕、か」

そう言われて見返せば、たしかに馬小屋があり、その中にヨセフとマリアらしき二体の人形があった。小屋の周りには、放牧されたロバ、仔牛《こうし》や羊、山羊《やぎ》などの姿も見える。他には羊飼い、天使、東方の三博士、彼らが乗ってきたラクダなどが、それぞれ配置されている。

人形は個々が実に精巧《せいこう》にできていて、塗《ぬ》りも美しく、まるで芸術品のようだ。高名な職人の手によるアンティークなのではないかと思わせる気品があった。

ミニチュアの降誕劇を興味深く眺めていた瑛は、やがて肝心《かんじん》の人形が無いことに気がついた。

「イエス様は？」

「まだ置かれていない。二十四日の深夜零時《れいじ》、つまり二十五日になると同時に、幼子であるイエス様の人形を飼《か》い葉桶《ばおけ》のベッドに寝かせるんだ」

「へえ、そうなのか」

「イエス様を置くのは子供の役目で、その日だけは夜更《よふ》かしを許されるので子供心に嬉《うれ》しかった記憶《きおく》がある。俺の次はエドゥが……六年前まではルカがやっていた」

どこか郷愁《きょうしゅう》を帯びた眼差《まなざ》しで『プレゼピオ』を眺めるレオの横顔を見ていると、いつぞやの、ダンテの台詞《せりふ》がふっと蘇《よみがえ》ってきた。

――三番目の奥様が亡《な》くなられてから、奥様の思い出のたくさん残るこの【パラッツォ・ロッセリーニ】で暮らすのがお辛いと、先代はローマのお屋敷《やしき》へ居を移されました。その後、エドゥアール様もこの地を離《はな》れられ、ルカ様が高校進学を機にフィレンツェへ移られてからは、レオナルド様はもうずっと長くおひとりでした。

「…………」

日本に留学中の三男・ルカから、今年のクリスマスは戻れなくなったという連絡《れんらく》をもらったのは先週のことだ。

ルカはレオの異母弟であり、また瑛の異父弟でもある。そのルカと瑛の、日本にいる母方の祖父が怪我《けが》で入院をした。ルカは、祖父が退院するまでは側《そば》についていたいと願い、レオもその申し出を呑《の》んだ。

――おまえがいないクリスマスは寂《さび》しいが、ロッセリーニ家の代表として、杉崎氏が退院するまでしっかり見守ってくれ。

瑛としては、ルカが東京に残って祖父の側にいてくれるのはすごく心強いが、ことのほか末の弟をかわいがっているレオにとっては（ルカの留学を容認《ようにん》するまでも、相当な葛藤《かっとう》があったようだ）寂しいクリスマスだろう。

ルカが帰国しないと知った先代のドン・カルロも海外で過ごすことを決め、エドゥアールもその時期は仕事で日本へ行くらしい。

結局、昨年に引き続き、今年も家族が散り散りにクリスマスを過ごすことになってしまった。

ルカが春から日本に留学したせいもあり、家族が揃《そろ》って顔を合わせたことは久しくない。

今年こそは家族が本邸《ほんてい》に集まると思い、クリスマス休暇《きゅうか》に合わせて仕事を調整していただけに、レオのショックは大きいのではないか。

その心情を思い、胸を痛めていると、レオが視線をこちらに向けた。

「今年も家族が本邸に集まらないのは残念だが……」

そこで言葉を切り、慈愛《じあい》に満ちた双眸《そうぼう》でじっと瑛を見つめる。

「俺にはおまえがいる」

「レオ……」

胸がじわっと熱くなった。

大切な家族と同等に自分を扱《あつか》ってくれるレオの気持ちが嬉しい。

恋人《こいびと》の並外れた美貌《びぼう》を見つめ返し、瑛は微笑《ほほえ》んだ。

「今年はふたりでイエス様を置こう」


昼前に、ルカから航空貨物便で荷物が届いた。

ダンテが部屋まで運んできた段ボール箱を瑛が開ける。中からは緩衝《かんしょう》シートで梱包《こんぽう》された四つの包みが出てきた。

「クリスマスギフトだ。カードに【アルバイトのお給料で買ったので、ささやかなものですけど、よければ使ってください】と書いてある」

こちらからは昨日荷物を送ったので、遅《おそ》くとも明日には東京のルカのもとへ届くはずだ。

「これはレオ宛《あて》。これは、俺だ。……これはダンテの分」

「なんと、ルカ様がご自分で働かれたお金で……私にまでお心遣《こころづか》いを……」

いたく感激した面持《おもも》ちのダンテに包みを渡《わた》し、瑛は段ボールの中から最後のひとつを取り出した。手書きで【ファーゴへ。Auguri!】と書いてあるその包みを解くと、骨の形をしたオモチャが現れる。

「ファーゴ。おまえにルカからプレゼントだよ」

名前を呼ばれたファーゴが、カウチの足許《あしもと》からむっくりと起き上がり、のそのそと近づいてきた。オモチャを鼻先に置いたとたん、銜《くわ》えて遊び出す。

カウチで新聞を読んでいたレオが顔を上げて、その姿に目を細めた。

「いいものをもらったな」

ファーゴが「ウォンッ」と返事をする。

「おまえのはなんだ？」

レオに尋《たず》ねられたダンテが、大事そうに包みを開いた。

「これは……クロスでしょうか」

薄《うす》いブルーの布を手にしているダンテに近づき、瑛はその手許《てもと》を覗《のぞ》き込んだ。同梱《どうこん》されていた日本語の説明書を読み上げる。

「銀磨《みが》き用のクロスと書いてある」

「銀磨きの……」

「磨き粉《こ》を使わなくてもこのクロスだけで手早くぴかぴかになるって」

「それはたいそう画期的なものですね」

ダンテが満面の笑《え》みを浮《う》かべる。

「明日から銀磨きが楽しくなりそうです」

「俺たちには何がきた？」

サイドテーブルに新聞を置いたレオが、カウチから立ち上がり、こちらへ歩み寄ってきた。

「ちょっと待って。今開ける」

シチリアに来るまで、瑛は自分に父親の違《ちが》う弟がいることも、母方の祖父が存命でいることも知らなかった。ずっとひとりっ子として生きてきて、父が死んでからは自分は天涯孤独《てんがいこどく》だと思い込んでいたのだ。だから、血を分けたルカの存在、そして祖父の存在を知った時には、本当に、心から嬉しかった。

弟からの「初めての」プレゼントに、わくわくしながらふたつの包みの緩衝シートを剝《む》くと、中からそれぞれ細長い箱が出てくる。まずは自分の分のラッピングを解き、箱の上蓋《うわぶた》を持ち上げた。

「あ……」

「なんだ？」

「塗りの箸《はし》だ」

「ハシ？」

箱を覗き込んだレオが黒い塗りの箸を認めて「ああ……Chopsticks か」とつぶやく。

「レオのもお揃いだ」

「ふぅん」

「嬉しい。欲しかったんだよ」

イタリア料理ばかりでは飽《あ》きるだろうと、料理長がたまに和食（和風味のスープに入った麺《めん》類《るい》）を作ってくれるのは大変に有り難《がた》いのだが、フォークとスプーンで食べることに常々違和《いわ》感《かん》を覚えていたのだ。

以前そのことに電話での雑談の折に触《ふ》れたのを、ルカは覚えていてくれたらしい。

割り箸ならパレルモにも売っているのだが、さすがに塗りの箸は手に入らない。

弟の気遣《きづか》いに感謝しつつ、手に取った箸を実際に指に挟《はさ》んで動かしてみてから、「うん、使いやすそうだ」とひとりごちた。続いてレオの分も箱から取り出し、「ほら」と手渡《てわた》す。しかし、レオは受け取らない。訝《いぶか》しく思った瑛は、「どうした？」と訊《き》いた。

「…………」

レオは無言のまま、なんとも微妙《びみょう》な顔つきで箸を見つめている。その顔を眺《なが》めているうちに、ピンと閃《ひらめ》くものがあった。

「ひょっとして……箸を使えないのか？」

図星だったらしく、たちまち眉間《みけん》にしわが寄る。

ふいっと横を向いたレオから、憮然《ぶぜん》とした声音《こわね》のつぶやきが落ちた。

「別に使えなくても困らない」

「使えると便利だよ。日本食や麺類はやっぱり箸が食べやすいって」

「……子供の頃《ころ》、ミカに使い方を教わったが、兄弟の中でどうしてか俺だけが、上手《うま》く扱うこ

とができなかった」

拗《す》ねた顔つきで苦手意識を吐露《とろ》するレオは、なんだか……。

(かわいい)

生まれながらにして人の上に立つべく資質をいくつも兼《か》ね備え、有り余る器量に恵《めぐ》まれた男にも、不得手なものがあったのか。

口許《くちもと》が緩《ゆる》みそうになるのを堪《こら》え、瑛は恋人を励《はげ》ました。

「大丈夫《だいじょうぶ》。練習すれば使えるようになるよ。俺が使い方をレクチャーするから」

レオが顔を振《ふ》り戻《もど》す。

「本当か？」

「ああ」

普段《ふだん》は、乗馬にせよワインの蘊蓄《うんちく》にせよ、恋人に教わってばかりなので、自分が教える側に回るというのは、なかなかいい気分だ。

だが、小さな優越《ゆうえつ》感を抱《いだ》いたのも一瞬《いっしゅん》。

不意に肩《かた》を抱《だ》き寄せてきたレオに、

「手取り足取り、だぞ？」

耳許《みみもと》にひそっと囁《ささや》かれ、顔がカッと熱くなる。

(馬鹿《ばか》。ダンテの前でっ)

「……足は関係ないだろ？」

睨《にら》みつける瑛に、どこ吹《ふ》く風といった表情のレオが、艶然《えんぜん》と唇《くちびる》を歪《ゆが》めた。


昼食のあとでレオが「少し散歩をしよう」と誘《さそ》ってきた。

夕食会の準備でダンテたちは忙《いそが》しそうにしている。なるべく彼らの邪魔《じゃま》にならないようにと、その誘いに乗って、まずはぶどう畑へ赴いた。果実園を過ぎ、辿《たど》り着いた二週間ぶりのぶどう畑で、瑛は胸一杯《むねいっぱい》に冷たい空気を吸い込んだ。

すっきりと澄《す》み渡った冬晴れの空の下、雄大《ゆうだい》なエトナ山をバックに、ごつごつとした樹肌《きはだ》が剝き出しになったぶどうの樹が広大な敷地《しきち》に悠然《ゆうぜん》と並ぶ様は、実りの時期とはまた違った趣《おもむき》がある。

秋に収穫《しゅうかく》を終え、葉を落としたぶどうの樹は今、休眠《きゅうみん》に入っている。

冬の寒さにじっと耐《た》え、春の発芽に備えて力を蓄《たくわ》えているのだ。

ぶどうの仕立て方は、その土地の気候や土壌《どじょう》によって変わる。棒を立てる方法、垣根《かきね》を作る方法、棚《たな》にする方法、立ち木に絡《から》ませる方法など、多種多様だ。

どれを選ぶかは、ぶどうの品種や、気候・土地の形状・土壌などのテロワールによって決められるが、【パラッツォ・ロッセリーニ】のぶどう畑では、アルベレッロ方式と呼ばれる方法が採られている。ぶどうの樹を小さな盆栽《ぼんさい》に見立てたもので、株仕立てにはなるが、日陰《ひかげ》ができやすくなるのが利点だ。

剪定《せんてい》を済ませた樹の根元には、冬の寒さを防ぐために土が盛られている。

春になり、気温が10℃を超《こ》えると発芽するが、冬の時期に不要な芽を摘《つ》み取り、残った芽に養分を集中させるのが、良質なぶどうを作るコツだ。

――というような蘊蓄は、すべて地下の醸造所《カンティーナ》の責任者であり、優秀《ゆうしゅう》なワインの作り手であるジュリオ・トゥルーリに教わった。

【パラッツォ・ロッセリーニ】は、ロッセリーニ家の本邸《ほんてい》でありながら、この近辺で一番歴史の古いカンティーナとしての顔も持っている。

この地に来るまでの瑛は、ワインに関しては素人《しろうと》同然だった。しかし、師であるジュリオの下《もと》、地場品種であるネロ・ダヴォラの栽培《さいばい》と醸造を身をもって体験したことと、書庫の豊富な文献《ぶんけん》に目を通したことによって、少しずつワインに関する知識も増えてきた。幸運なことに、ロッセリーニ家秘蔵のヴィンテージワインの相伴《しょうばん》にあずかる機会にも恵まれている。とはいえもちろん、まだまだ奥深いワインの世界の入り口に、どうにか立ったレベルだが。

「来年になったら、マルサラのカンティーナをひとつ買い取ろうと思っている」

コートの襟《えり》を立て、ぶどう畑の間の道を砂利《じゃり》混じりの土を踏《ふ》みしめて歩きながら、おもむろにレオが言った。

「マルサラのカンティーナを？」

思わず足を止めて、瑛は傍《かたわ》らの横顔を窺《うかが》い見る。

マルサラは、シチリアの最西端《せいたん》にある、古くから漁港として栄《さか》えた港だ。この地で造られるのがマルサラワインで、食後酒やデザートワインとして供されることが多い。

十八世紀から十九世紀にかけてヨーロッパで広く愛飲され、一時は百二十もの生産者があったと聞くが、現在は十数社に減っている。瑛が日本で勤めていた貿易会社でも取り扱《あつか》いはなかった。瑛がその名を知ったのも、シチリアに来てからだ。

「料理用のワインと卑下《ひげ》されがちだが、マルサラは何十年でも瓶《びん》熟成するワインだ。実のところ最上級クラスは、十五年以上寝《ね》かされてから出荷《しゅっか》される」

「……うん」

そういえば、レオは食後によくマルサラの最上級キュヴェを口にしている。

「シチリア特有の上質なワインが、このまま人々に忘れ去られ、朽《く》ちていくのは惜《お》しい」

瑛も恋人《こいびと》に勧《すす》められて呑《の》んだことがあったが、たしかにとても美味《おい》しかった。優雅《ゆうが》で、しっとりとした甘さがあり、十五年という熟成を経《へ》てなお果実の鮮度《せんど》が高く、余韻《よいん》も長い。

レオが、その凋落《ちょうらく》を嘆《なげ》く気持ちもわかる気がした。

「上質なワインというものは、本来色褪《いろあ》せることのないものだ」

「それで買収を？」

瑛に視線を向けたレオが「ああ」とうなずく。

「一番大きな会社を買い取って経営を立て直し、マルサラの秘《ひ》めるポテンシャルを、今一度世界に広く知らしめたいと思っている」

確固たる意志を宿した黒い瞳《ひとみ》。

こういった時、恋人のシチリアーノとしての自意識の高さを再確認《さいかくにん》するような気がする。

「ロッセリーニの他《ほか》の部門に関しては販売促進《はんばいそくしん》戦略を専門家に任せているが、ワインは別だ。ワイン事業が大本であり基幹であるからこそ、他人に委《ゆだ》ねたくない。これだけは自分の目の届く場所に、手許《てもと》に置いておきたい」

ロッセリーニ・グループが世界的な企業《きぎょう》になった今でも——いやだからこそ、レオにとって、先祖代々が関《かか》わってきたワイン事業は特別なのだ。

以前、レオはシチリアそのものだと思ったことがあったけれど、シチリアの土から生まれるワインは、レオの中に流れている「血」のようなものなのかもしれない。

「買い取った暁《あかつき》には、ひとりでも多くの人々にマルサラの存在を知ってもらうために、プロモーションに力を入れたいと思っている。相談に乗ってくれるか？」

レオの求めに、瑛はふたつ返事で応じた。

「もちろん」

自分がどれだけ期待に応《こた》えられるのかわからないけれど、少しでもレオの力になれるのなら、これ以上の喜びはない。

「ありがとう」

レオが嬉《うれ》しそうに微笑《ほほえ》んだ。


三十分ほどの散策の終着点として、柵《さく》が張り巡《めぐ》らされた馬場に辿り着く。

どうやらレオが散歩に誘ったのは、馬の様子を見るためらしい。

ぶるるっというういななきが厩舎《きゅうしゃ》から聞こえてきた刹那《せつな》、矢も楯《たて》もたまらない気分になった。

馬たちの顔を見るのは二週間ぶりだ。【パラッツォ・ロッセリーニ】に帰ることができなかったこの二週間、何よりもつらかったのは、ファーゴや馬たちに会えないことだった。

血縁《けつえん》のみならずペットにも縁《えん》がなかった自分が、こんなふうに動物をかけがえのないものに感じる日がくるなんて、一年半前までは思いもしなかったけれど。

気がつくと瑛の足は小走りになっていた。

「先に行ってる」

レオに告げて厩舎の中に入り、馬房《ばぼう》の端《はし》から順に、馬たちに挨拶《あいさつ》をする。

「ネロ」

レオの愛馬の名前を呼んで、その左側から近づき、漆黒《しっこく》の頸《くび》に触《ふ》れた。続いて肩、背中に触れ、やさしく叩《たた》く。

「元気だったか?」

「ぶるるっ」

二週間のブランクがあってもちゃんと自分のことを覚えていてくれたらしく、ネロは従順に瑛の手に身を委ねてくれた。鼻面《はなづら》を押しつけて、甘えてくる。

「アルフィオ、パメラ、ジーノ」

馬房の前で順番に足を止めて声をかけることを繰り返し、厩舎のすべての馬に挨拶をし終わった——はずだった。

(ん?)

一番奥の馬房でカサカサと音がする。瑛は耳を澄ませた。やっぱり聞こえる。

(何か……いる?)

そこは予備の馬房で、馬は入っていないはずだった。

不思議に思って足を進め、一番奥の馬房を覗《のぞ》き込んだ瑛は、あっと小さく声をあげた。そこに見たことのない馬の姿を認めたからだ。

それは、雪のように真っ白な馬だった。毛並みだけでなく、まつげも鬣《たてがみ》も尾《お》も白い。うっすら透《す》けて見える地肌《じはだ》は淡《あわ》いピンク色だ。

（綺麗《きれい》な馬だ……）

こうまで一点の曇《くも》りもなく全身が白い馬は見たことがない。葦毛《あしげ》が年を取って白くなったわけではなく、まだ年若いことは、その馬体が、他の馬と比べてひと回り小振《こぶ》りなことからわかる。

「おまえ……どこから来たんだ？」

思わず近寄り、話しかけた時だった。

「気に入ったか？」

背後からの声に、はっと肩《かた》を揺《ゆ》らす。振《ふ》り返ると、レオが柱に寄りかかるようにして立っていた。

「うん、すごく綺麗な馬だな。ここまで見事な白馬は初めて見た」

「一歳になったばかりの牝馬《ひんば》だ」

「女の子か。やっぱり若いんだな」

ふたたび視線を戻《もど》し、賢《かしこ》そうな薄《うす》い水色の瞳と目が合う。それだけで心を奪《うば》われ、瑛はうっとりと白馬を眺《なが》めた。

「名前はなんというんだ？」

「まだない」

「そうか」

「飼い主のおまえがつけてやってくれ」

「………え？」

「おまえの馬だからな」

その言葉に、瑛はもう一度背後を振り返った。聞き間違《まちが》いかと思って訊《き》き返す。

「今……なんて言った？」

「アキラ、おまえの馬だ」

レオが笑って告げる。

しばらく呆然《ぼうぜん》と、恋人の鷹揚《おうよう》な笑《え》みを見つめてから、瑛は「俺の？」とつぶやいた。レオがはっきりと首を縦に振る。

「俺からのクリスマスプレゼントを受け取ってくれ」

「クリスマス……プレゼント」

そこまで言われてもまだ信じられない気分で白馬を顧《かえり》みる。おそるおそる手を伸《の》ばし、その首筋に触れた。ぶるるっと白馬が鼻を鳴らす。

「白馬は稀少だからな。手に入れるのに少し苦労したが、どうにか間に合ってよかった。自分の馬を持てば、乗馬も自《おの》ずと上達するだろう」

レオのやさしい声に耳を傾けながら、あたたかくて滑《なめ》らかな体を撫《な》でているうちに、漸《ようや》く、この美しい馬が自分のものなのだという実感がじわじわと湧《わ》いてきた。

飼い主としての責任も感じるけれど、それよりもやはり喜びのほうが大きい。

先程《さきほど》の口ぶりからも、この馬を手に入れるのが容易でなかったことは窺《うかが》い知れる。

世界を飛び回る多忙《たぼう》な日々の中、レオはこの素晴《すば》らしい贈《おく》り物のために時間を割《さ》き、手を尽《つ》くしてくれたのだ。

(自分のために……)

何よりも、その気持ちが嬉しい。

白馬から手を離《はな》した瑛は恋人《こいびと》のもとへ駆《か》け寄った。レオの首に腕《うで》を回して抱《だ》きつく。

「レオ、ありがとう！」

瑛を揺るぎなく抱き留めたレオが耳許《みみもと》に訊いた。

「気に入ったか？」

「すごく！」

つい、子供のように弾《はず》んだ声が出る。

「去年のパテックフィリップはあまり使ってもらえていないからな。何がいいのかかなり悩《なや》んだんだが……そうか、よかった」

どこかほっとしたような、嬉しそうな声を出した恋人が、瑛の体をそっと引き剥《は》がした。目と目が合う。黒曜石の瞳《ひとみ》に、歓喜《かんき》に上気した自分の顔が映っている。

「感謝の気持ちをどう表せばいいのかわからない」

瑛が囁《ささや》くと、レオが「簡単だ」と答えた。

「キスを」

「それだけでいいのか？」

「残りは夜だ……」

艶《つや》めいた表情を浮《う》かべる恋人の唇《くちびる》に、少しだけ背伸《せの》びをして、瑛は自分の唇を重ねた。

2

午後六時、メインツリーを擁《よう》した一階の大広間で夕食会が始まった。

残念ながら家族は集まらないことになったが、今年は瑛の発案で、【パラッツォ・ロッセリーニ】に関《かか》わる雇《やと》い人たちを招待することになった。平素、陰《かげ》ながらレオを支える関係者の働きに感謝を込めての、クリスマスパーティだ。

ジュリオを筆頭とした醸造所《カンティーナ》のスタッフ、ぶどう園の農夫たちとその家族、厩舎の調教師、ボディガード、かかりつけの医師や弁護士などが顔を揃《そろ》えると、総勢四十名になる。

天井《てんじょう》の高い大広間に、白いテーブルクロスがかかった縦長のテーブルが三列配置され、それぞれのテーブルに向かい合うように、ずらりと人が並んでいる図は圧巻だった。

様々な年齢《ねんれい》の男女が、銘々《めいめい》盛装とはいかないまでもこぎれいな服を着込み、グラスとカトラリーを前に、やや緊張《きんちょう》した面《おも》持ちで席に着いている。天井のフレスコ画やシャンデリア、壁《かべ》に飾《かざ》られた絵画、装飾《そうしょく》のレリーフなどに、興味深げな視線を巡らせている者も多い。今夜のように、スタッフを招いての夕食会が催《もよお》されたのは初めてのことらしいので、その反応も当然かもしれない。中には館内に足を踏《ふ》み入れるのも初めてというゲストもいるだろう。

壁際《かべぎわ》には料理用のテーブルがあり、プロシュート・クルードが一台、パルミジャーノ・レッジャーノの巨大《きょだい》な塊《かたまり》がひとつ、山盛りのオリーブやブルスケッタ、色とりどりの果物、各種アンティパスト、ラヴィオリやパスタ類、牛肉の炭火焼き、パネットーネやドルチェなど、朝から料理長が腕をふるった料理がみっしりと並んでいた。

電飾《でんしょく》が点滅《てんめつ》するメインツリーの横では、弦楽《げんがく》三重奏がクリスマスソングを奏《かな》でている。

給仕係《きゅうじ》のボーイたちが、みんなのグラスにスプマンテを注《つ》いで回る。レオと瑛のグラスには、ダンテが注いでくれた。

暖炉《だんろ》を背にした正面の席に、瑛とふたりで座るレオが、みんなのグラスにスプマンテが行き渡《わた》ったのを見計らって立ち上がる。ダークスーツを見事に着こなし、シャツの首許《くびもと》にチーフを覗《のぞ》かせた美丈夫《びじょうふ》に、その場の全員が一斉《いっせい》に注目した。

『今日はみんな、集まってくれてありがとう。気軽な会食会なので畏《かしこ》まらず、大いに呑《の》み、食べて楽しんでいって欲しい』

若きカポがグラスを掲《かか》げると、皆《みな》もそれに倣《なら》った。

『Auguri! Buon Natale!』

よく通るレオのテノールが大広間に響《ひび》く。

『Auguri!』

『Buon Natale!』

おめでとうとメリークリスマスの大合唱が起こったあと、それぞれがグラスに口をつけた。

レオと瑛もスプマンテを呑み干す。

『まだまだ料理の追加もあるから遠慮《えんりょ》せずにどんどん食べてくれ』

レオの促《うなが》しに人々が立ち上がり、ビュッフェコーナーに集まり始めた。ヴェルモットやカンパリ、ワインのグラスをトレイに載《の》せたボーイがテーブルの周りを忙《いそが》しく行き交《か》い、給仕がプロシュートを切り分けるテーブルの前に列ができる。どうやらカジュアルなビュッフェ形式にしたのは正解だったようだ。

二十分もするとほどよくアルコールが回り始めたらしく、緊張が解けた人々の笑い声やおしゃべりで、大広間は大層賑《にぎ》やかになった。

ダンテがグラスにワインを注ぎ足す際に、めずらしく興奮した面持ちで「これほど賑やかなクリスマスは初めてでございます」と瑛に囁《ささや》いてきた。

レオのところには、入れ替《か》わり立ち替わり、ゲストが挨拶《あいさつ》にやってくる。

『本日はお招きありがとうございます。お言葉に甘えて家内と息子《むすこ》も連れて参りました』

『ベルナルド、よく来てくれた。この子が息子か？』

『はい、息子のダニエルです』

父親に押し出され、おずおずと前に出た十歳くらいの黒髪《くろかみ》の少年が、レオに挨拶した。

『Piacere. signor Leonardo』

『Piacere. Daniel』

挨拶を返したレオが、少年に『ダニエルは何歳だ？』と尋《たず》ねる。

『十歳です』

『将来は何になりたい？』

『お父さんと同じように、美味《おい》しいワインを作れるようになりたいです』

『そうか。そのためには今からお父さんとお母さんの言うことをよく聞いて、たくさん手伝いをするんだぞ』

こくっと首を縦に振《ふ》る少年の頭に手を置き、レオが『いい子だ』と微笑《ほほえ》んだ。醸造所のスタッフである父親にも視線を向け、『家族で楽しんでいってくれ』と告げる。

そういったやりとりが一時間ほど続き、漸《ようや》く人が途切《とぎ》れた。それを待っていたかのように、ジュリオが挨拶にやってくる。

『レオナルド様』

『ジュリオ』

コッポラという名のシチリア式ハンチング帽《ぼう》を白髪《はくはつ》から取り、胸の前に添《そ》えたジュリオが、そのままお辞儀《じぎ》をした。

『本日はお招きありがとうございました』

今夜のジュリオはめずらしく、セーターのVネックからネクタイを覗《のぞ》かせている。彼なりの盛装ということなのだろう。

『私からおふたりへのささやかな贈《おく》り物です』

ジュリオが後ろ手に持っていたワインのボトルをレオに差し出す。受け取ったレオが、そのエチケットを見て両目を瞠《みは》った。

『一九七八年。このヴィンテージの【ROSSO DEL LEONE】はもう手に入らないと父に聞いていたが……』

レオの驚《おどろ》きの表情から察するに、相当に価値のあるヴィンテージワインに違《ちが》いない。

『ええ、おそらくは現存する最後の一本でしょう』

ふたりのやりとりを聞いていた瑛は覚えず息を呑んだ。

『私が先々代からお譲《ゆず》りいただき、自宅のセラーで保管しておりましたものです』

『いいのか？　そんな貴重なものを』

『ワインを知るには、とにかく良質なワインを数多く味わうことです。評価の高いヴィンテージを口にすることは、アキラ様の勉強にもなりましょう。未来への投資です。うちのセラーで眠《ねむ》っているよりも、このワインも本望《ほんもう》に違いありません』

土地の者に尊敬の念を込めて「マエストロ」と呼ばれる老人の言葉に、レオが深くうなずく。

『では、遠慮なく受け取ることにしよう。ありがとう』

『ジュリオ、大切なものをありがとう』

瑛も横から「師匠《ししょう》」に礼を言うと、ジュリオは皺深《しわぶか》い目を細めた。

『アキラ様が【パラッツォ・ロッセリーニ】にいらしてから、お屋敷《やしき》は本当に明るくなりました。この一年半は、アキラ様のぶどうとワインに対する情熱に、私もこの齢《よわい》にして刺激《しげき》を受け、日々気持ちが若返るようでした』

『ジュリオ……』

根っからの職人で典型的なシチリア人であるジュリオは、決して心にないことは言わない。それがわかっているからこそ、胸の中にあたたかいものが満ちる。

『本日、こうしてアキラ様とレオナルド様と共にNataleを過ごせましたことを光栄に思います。私のほうこそ、ありがとうございました』

はにかんだようなシャイな笑《え》みを浮かべたジュリオが、もう一度お辞儀をし、彼のトレードマークであるハンチング帽を被《かぶ》り直した。

思う存分に料理を食べ、したたか呑んだあとは、これもパーティの恒例《こうれい》であるカードゲーム大会が始まった。トランプの代わりに、ここシチリアでは、棒、剣《けん》、カップ、コインの四種類の絵柄《えがら》がついたカードを使う。一時間ほど、大人も子供も一緒《いっしょ》になって様々なカードゲームで盛り上がった。

カードゲーム大会が終了《しゅうりょう》すると、レオからのクリスマスギフトがゲストに配られ、四時間に亘《わた》るパーティがお開きになった。

『ご馳走様《ちそうさま》でした』

『料理はどれも美味しかったです。料理長にお礼を申し上げてください』

『すごく楽しかったです。プレゼントまでいただいてしまって、ありがとうございました』

口々に感謝の言葉を述べ、一様に満足した表情で、ゲストたちが帰っていく。

『Grazie, arrivederci』

『Buonanotte!』

玄関口《げんかんぐち》で、最後の客の車を見送ってから、瑛は傍《かたわ》らに立つ恋人《こいびと》をちらりと横目で見やった。四十名のゲストに対するホスト役をこなしたことで、多少の疲《つか》れは見受けられたが、その横顔は晴れ晴れと明るい。

(よかった)

そもそもは自分が発案したパーティだったので(もちろん、その案にレオが賛同したからこそ開催《かいさい》されたのだが)、初めての試みに際してもしなんらか不測のトラブルが起こり、レオの名前に傷がつくようなことになったらどうしようかと内心で危惧《きぐ》していたのだ。

無事に滞《とどこお》りなく終了して本当によかった。

「お疲れ」

ほっとしつつ声をかけると、こちらを見たレオが言う。

「おまえこそ疲れただろう」

瑛は首を横に振った。

「俺はなんにもしていないよ。美味しく食べて呑《の》んでいただけで……大変だったのはダンテや厨房《ちゅうぼう》のスタッフじゃないか？」

「それはそうだな」

相槌《あいづち》を打ったレオが、背後に控《ひか》えるダンテを振り返り、「ご苦労だった」と労《ねぎら》った。

「おまえたちのおかげでとても楽しい夕食会になり、ゲストも喜んでいた。ありがとう。他《ほか》のみんなにも伝えてくれ」

「もったいないお言葉です」

一礼したダンテが「皆様《みなさま》が楽しんでくださっているご様子を拝見できて、私どもも楽しゅうございました」と微笑む。

その言葉が心からのものだとわかる笑顔だった。

「邸内《ていない》のスタッフへのギフトは明日配るつもりだ」

「お気遣《きづか》い、恐《おそ》れ入ります。皆、大層喜ぶかと存じます」

廊下《ろうか》でダンテと別れたレオと瑛は、その足でプライベートチャペルへ赴《おもむ》いた。瑛はクリスチャンではないが、レオと暮らすようになって、祈《いの》りの時間というものが自然と生活の中に組み込まれるようになってきている。

（レオと共にこの日を迎《むか》えられたことを感謝します）

祭壇《さいだん》に跪《ひざまず》き、まずは主《しゅ》に感謝を捧《ささ》げてから、次に、祖父、ルカ、エドゥアール、ドン・カルロ、ダンテ、そして【パラッツォ・ロッセリーニ】に住まうみんなの幸せと健康を祈る。

レオはいつもより長く、とても熱心に祈っていた。

その後、いったんレオの部屋に戻《もど》り、ファーゴを構ってやってから、十二時五分前にふたたび階下へ下りる。夕食会の会場だった大広間は、ほんの二時間前まであれだけの人で溢《あふ》れていたことなどまるで感じさせず、整然と美しく片づいていた。床《ゆか》にも塵《ちり》ひとつ落ちていない。

プロフェッショナルの仕事を見た心持ちで感嘆《かんたん》すると同時に、事前準備も後片づけもダンテたちに任せきりで手伝えなかったことを申し訳なく感じる。

しかし、これらは彼らの「仕事」であり、彼らはプロフェッショナルとしてその「仕事」に誇《ほこ》りを持っている。自分が無闇《むやみ》に立ち入ってはいけない領域なのだと、この一年半の【パラッツォ・ロッセリーニ】での生活で瑛は学んでいた。……とはいえ、それでもやはり後ろめたい気分になるのは否《いな》めない。自分は根っからの庶民《しょみん》だと感じるのはこんな時だ。

レオのように堂々と悪びれることなく他人からの奉仕《ほうし》を受け取れるまでになるには、まだまだ時間がかかりそうだ。

などと考えていると、それ自体が装飾品《そうしょくひん》のようなアンティークの柱時計がボーン、ボーンと鳴り始めた。

「十二時だ」

レオがつぶやき、ふたりで暖炉《だんろ》に近づく。先程《さきほど》、プライベートチャペルから持ってきたイエス様のテラコッタ人形を、瑛が『プレゼピオ』の飼《か》い葉桶《ばおけ》の上に置いた時、ちょうど柱時計が鳴り終わった。クリスマスだ。

『Auguri』

『Buon Natale』

改めてキリストの生誕を祝福し合う。

（【パラッツォ・ロッセリーニ】で過ごす、初めてのクリスマスか）

主役があるべきところに収まり、完成した『プレゼピオ』を感慨《かんがい》深く眺《なが》めていると、レオに「アキラ」と呼ばれた。

顔を上げて、改まった表情のレオと目が合う。

「夕食会を提案してくれたことを感謝している。おかげで、この一年間がんばってくれたスタッフへの感謝の気持ちを表すことができた。彼らの家族にも会うことができて、『ファミリー』の絆《きずな》がより深まった」

改めて感謝の言葉を告げられた。照れくささも手伝い、瑛はややぶっきらぼうに返す。

「そんなふうに言ってくれて嬉《うれ》しいけど、でもさっきも言ったように、俺は何もやってないから」

「いや……おまえが言い出さなければ俺からは出てこない発想だった」

「俺も本当は、ルカが戻ってくるなら、家族水入らずで静かに過ごすのが一番いいとは思ったんだが」

でも、レオがこんなふうに言ってくれるのなら、提案してみてよかった。

嬉しく思いながら、そうだ、と思い出す。

「レオ、俺からのクリスマスプレゼントを受け取って欲しいんだけど」

「プレゼント？」

「うん」

レオの腕《うで》を引いて二階へ上がり、自分の部屋に入った。レオを肘掛け椅子《ひじかけいす》に座らせると、自分はライティングデスクに近寄って、ノートパソコンを開き、携帯電話《けいたいでんわ》と繋《つな》げる。【パラッツォ・ロッセリーニ】にはインターネットどころか、電話回線自体が引かれていないので、この方法しかオンラインに繋げる術《すべ》はないのだ。

立ち上げたパソコンを操作して目的の画面を呼び出し、レオのところまでノートパソコンを持っていった。

「まだデモ画面なんだけど」

少しドキドキしながらパソコンを手渡《てわた》す。肘掛け椅子のアームの部分に受け取ったパソコンを載《の》せたレオが、「なんだ?」と不思議そうに画面を覗《のぞ》き込んだ。

トップページをしばらく見つめてつぶやく。

「これは……」

「ネロ・ダヴォラをプロモートするためのホームページだ」

横合いから画面を覗き込んで、瑛は説明を始めた。

「シチリアの風土に根付いたネロ・ダヴォラの歴史とトピックス、ぶどうの育成の様子、醸造《じょうぞう》の過程について、画像付きで紹介《しょうかい》してある。英語、日本語、伊、独、仏語で読めるようになっていて、最終的にはオンライン通販《つうはん》で、シチリアのワインを購入《こうにゅう》できるようにシステムを構築していきたいと思っている」

記事は自分で書き起こしたテキストをさらに四カ国語に翻訳《ほんやく》した。画像はこの一年半で撮《と》り溜めてあったものだ。まだまだ叩《たた》き台の段階だが、なんとかクリスマスにレオに見せられるレベルまでにはもっていきたいと、恋人に内緒《ないしょ》で仕事の合間にコツコツと作ってきた。

本当ならば、もっと早く立ち上げたかったホームページだが、現実問題レオのブレーンとしての業務が忙《いそが》しく、なかなかこちらにまで手が回らなかったのだ。

「完全に手作りだし、まだ叩き台の段階だから詰《つ》めも甘いけれど、ここからは専門家の手を入れて、もっと完成度を上げていきたいと……思っていて……」

画面を見つめたまま何も言わないレオに不安を覚え、説明の声がだんだん小さくなっていく。

なんといっても、レオのプレゼントは白馬だ。

比べるまでもなく――いや、比べるのもおこがましいような自分のささやかな贈《おく》り物に、いまさら気後《きおく》れが込み上げてくる。

(完全に釣《つ》り合っていない)

それを言うならば、貴族の末裔《まつえい》であり世界的企業《きぎょう》のＣＥＯであるレオと、何も持たない庶民の自分が、そもそもは不釣り合いであるのだが。

普段《ふだん》は胸の奥に封《ふう》じ込めてある劣等《れっとう》感までもが頭をもたげてきて、ぎゅっと拳《こぶし》を握《にぎ》り締《し》める。

さっき、「俺からのプレゼントを受け取って欲しい」なんて、期待を煽《あお》るようなことを言わなければよかった。

がっかりしているのではないかと思うと、レオの顔をまともに見ることもできず、瑛は悄然《しょうぜん》とうなだれた。

「なんか……ごめん……いろいろ考えたんだけど他に思い浮《う》かばなく……て……っ」

小声の弁解の途中《とちゅう》で、不意に腕を掴《つか》まれて声が跳《は》ねる。掴まれた腕をぐいっと引かれ、体が斜《なな》めに傾《かし》いだ。あっと思った瞬間《しゅんかん》に体が回転し――気がつくと瑛は、レオの膝《ひざ》の上に横座りになっていた。

「な……何っ」

瑛の狼狽《ろうばい》には構わず、熱っぽい視線が間近から顔を覗き込んでくる。

「ありがとう。すごいサプライズだ」

「レオ？」

「嬉しいよ」

漆黒《しっこく》の双眸《そうぼう》をじわりと細めたレオが、何かが喉《のど》に詰まったかのようなかすれ声で囁《ささや》いた。

「おまえは俺のためにいつも自分の時間を犠牲《ぎせい》にしてくれている」

「そんなこと……」

「そのおまえが、ただでさえ少ないプライベートの時間をネロ・ダヴォラのために割いてくれた」

「レオ……」

「今までの人生の中で、一番嬉しいクリスマスプレゼントだ」

大げさとも言える言葉を告げる恋人《こいびと》の顔は至って真剣《しんけん》で、その黒い瞳《ひとみ》を見つめ返しているうちに、胸の奥の小さな不安が解けて消えていくのを感じる。

釣り合っていなくても、等価のものを返すことができなくとも、心が籠《こ》もってさえいればそれでいいのだと、レオの目が告げてくれているようで……。

「アキラ」

レオが手を伸《の》ばしてきて、頬《ほお》にやさしく触《ふ》れた。

「だが本当は、おまえが側《そば》にいてくれるだけで充分《じゅうぶん》なんだ」

瑛の顔を見つめたまま、真摯《しんし》な声を紡《つむ》ぐ。

「他《ほか》には何もいらないくらいに……充分だ」

「……レオ」

頬に触れた恋人の手に手を重ね、瑛は言い返した。

「俺もだ」


いつしか唇《くちびる》が重なり合っていた。舌と舌を絡《から》ませ合い、お互《たが》いの口腔《こうこう》内を存分に味わい尽《つ》くしたあとで、レオが瑛を横抱きにしたまま、椅子から立ち上がる。

成人男子を抱きかかえても、いっこうに揺《ゆ》るぎないしっかりとした足取りで寝室《しんしつ》へ移動したレオが、ベッドの上にそっと瑛を横たえた。体勢を整える間もなくすぐにレオが覆《おお》い被《かぶ》さってきて、また唇と唇が重なる。

「……ん……ふっ」

散々に粘膜《ねんまく》を陵辱《りようじよく》してから、濡《ぬ》れた舌が漸《ようや》く抜《ぬ》け出し、唇が離《はな》れた。ちゅっ、ちゅっと顔にキスを降らせたレオが、瑛の体をぎゅっと抱き締めてくる。

「……………ふ」

硬《かた》い胸板《むないた》に抱き締められ、熱い吐息《といき》が漏《も》れた。

重なり合った胸から、自分と同じように少し速いレオの鼓動《こどう》が伝わってくる。

じわじわと強まる腕の締《しめ》めつけが、気持ちいい。

だけど、ただ心地《ここち》いいだけじゃない……。

(体の……奥が熱い)

キスだけで火が点《つ》いてしまい、もう発情しかけている自分に瑛は戸惑《とまど》った。

わずか三日のブランクで、こんなにもレオに餓《う》えていたなんて……。

首筋に顔を埋《うず》めていたレオが身を起こし、瑛のシャツのボタンを外し始めた。前をはだけさせられ、あらわにされた白い肌《はだ》を、熱っぽい眼差《まなざ》しが炙《あぶ》る。

「……っ」

恥《は》ずかしかった。まだ触れられてもいないのに、尖《とが》ってしまっている胸の先が。期待だけで硬くせり上がり、誘《さそ》うように色づいているそこが、たまらなく疎《うと》ましい。

「見る、な……」

弱々しい抗議《こうぎ》の声を出して身を捩《よじ》ろうとしたが、片手で軽くいなされ、どころか両手を摑まれ、リネンに縫《ぬ》いつけられてしまった。

「誘っているのか？」

案の定、色悪《いろあく》な恋人に揶揄《やゆ》されて、顔がカッと熱くなる。

上目遣《うわめづか》いに睨《にら》みつける瑛に余裕《よゆう》の笑《え》みを見せつけ、レオが身を屈《かが》めてきた。

「熟《う》れたぶどうの実が、食べて欲しそうに、赤く色づいている」

「…………っ」

胸の先端《せんたん》にふっと吐息がかかった瞬間、ゾクッと全身の産毛《うぶげ》がそそけ立つ。ざらりとした舌で舐《な》められ、ひくんっと腰《こし》が震《ふる》える。やがて、その弾力《だんりょく》を味わうようにゆっくりと、熱く濡れた粘膜に包まれた。

きゅっと強く吸われたかと思うと、嬲《なぶ》るみたいに舌先で転がされる。ふたつの乳首《ちくび》を交互《こうご》に口に含《ふく》まれ、舌で丹念《たんねん》に愛撫《あいぶ》された。

「ん……んっ」

奥歯を食いしばり、喉から漏れそうな甘ったるい嬌声《きょうせい》を必死に堪《こら》える。

何度抱き合っても、女みたいに喘《あえ》ぐことには抵抗《ていこう》があった。

声を出したほうが楽なことはわかっていたけれど、それでもまだ理性が残っているうちは、羞恥《しゅうち》のほうが勝《まさ》る。

「声を我慢《がまん》するなといつも言っているだろう」

レオに咎《とが》められ、それでも嫌《いや》だというように首を左右に振《ふ》った。

「意地っ張りめ」

低く落としたレオに、今度は唾液《だえき》でぬるぬるになった乳首を指で弄《いじ》られる。尖った部分をつまんで引っ張られ、こよりのようにコリコリと捻《ねじ》られた。

「……んっ……く」

危《あや》うく声が出そうになり、唇を噛《か》み締める。ひりひりと熱い。まるで、体中の血液が、ふたつの尖りに集中しているようだ。痛いほどに充血《じゅうけつ》した先端に、容赦《ようしゃ》なく爪《つめ》が食い込んできて、思わず背中が浮いた。

「……っ……」

追い打ちをかけるように、意図せず反らした胸の、赤く腫《は》れ上がった乳首の先を爪先《つまさき》でぴんっと弾《はじ》かれた。背筋にビリッと甘い電流が走る。

「あぁっ」

あまりに強烈《きょうれつ》な刺激《しげき》に我慢できず、ついに声が出てしまった。すると牙城《がじょう》を一気に突き崩《くず》そうとするかのように、レオが乳首に歯を立てる。

「は……あっ……」

一度抑制《よくせい》の糸が切れてしまえば、とめどなく溢《あふ》れ出る声を抑《おさ》えることはもはやできなかった。

「あっ……あぁっ……」

「そうだ……もっといい声で啼《な》いてみせろ」

レオが手を下に伸ばしてきて、兆《きざ》し始めた欲望《よくぼう》に触れる。軽く撫《な》でられただけで、腰がびくびくと跳《は》ねた。さらに布地の上からやんわりと摑《つか》まれて、ぞくりと快感が走る。いつの間にか、

胸で発生した「熱」が下半身に及《およ》んでいた。

布地の中の「熱」がどんどんと膨《ふく》らんで……下腹が燃えるみたいに熱くて苦しい。

それを察したらしいレオが「今、楽にしてやる」と、スラックスに手をかけた。脱《ぬ》がすレオを、瑛は自ら腰《こし》を浮《う》かせて手伝う。

衣類をすべて剝《は》ぎ取ったレオに、問答無用で脚《あし》を大きく割り広げられ、敏感《びんかん》な裏の筋や括《くび》れの部分を責められると、あまりの気持ちよさに頭がぼぅっとしてきた。先端の浅い切れ込みから蜜《みつ》が溢れ、軸《じく》をとろとろと滴《したた》り、レオの手を濡らす。

「……んっ、ん……ふ」

弱いところを知り尽くしているレオは、ある意味残酷《ざんこく》なほど的確に追い上げてくる。膨れ上がった官能を持て余し、瑛はうずうずと腰を揺らした。

「……レオッ」

下腹に溜《た》まった重苦しい「熱」をどうにかして欲しくて、すがるように恋人の名を呼ぶ。

「もうイキたいのか？」

問いかけに涙目《なみだめ》でこくこくとうなずくと、眦《まなじり》の涙をちゅっと吸い取られた。

「ちょっと待っていろ」

そう言って立ち上がったレオが、サイドテーブルの引き出しからボトルを取り出して戻《もど》ってくる。体温より少しだけ冷たいものがとろりと股間《こかん》に垂れ、ふわっと甘い香《かお》りが広がった。香《こう》油《ゆ》だ。瑛の体をひっくり返したレオが、香油を満遍《まんべん》なく塗《ぬ》りつけた。

その上で、指を後孔《こうこう》にめり込ませてくる。

「あうっ」

根元まで一気に穿《うが》つと同時に、骨張った指が動き始めた。中を掻《か》き混ぜられるたびに、ぬぷぬぷと卑猥《ひわい》な水音が響《ひび》く。

「あっ……あっ……」

体の中の感じてたまらないポイントを指の腹で擦《こす》り立てる淫猥《いんわい》な動きに、たまらず嬌声が漏れた。無意識にも締《し》めつけてしまったらしい。

「すごいな……俺の指をきつく締めつけて……すごく欲しがっている……」

恋人《こいびと》が感嘆《かんたん》めいた声を落としたが、いつしか二本に増えていた指の動きに翻弄《ほんろう》されまくった瑛は、喘ぎ声しか出せなかった。

「そろそろ……か」

思案げなつぶやきが聞こえ、指が抜かれる。

仰向《あおむ》けになった瑛が胸を喘がせていると、膝立《ひざだ》ちしたレオが、シャツを脱ぎ始めた。衣類の下から、均整の取れた褐色《かっしょく》の裸身《らしん》が現れる。なだらかな隆起《りゅうき》を描《えが》く肩《かた》と張りつめた胸板《むないた》。引き締まった腹筋。まさに成熟した雄《おす》の肉体。

ため息が出るほどに美しい男が、下衣の前をくつろげ、雄の証《あかし》を取り出す。

その肉体同様に雄々《おお》しい欲望は、すでに充分《じゅうぶん》な質量を持っていた。

「…………」

たくましい充溢《じゅういつ》に視線を奪《うば》われ、覚えずこくっと喉《のど》が鳴る。自分の浅ましさに顔が熱くなったが、どうしても目を逸《そ》らすことはできなかった。

猛《たけ》った雄に香油を塗《まぶ》してから、彫像《ちょうぞう》めいた肉体が、しなやかな動きで覆《おお》い被《かぶ》さってくる。

無言で両脚《りょうあし》を大きく開かれた。

自然と口を開いたそこに、熱い脈動が充《あ》てがわれる。レオがゆっくりと身を沈《しず》め、先端がじりじりと食い込んできた。

「あ……う……っ」

灼熱《しゃくねつ》の塊《かたまり》で体を割られる衝撃《しょうげき》に息が詰《つ》まる。苦しい。息が止まりそうだ。

「……く……ぅ」

それでも、前を弄るレオの愛撫に宥《なだ》められ、苦痛を逃《に》がしつつ、どうにかすべてを受け入れることができた。瑛は汗《あせ》だくだったが、レオの額にも汗が浮き、息が少しあがっている。

「痛いか?」

心配そうな声に首を横に振った。すべてが収まってしまえば、痛みはない。

ほっとしたようにレオが小さく笑い、ちゅっと瑛の唇《くちびる》を吸った。

流れで喉、首筋と舐められて、薄《うす》い皮膚《ひふ》の表層がゾクッと粟立《あわだ》つ。

「わかるか？——おまえのここが俺の形にめいっぱい広がってる」

その状態を知らしめるように腰を蠢《うごめ》かされ、瑛は「……あっ」と声をあげた。レオを呑《の》み込んで極限まで広がった体内《なか》が異物をきゅうっと締めつけるのが自分でもわかる。

「……っ」

刹那《せつな》眉《まゆ》をひそめたレオが、低い声で「動くぞ」と言うなり、腰を使い出した。抽挿《ちゅうそう》に合わせて、結合部分から濡《ぬ》れた音が漏《も》れる。ぬちゅっ、くちゅっという、耳を塞《ふさ》ぎたくなるような生々しい音にも煽《あお》られて、甘い痺《しび》れが全身を走った。

繋《つな》がっている部分が、ジンジンと熱く疼《うず》く。

次第《しだい》にピッチが上がり、瑛は熱を帯びた恋人の腕《うで》にすがりつき、彼が刻む情熱的なリズムに身を委《ゆだ》ねた。

「ん……あっ……ん、……あんっ」

抜《ぬ》き差しごとに、体の奥から深い悦楽《えつらく》を引きずり出される。エトナのマグマの中に突き落とされたみたいに、熱くて、熱くて、体がどろどろに溶《と》けそうだ。

「や……あぁっ……あぁっ」

強靭《きょうじん》な腰《こし》使いに翻弄された瑛は、腰を振ってよがり泣く。

（レオ……）

涙でかすんだ視界の中に、エキゾティックな美貌《びぼう》が映り込んだ。

形のいい眉《まゆ》をきつくひそめ、何かを懸命《けんめい》に堪《こら》えているかのような、苦しげな表情。

情欲に濡れた顔を見つめているうちに、どうしようもなく愛《いと》しさが込み上げてきて——口から言葉が溢れ出た。

「レオ……レオ……好きっ」

とたん、腹の中の充溢がぐんっと嵩《かさ》を増す。

「ああっ」

「アキラ」

嚙みつくみたいにくちづけられた。唇を合わせたまま激しく突き上げられる。

「あ——あ——っ」

力強い揺《ゆ》さぶりに腰が浮き上がった。振り落とされないよう、必死にその広い背中に腕を回し、両脚をたくましい胴《どう》に絡《から》める。

「くそ……締めつけ過ぎだ」

余裕《よゆう》のない声を落としたレオが、瑛の腰を抱《かか》え直した。それによって今まで届かなかった場所を硬《かた》い切っ先で抉《えぐ》られることになり、脳天で火花が散る。

急速に高まる射精感に、腰が大きくうねった。

「も……だ……め……いくっ」

一番の弱みを集中的に突《つ》かれ、激しく責め立てられ、一気に高みへと追い上げられる。

「あ……あ……あ――……」

ふっと意識が途切《とぎ》れた。達すると同時に内部をきつく締めつけてしまったらしく――レオが胴震《どうぶる》いしたのを感じた直後、最奥にぴしゃりと放埒《ほうらつ》を叩《たた》きつけられる。

「……あ」

「く……っ」

じわじわと弛緩《しかん》したレオの体が覆い被さってきた。荒《あら》い息が唇に重なり、汗に濡れた腕が首に巻きついてくる。

「アキラ……愛してる」

自分を包み込む恋人の幸せな重みに、瑛は満ち足りた息を吐《は》いた。

三日分のブランクを取り戻すために思う存分抱《だ》き合った翌日。

早朝七時に目が覚めた瑛は、レオを残してベッドからひとり抜け出し、シャワーを浴びた。レオと愛し合った痕跡《こんせき》を洗い流して母の形見の着物を羽織り、髪《かみ》をタオルで拭《ふ》きながら浴室から出る。と、いつ目覚めたのか、恋人もベッドから出てローブを纏《まと》っていた。

「おはよう」

後ろ姿のレオに近寄っていき、そのローブの背中にちゅっとキスをする。振《ふ》り返ったレオが瑛を抱き寄せ、唇にキスを落とした。

「おはよう」

頬《ほお》と額にも唇が触《ふ》れる。次に目と目を合わせ、微笑《ほほえ》み合う。

いつもの朝の挨拶《あいさつ》のあとでレオからゆっくり離《はな》れた瑛は、ビロードのカーテンが降りた窓に近づいた。カーテンを捲《めく》り上《あ》げると、窓の外が徐々《じょじょ》に明るくなり始めている。

(今日も晴天に恵《めぐ》まれればいいが)

おそらくイタリア中の人間が抱《いだ》いているであろう思いを胸に宿しつつ、まだうっすらと赤みを帯びた空を眺《なが》めていたら、背後から声がかかった。

「今、何時だ?」

窓から離れた瑛は、サイドテーブルの時計に視線を走らせる。

「七時三十分」

片手を腰に当て、もう片方の手で髪を掻き上げたレオがつぶやいた。

「東京は午後の三時半か」

日本とイタリアとでは時差が八時間あるので、たしかに東京は今、二十五日の午後三時半だ。

「大学はもう休みに入っているよな?」

レオが何を考えているかを察して、瑛は「ルカに電話をするのか?」と尋《たず》ねた。

「荷物が無事に届いたことを知らせたほうがいいだろう」

「そうだな。俺もクリスマスプレゼントの礼が言いたい」

瑛の同意を得て、レオがいそいそと昨日着ていたジャケットのポケットから携帯《けいたい》を取り出す。

末の弟を目の中に入れても痛くないほどかわいがっているレオは、本当なら毎日でもルカの声が聴《き》きたいのを我慢《がまん》しているのだ。

父や兄から自立したいというルカの意志を尊重し、ともすれば過保護に走りがちな己《おのれ》を戒《いまし》めている……らしい。

ルカへの電話は用件がある時のみと、いじらしいマイルールを定めているレオが、携帯を操作しながら主室に移り、ソファに腰を下ろす。瑛もレオの隣《となり》に腰を下ろした。

「ついでに、年が明けたら休みのうちに一度帰ってこいと言うつもりだ」

右耳に携帯を当てたレオが、わざと作ったような気むずかしげな表情で言う。

「うん。その頃《ころ》には杉崎のお祖父様《じいさま》も退院しているはずだしな」

やがてルカに繋がったようだ。

「ルカか?」

弟の声を聞いた瞬間、レオの顔があまやかに蕩《とろ》ける。

「今、話していて大丈夫《だいじょうぶ》か?　昨日おまえからの荷物が届いた。ありがとう。気を遣《つか》わせてしまったな。だがみんなとても喜んでいる。特にダンテはアルバイト代で買ったプレゼントだと知って、いたく感激していたぞ。もちろんファーゴも大喜びだ。こちらからの荷物は届いているか？……そうか、よかった。――ちょっと待ってくれ。アキラが替《か》わりたいと言っている」

そこで、電話を替わってもらう。

「もしもし、ルカ？」

『瑛さん？』
一、二秒のタイムラグのあとで、まだ若い声が耳に届いた。瑞々《みずみず》しくもまろやかな弟の声は、どこか人をふんわりと包み込み、安心させるところがある。一見頼《たよ》りなさそうでいて、その実包容力があるところが、ロッセリーニ家の一員である所以《ゆえん》だろう。
『クリスマスプレゼントをありがとうございました。大切に使わせていただきます』

「こちらこそありがとう。欲しかったものだから、すごく嬉《うれ》しいよ」

『本当ですか？　喜んでいただけてよかったです！』

弾《はず》んだ声が言った。感情表現が豊かで素直《すなお》なので、つられてこっちも顔が綻《ほころ》んでしまう。

「レオはどうやら箸《はし》が苦手なようだけど、俺がみっちりと練習させるから。次に会う時までには使いこなせるようにしておくよ」

ルカがふふっと笑い、レオが傍《かたわ》らで顔をしかめる。

「そういえば、お祖父様の様子はどう？」

気にかかっていたことを尋ねると、『経過は良好で順調に回復しているとのことです』という明るい報告が返ってきた。

『この分だと、予定どおりに年内には退院できそうだってお医者様がおっしゃっていました』

「そう、よかった」

心からほっとする。

「ありがとう、ルカ。きみのおかげだ」

『そんなことないです。ぼくなんか全然何も……』

謙遜《けんそん》するルカにもう一度「ありがとう」と感謝を告げてから、「レオがきみに会いたくてたまらないようだけど」と続けた。「おい、余計なことを言うな」とレオに睨《にら》まれたが、構わずに訊《き》く。

「いつこっちに戻《もど》ってこられそう？」

『そうですね。お祖父様が退院したら一度……と思っています』

「じゃあ、年明けには会えるかな？」

『はい』

「会えるのを楽しみにしている。じゃあ、レオに替わる」

瑛はふたたびレオに携帯を渡《わた》した。こほんと咳払《せきばら》いをして、レオが話し始める。

「クリスマスは残念だったが、屋敷《やしき》のみんなも待っているから、なるべく早く顔を見せに戻ってこい。ああ……ふむ……そうか、わかった。大体どのあたりになるかわかったら連絡《れんらく》をくれ。

おまえが帰ってくるとなると、親父《おやじ》も会いたがるだろう。ひさしぶりに家族がシチリアに集結することになるだろうからな」

その後、二、三の言葉を交《か》わして、兄弟の会話は終了《しゅうりょう》した。

「年明けには戻ってくるそうだ」

携帯を手にしたレオが、機嫌《きげん》のいい顔で報告してくる。

「うん、そう言っていたな」

「もしルカの帰国に合わせてエドゥアールも帰ってくるとなると——その可能性は高いが——去年のルカの誕生日パーティ以来、家族が一堂に会することになる」

つぶやいたレオが、何事かを思案するような面持《おもも》ちでしばし沈黙《ちんもく》したあとで、顔を上げて「アキラ」と呼ぶ。

「なんだ？」

改まった物言いに、瑛は小首をかしげた。数秒の間を置き、レオがおもむろに口を開く。

「以前から考えていたんだが、これがいい機会だ。年明けに、エドゥアールにはおまえとのことを話そうと思う」

「え？……話す？」

「おまえとこの先の人生を共にしていく覚悟《かくご》をエドゥアールに告げるつもりだ」

レオは前から考えていたというけれど、瑛にとっては唐突《とうとつ》な決意表明で、一瞬《いっしゅん》声が出なかった。

「ど、どうして……」

狼狽《ろうばい》のあまりに、覚束《おぼつか》ない問いかけが零《こぼ》れる。

「俺が子供を持たないと決まった以上、いずれエドゥアールかルカの子供がロッセリーニ家を継《つ》ぐ可能性が高い。それを思えば、できるだけ早いうちにエドゥアールには話しておいたほうがいい。ただ、ルカにはまだ早い。あいつが精神的に成長して、俺たちのことを受け入れられるようになるまで、もうしばらく時機を窺うつもりだ。ルカはおまえとも血が繋《つな》がっているから、兄同士が愛し合っていることに、ことさら複雑な想《おも》いを抱くかもしれんしな」

「あ、……ああ……そうだな」

動揺《どうよう》を引きずったかすれ声で瑛は同意した。レオがまだ若い末弟《まってい》の心情を慮《おもんぱか》るのは当然のことだ。そして、今のうちにエドゥアールに明かしておくべきだという主張も尤《もっと》も。

(だけど……)

レオと想いが通じ合い、生涯《しょうがい》を誓《ちか》い合い、共に暮らし始めて一年半。周囲の人々に恵まれ、いつの間にか、満ち足りて幸せな生活が当たり前になっていた自分に改めて気がつかされる。

だが、そうではないのだ。

自分たちは男同士で、本来ならば祝福されることのない関係で……。

ダンテが何も言わないからといって、世の中の人間すべてに理解があるわけではない。

（エドゥアールに……自分たちのことを話す）

熱を孕《はら》んだ脳裏《のうり》に、次男の怜悧《れいり》でクールな美貌《びぼう》が浮《う》かんだ。

事実を知ったエドゥアールは、どんな反応を返してくるだろう。彼はロッセリーニ一族が持つマフィアの血に、良い感情を持っていない。そのせいで、古くから続く『ファミリー』の絆《きずな》を大切にするレオとの仲も、お世辞にも良好とは言えない。

真実を話すことで、ただでさえ微妙《びみょう》な兄弟の仲に波風を立てることになるのではないだろうか。

もしも、家長としての自覚が足りないと真っ向から非難されたら？

その結果、レオとエドゥアールの仲が決定的に拗《こじ》れてしまったら？

時化《しけ》の波のように次々と懸念《けねん》が押し寄せてくる。

瑛の不安そうな表情に気がついたらしいレオが、宥《なだ》めるように頰《ほお》に指で触《ふ》れてきた。

「大丈夫だ。心配するな。おそらくエドゥは反対しない。無論驚《おどろ》きはするだろうが、こちらの意志が固いと知れば最終的には受け入れるはずだ。あいつはそういうやつだし、元々家の存続や血筋に執着《しゅうちゃく》がないからな」

「…………」

「それに、もしエドゥアールが物言いをつけてきたとしても関係ない。誰《だれ》が何を言おうが……たとえ親父が反対したとしても、俺たちの仲を引き裂《さ》くことはできない」

揺《ゆ》るぎない意志を秘《ひ》めた口調で断じられ、ドキッと心臓が跳《は》ねた。

──たとえ親父が反対したとしても。

仮にエドゥアールが認めてくれたとして、次はルカ……そしていつの日かは最大の関門である父親──ドン・カルロにも真実を告げなければならない時がやってくる。

その時、先代はなんと言うだろうか。本来ならば、家長であるレオの子供が跡《あと》を継ぐのが正しい道筋。代々の当主は、その務めを果たし、我が子に家督《かとく》と土地を引き継いできた。

先代とて、当然レオにそれを期待して家督を譲《ゆず》ったはずだ。

その期待が覆《くつがえ》され、ことによってはロッセリーニ家がレオの代で絶えるかもしれないのだ。

(……自分のせいで)

胸の中でつぶやいた瞬間《しゅんかん》、ツキッと胸が痛む。

レオは、家督のためだけに子孫を残すのは愚《おろ》かなことだと言うけれど……。

拭《ぬぐ》いきれない罪悪感に、ぎゅっと奥歯を固く嚙《か》み締《し》めた時だった。顔を近づけてきたレオが、息がかかるほどの至近距離《きょり》から、熱を帯びた眼差《まなざ》しを向けてくる。

「俺たちが愛し合っているという事実は、何者にも覆せない。そうだろう？」

「うん……」

「俺たちの仲を引き裂こうとする者が現れれば、俺は、相手が肉親であろうとも断固として闘《たたか》う」

「レオ……」

強い眸《ひかり》を放つ漆黒《しっこく》の双眸《そうぼう》が、ふたりの生活を守るためならば、闘いをも辞さないと告げている。

魅入《みい》られるようにその黒い瞳《ひとみ》を見つめながら、胸の奥からふつふつと熱い想いが込み上げてくるのを感じた。

レオと会う前の自分は、己に価値を見出《みいだ》せず、孤独《こどく》を選び、周囲との深い関《かか》わりを避《さ》けて生きていた。いつも逃《に》げてばかりだった。

追い込まれた過酷《かこく》な状況《じょうきょう》に絶望し、自ら命を絶とうと思い詰《つ》めたことすらあった。

だけど、今は違《ちが》う。

レオと出会い、生涯の伴侶《はんりょ》を得て、自分は変わった。

今の自分には守るべきものがある。失いたくないと切に思う、大切なものがある。

レオとの生活を、【パラッツォ・ロッセリーニ】での生活を守るために、自分もまた強くなる必要がある。強くなって共に闘わなければならない。

この幸せな日々を未来永劫《みらいえいごう》のものとするために——。

決意を胸に宿し、瑛は目の前の顔をまっすぐ見返した。

「俺も闘う」

瑛の目をじっと見つめていたレオが、やがて唇の片端《かたはし》を持ち上げ、ふっと笑う。

「それでこそ、俺の花嫁《はなよめ》だ」

「誰が花嫁だよ？」

文句を言う瑛の唇をレオが唇で塞《ふさ》いだ。腰《こし》を抱《だ》き寄せられ、その硬《かた》い首に腕《うで》を回す。

「アキラ……愛している」

くちづけが解《と》かれ、唇の代わりに甘い囁《ささや》きが触れた。

「俺も……レオ……愛している」

キスの合間に際限なく睦言《むつごと》を囁き合っていると、コンコンコンとドアをノックする音が響《ひび》く。

「お目覚めでいらっしゃいますでしょうか」

ダンテだ。

「レオナルド様宛《あて》にエドゥアール様からお荷物が届いておりますが、いかがいたしましょう」

ドアの向こうから問いかけが届く。名《な》残惜《ごりお》しげに瑛の体を離《はな》したレオが、深みのあるテノールで答えた。

「クリスマスプレゼントだろう。俺の部屋に運んでおいてくれ」

「かしこまりました」

ダンテが廊下《ろうか》を引き返していく靴音《くつおと》を耳に、レオがソファから立ち上がる。

「エドゥアールの荷物を解いてゆっくり朝食を取っても、十時からのミサに充分《じゅうぶん》間に合うな」

「ああ」

「準備が整ったらダンテも誘《さそ》って教会へ出かけよう」

差し伸《の》べられた大きな手を、瑛はしっかりと摑《つか》み、握《にぎ》り返した。

「ミサのあとで厩舎に立ち寄ってもいいか？　あの子の様子を見たい」

「もちろん。名前は決めたか？」

「まだだ。じっくりと考えて決めるつもりだ」

「それがいい」

同意したレオが、立ち上がった瑛の背に手を添《そ》え、やさしく微笑《ほほえ》んだ。

「時間はたっぷりあるからな」

第三章　エドゥアール・ロッセリーニ×成宮礼人

1

都心型ホテルである『カーサホテル東京』にとって、一年で一番忙《いそが》しい月――それは、十二月だ。

十二月にはなんといってもクリスマスがある。忘年会《ぼうねんかい》シーズンでもあり、さらに新年に向けての準備もある。

中でもピークは、祝日である二十三日からクリスマス当日までの三日間。この三日の間に、バンケットホールにてクリスマスパーティが開かれ、レストランではたくさんのお客様がクリスマスディナーを楽しまれる。その流れでご宿泊《しゅくはく》なさるお客様も大勢いて、部屋が満室となるからだ。

その時期のホテルスタッフはフル稼働《かどう》で、裏方はまさに戦場と化す。

しかし当日に向けての準備自体は、すでにバンケットホールやレストランの予約が入り始める十月頭から始まっていた。

奇《く》しくも、その時期は、礼人がカーサホテル東京の総支配人《ジェネラルマネジャー》に任命された時期と重なっており、この年末年始をいかにトラブルなく乗り越《こ》えるかは、新GMとしての試金石とも言えた。

これまで宿泊畑一筋のホテルマン人生を送ってきて、アシスタントマネジャーというポジションにあった礼人には、GMになって初めて経験することが多々あるが、だからといって「できない、わからない」では済まされない。

何より、自分を総支配人に抜擢《ばってき》してくれたエドゥアールの顔に泥《どろ》を塗《ぬ》るわけにはいかない。責任の重大さにより一層気持ちを引き締め、礼人は初の大仕事に挑《いど》んだ。

クリスマスおよび忘年会パーティの予約がほぼ確定したところで、幹事を務めるクライアントとの綿密な打ち合わせ。打ち合わせ内容を踏まえてのレストラン・調理部門、宴会《えんかい》部門、宿泊部門の代表を集めての会議。会議にて予算と照らし合わせ、ビバレッジ類の調達や、当日の料理などを詰める。

それと平行して、クリスマス限定商品の企画《きかく》立ち上げも行った。例年は上層部の会議で決めていたが、今年は幅広《はばひろ》く全スタッフから企画を募《つの》ることにした。若いスタッフや、女性スタッフからの斬新《ざんしん》なアイディアを期待してのことだ。

さらには各レストランがクリスマス用に用意する特別メニューの試食という仕事もある。シェフや板前と話し合いながら、メニューが確定するまでに行われた試食は、各レストランごとに三回から四回に及んだ。カーサには、メインダイニングを含《ふく》む五つのレストランと、その他《ほか》にもティールームとバーがあるので、トータルで相当な回数の試食をこなしたことになる。最終的に納得《なっとく》のいくレベルに達したので、GOサインを出した。

もうひとつ、クリスマスで忘れてはならないのがディスプレイだ。

四季折々、お客様にカーサの中で季節を感じていただけるよう、館内のディスプレイには心を配っているが、なかでもクリスマスシーズンの飾《かざ》り付けは特別だ。とりわけ、エントランスロビーに設置されるメインツリーはクリスマスディスプレイの要《かなめ》とも言え、館内全体のイメージにも影響《えいきょう》を与える。また、ロッセリーニ資本に移って以降、前向きな変革を進めるカーサを、お客様にアピールする絶好の機会でもある。できることならば、例年のオーソドックスなディスプレイから脱《だつ》したい。

そう考えると、自分の判断だけでは心許《こころもと》ない気がして、これに関してはミラノにいるオーナーのエドゥアールに指示を仰《あお》ぐことにした。

「お忙しいところ、貴重なお時間を頂戴《ちょうだい》してしまい、大変に申し訳ございません」

電話での恐縮《きょうしゅく》したお願いに、礼人より遥《はる》かに忙しいはずのエドゥアールは、機嫌《きげん》のいい声で快諾《かいだく》してくれた。

『そんなに謝らないで。少しでもきみやカーサの役に立てるのなら嬉《うれ》しいよ。この電話のあとで指示書を送ろう』

「次からは、お手を煩《わずら》わせることのないように心がけますので」

『アヤト、たしかに私はきみにカーサを任せはしたけれど、だからといって何もかもひとりで背負い込まなくてもいいのだからね。きみの後ろにはたくさんのスタッフがついている。彼らに相談しても答えが出ない時は私がいる。困ったことやアドバイスが欲しかったら、いつでも気軽に連絡《れんらく》して欲しい。いいね？』

包容力に溢《あふ》れたやさしい言葉に胸が熱くなる。

「はい、ありがとうございます」

約束どおり、エドゥアールは電話のあと、一時間ほどでファックスを送ってきてくれた。相変わらず仕事が速い。

早速《さっそく》、指示書を和訳したものをディスプレイ業者にファックスで送り、翌日には打ち合わせの時間を持った。ツリーのイメージに合わせて、他のディスプレイも提案してもらう。幾度かディスプレイ業者とやりとりを重ね、エドゥアールにも相談しつつトータルのイメージが決定。十一月の最終週にはメインツリーが完成した。

ツリーの完成と前後して、エドゥアールの友人であるサイモン・ロイド氏が秘書を帯同してイギリスから来日し、カーサに宿泊することとなった。オーナーの大切なご友人に対して粗相《そそう》のないようにと、スタッフ一同緊張《きんちょう》する日々がしばらく続いたが、幸いにも大きな問題は起こらずに滞在《たいざい》期間が過ぎ、ロイド氏は帰国した。

しかし、そのことにほっとする余裕《よゆう》は礼人には無かった。師走《しわす》に突入《とつにゅう》し、最終的な詰《つ》めや準備に追われているうちに、刻一刻とクリスマス週間が近づいてくる。

今年のイブとクリスマスは生憎《あいにく》と平日だったので、来客のピークは祝日の前日に当たる二十二日だった。

この日だけでも、三つのバンケットホールの昼の時間と夜の時間がすべてパーティで埋《う》まり、各レストランも予約で満席。有り難《がた》いことにキャンセルもなく、部屋も満室となった。続く二十三、二十四日も好調で、両日共に夜のパーティが三件ずつ入った。

これもエドゥアールがメディアに顔を出して、カーサの存在をアピールしてくれたおかげだ。エドゥアールがインタビューに答えた雑誌記事をきっかけに取材が一気に増え、名前の露出《ろしゅつ》が増えるに従って宿泊率も上がり始めた。新しいお客様の中には、リピーターになってくださる方もいらっしゃって、宿泊主体型を目指す新生カーサのサービスにたしかな手応《てごた》えを感じる。

そのせいもあって従業員の志気は高かったが、モチベーションを維持《いじ》するためには、トップである礼人が率先《そっせん》して動かなければならない。

二十二日の早朝ミーティングから二十四日の深夜ミーティングまで、礼人はインカムを装着して館内を走り回り、陣頭《じんとう》指揮を執《と》り続けた。バンケットのパーティ会場を渡《わた》り歩いては、フードや飲み物をチェックし、サービスに抜《ぬ》かりがないかに目を配る。また、各レストランを巡《じゅん》回《かい》し、常連のお客様に挨拶《あいさつ》して回った。

その間も、インカムを通して数々の報告を受け、指示を仰がれれば与《あた》える。睡眠《すいみん》は仮眠《かみん》室でぶつ切れに取り、食事も総支配人室でサンドウィッチをつまんで済ませた。

体力と気力の限界ギリギリまでがんばった成果か、これといった大きなミスもクレームもないままに、予定されていたすべてのパーティが滞《とどこお》りなく終了《しゅうりょう》した。各レストランも無事に営業を終えて店じまいとなり、宿泊なさるお客様以外のほとんどのゲストはお帰りになった。盛装した人々で溢れていたロビーも静寂《せいじゃく》を取り戻《もど》す。

まだ明日の二十五日が残っているが、クリスマス当日はパーティの予約も入っておらず、イブや祝日に比べればクリスマスディナーのお客様や宿泊客も少ないので、幾分《いくぶん》か楽なはずだ。

(とりあえず……ピークは過ぎた)

心地《ここち》よい脱力感《だつりょくかん》に身を委《ゆだ》ね、人気のない静かなロビーに佇《たたず》んでいると、副支配人の橋口《はしぐち》が声をかけてきた。

「成宮くん、お疲《つか》れ。なんとか山場は越えたね」

「橋口さん、お疲れ様です」

「さすがに顔色が悪いな。あんまり寝《ね》ていないんだろう?」

そういう橋口の顔も、疲労《ひろう》の色が濃《こ》い。礼人ほどではないにせよ、橋口にとっても副支配人として迎《むか》える初めてのクリスマスはプレッシャーであったに違《ちが》いない。

「お互《たが》い、今夜はゆっくり休もう」

「そうですね。本当にお疲れ様でした」

橋口と別れ、総支配人室に下がった礼人は、今日一日忙《いそが》しくてチェックできなかった携帯《けいたい》をジャケットの内ポケットから取り出した。メールが数通入っている。その中の一通はミラノからのものだった。

【予定どおりに今からミラノを発《た》つ。きみは今頃奮闘《いまごろふんとう》中だろうね。会えるのを楽しみにしている】

簡潔な英文に何度も目を通しているうちに、【予定どおり】という文面に、じわじわと喜びが込み上げてくる。

「……よかった」

思わず吐息《といき》混じりのつぶやきが落ちる。

年末年始はカーサから動けない礼人の代わりに、エドゥアールのほうが東京に来てくれることになっていたのだが、ロッセリーニ・グループのCOOという重責にある恋人《こいびと》の身には、いつ何時、緊急事態《きんきゅうじたい》が降りかかってくるかわからない。そのため、場合によっては直前のキャンセルもあり得ることを、礼人は覚悟《かくご》していた。

海を隔《へだ》て、遠く離《はな》れて暮らす恋人と最後に会ったのは二ヶ月以上も前だ。

会えない間も、メールや電話でのコミュニケーションは取っていたが、やはり実際に会って話すのとは全然違う。電話での会話のあとで、その声を噛《か》み締《し》めるように反芻《はんすう》しながら、余計に会えない寂《さび》しさが募ってしまうこともたびたびあった。

けれど、そんな切なさとも、明日からしばしのお別れだ。

明日には恋人と会える。

『きみとクリスマスを過ごすために、今、必死で働いているよ』

数日前の電話での恋人の声を耳に還《かえ》し、礼人は携帯をぎゅっと握《にぎ》り締めた。

（……エドゥアール）

明日にはエドゥアールに会えるという興奮のせいか、はたまたここ数日の緊張感《きんちょうかん》の余波《よは》か、体は疲れ切っているのに頭が妙に冴《みょうさ》えて、その夜はなかなか寝付《ねつ》けなかった。結局、寝付いたのは明け方近く――。

よほど疲れが溜《た》まっていたのだろう。いつもなら目覚ましが鳴る前に目が覚めるのに、今朝は鳴っていることに気がつかなかった。

ふと目が覚めた時には八時を過ぎていて、礼人はベッドの中で「うわぁっ」と大声を出した。どうやら無意識のうちに目覚まし時計のアラームを止めてしまっていたらしいが、こんなことは生まれて初めてだ。

普段《ふだん》は遅《おそ》くとも八時には総支配人室で仕事を始めているので、これはもう完全なる遅刻《ちこく》だ。

「嘘《うそ》……」

しばらく目覚まし時計の表示を呆然《ぼうぜん》と見つめてから、はっと身じろぐ。ぼーっとしている場合じゃない！

「携帯……携帯、どこだ⁉」

目覚まし時計を放《ほう》り投げ、礼人はベッドから飛び起きた。

ホテルマン人生における初の大失態に半ばパニックを起こしつつリビングまで走り、テーブルの上の携帯に飛びつく。だが、悪いことは重なるもので、携帯の充電《じゅうでん》が切れていた。考えてみれば二日間カーサに泊《と》まり込みで充電ができなかった上に、昨日の夜自宅に戻ってからも充電器に差し込むのを忘れていた。

仕方なく固定電話からカーサに電話をして、総支配人室付きの秘書に事情を説明する。

「すまない……寝坊《ねぼう》をしてしまった」

『わかりました。今のところ総支配人に緊急のご連絡《れんらく》などは入っておりません』

「今から急いで支度《したく》をして、九時半には着くようにするから」

『お気をつけていらしてください』

そこからはものすごい勢いで顔を洗い、歯を磨《みが》き、髪《かみ》を整え……三十分で身支度を終えた礼人は、チャコールグレイのスーツの上にコートを羽織って家を飛び出した。電車を使っていたら間に合わないと判断し、マンションの前でタクシーを捕《つか》まえて乗り込む。

「カーサホテル東京まで、お願いします」

運転手に行き先を告げてから、腕《うで》時計を見た。八時五十分。

エドゥアールの乗るプライベートジェットは八時半頃《ごろ》羽田に到着《とうちゃく》予定とのことだったので、イミグレーションの手続きなどの時間を考慮《こうりょ》すると、カーサに着くのは早くても十時頃。

なんとか間に合うとは思うが。

それにしても……よりによってエドゥアールが来日する日に寝坊するなんて……。

(馬鹿《ばか》)

ダメージから立ち直れず、自分を責めている間にもタクシーは進み——幸い渋滞《じゅうたい》に巻き込まれることもなく、約三十分ほどでカーサに着いた。

よかった。なんとか間に合った。

「あ、すみません、ここで結構です」

カーサに続く坂の下でタクシーを降りた礼人は、冷たい空気を身で切るように、足早に坂道を上がり始めた。総支配人という役職についたからといって、ゲストと一緒《いっしょ》に正面エントランスにタクシーで乗り付けることははばかられる。たとえ見とがめられる可能性は低いとしても、心情的な問題だ。

蛇行《だこう》した坂道を上がり切ると、常緑樹の生け垣《がき》に囲まれたクラシックな佇まいの建物が見えてくる。『カーサホテル東京』と刻印されたプレートを横目に、敷地《しきち》内に入った。車寄せをぐるっと回り込み、新館の正面玄関《げんかん》に辿《たど》り着く。

フロックコートのドアマンが礼人の姿を認めて、軽く頭を下げた。

「総支配人、おはようございます」

「おはよう」

彼が開けてくれたガラスのドアを抜け、エントランスロビーへ足を踏《ふ》み入れる。

全身をふわりと包み込む、程良《ほど》い温度の空調にふぅと息を吐《は》いた。一週間のほとんどをここで過ごし、日に何度も出入りするのに、それでもカーサに足を踏み入れるたびにほっとして、自分の部屋に帰った時よりも「我が家に帰ってきた」という気分になる。そんな安らぎの空間として、お客様にもカーサを利用していただけるのが理想なのだが。

そんなことを思いながら、磨き込まれた石の床《ゆか》を踏み締める。ベル業務のスタッフが「おはようございます」と声をかけてくるのに応《こた》えながら、総支配人室に向かってロビーを横断していた礼人は、目の端《はし》が捉《とら》えた「何か」に引っかかりを覚え、「ん？」と眉《まゆ》をひそめた。足を止めて吹《ふ》き抜けの中央部分に置かれた巨大《きょだい》なツリーに目を向ける。

高さ、七、八メートルはあろうかというもみの木。白と淡《あわ》いブルーの電飾《でんしょく》で飾《かざ》られ、青白く発光するツリーの前に、長身の後ろ姿があった。

九頭身の素晴《すば》らしいプロポーションをカシミアのロングコートで覆《おお》った男性は、流れるようなプラチナブロンドの持ち主だった。光の加減によっては金にも銀にも見える髪が、電飾の点《てん》滅《めっ》に反射してきらきらと煌《きら》めいている。

まるで、そこだけがスポットライトに照らされたみたいに輝《かがや》いて見えて——。

「あ………」

見覚えのあるシルエットに、両目をゆるゆると見開く。トクンッと心臓が脈を打った。

（エドゥアール⁉）

まさかもう着いたのか？……いや、でも、あんなに見事なプラチナブロンドの持ち主が、彼以外にいるはずがない。

半信半疑のまま、くるりと踵《きびす》を返し、ツリーを眺《なが》めている人影《ひとかげ》にカツカツと近寄った。礼人の気配を察したらしいシルエットが優雅《ゆうが》に振《ふ》り返る。

「……っ」

クールなアイスブルーの瞳《ひとみ》と目が合った刹那《せつな》、大きな声が飛び出しそうになり、あわてて喉《のど》元《もと》で食い止めた。

（やっぱり、エドゥアール！）

礼人を食い入るように見つめていた青い瞳がじわりと細まり、やがて端整《たんせい》な唇《くちびる》が声を紡《つむ》ぐ。

「アヤト」

その容姿に相応《ふさわ》しい、ベルベットのような質感を持つテノール。目の前のゴージャスな美貌《びぼう》にぼーっと見惚《みと》れていた礼人は、名前を呼ばれてはっと我に返った。

「い……いつ、お着きになったのですか？」

狼狽《ろうばい》にかすれた声で尋《たず》ねると、「十五分ほど前だ。予定よりも早く空港に着いてね」と答えが返る。秘書は到着の連絡を入れてくれていたのかもしれないが、携帯《けいたい》の充電が切れていたせいで通じなかったのだろう。

「そうですか。順調なフライトでよろしかったです」

それは本当に心から嬉《うれ》しいし、体の負担を考えればフライト時間が少しでも短いのは喜ばしいことだけれど。

「今、北川たちが部屋に荷物を運んでくれているところだ」

「すみません……お出迎《でむか》えもできずに」

不甲斐《ふがい》ない自分に忸怩《じくじ》たる思いで謝罪する礼人を、エドゥアールが不思議そうな表情で見た。

「たしかに、きみが遅刻とはめずらしい。具合でも悪かったのか？」

「いいえ……違《ちが》います。単なる寝坊で……」

説明の途中で顔がじわじわと赤くなり、声が小さく萎《しぼ》む。

さすがに、「あなたと会えるのが嬉しくて寝《ね》つけなかった」とは白状できない。それではまるで、遠足の前日の子供だ。

「そう、ならばいいけれど。おそらく、このところの激務の疲《つか》れが出たんだろう」

「すみません……以後気をつけます」

俯《うつむ》き、消え入りそうな声でつぶやく礼人の肩《かた》に、エドゥアールが軽く触《ふ》れた。

「そうしょげることはないよ。たまには人間らしい部分が垣間見《かいまみ》えるほうが、スタッフもついていきやすい。きみはいささか完璧《かんぺき》主義者でワーカホリックのきらいがあるからね」

やさしく慰《なぐさ》められ、礼人はおずおずと顔を上げる。

「エドゥアール……」

「何？」

「あの……お帰りなさい」

会ってまず一番に告げたかった言葉を漸《ようや》く口にすると、エドゥアールの顔が甘く蕩《とろ》け、幸せそうに微笑《ほほえ》んだ。

「ただいま」


「メインツリーだけど、美しいね」

「きちんとイメージどおりになっておりますでしょうか？」

「うん、かなりイメージに近いよ。シックでクールコンシャスでスタイリッシュだ」

「よかったです」

エドゥアールのお墨付《すみつ》きをもらえて、ほっと安堵《あんど》する。写真を撮《と》ってミラノに送り、事前に確認《かくにん》してもらってはいたが、やはり実物を見るのとでは印象が違うだろうと思っていたからだ。

「おかげさまで、お客様にも大変にご好評をいただいております。私もお褒《ほ》めの言葉をたくさん頂戴《ちょうだい》いたしました。特に若い世代のお客様に評判が良く、ホームページに載《の》せた写真を見て、わざわざ足を運んでくださるお客様もいらっしゃるほどです」

「カーサのクリスマスディスプレイは一見の価値があるというイメージが定着すれば、風物詩として呼びものになるからな。――そうだ。他《ほか》のディスプレイも見てみたい」

「着いたばかりでお疲れではありませんか？」

心配になって尋ねたが、エドゥアールは笑って首を横に振った。

「P　J《プライベートジェット》の中でゆっくり休めたから大丈夫《だいじょうぶ》」

「では、ご案内いたします」

ふたりで肩を並べて歩き出す。

「新館の飾り付けは、ブルーと白、銀を基調カラーとしております」

礼人の説明に、エドゥアールがうなずいた。

「メインツリーの色合いを踏襲《とうしゅう》しているんだったな」

「はい。この三色に柊《ひいらぎ》などのグリーンを合わせて、リース、ツリー、クリスマスアレンジメントを制作し、一階ロビー、サロン、各フロアのエレベーターホールおよび廊下《ろうか》のコーナー、階段の踊《おど》り場などに飾り付けをいたしました」

こうして館内を歩いていると、エドゥアールが初めてカーサを視察に訪《おとず》れた三ヶ月半前のことを思い出す。館内を案内して欲しいと請《こ》われ、今のように肩を並べて、館内を一巡《いちじゅん》した。

あの時の自分は、イタリアからやってきた新しいオーナーに隙《すき》を見せまいと必死だった。改革に燃えるイタリア人の手から、カーサを守ろうと躍起《やっき》になっていた。

一時は敵とも見なしたエドゥアールと、様々な誤解が解けて恋仲《こいなか》になり、今こうしてカーサの未来を担《にな》う「仲間」として肩を並べられることが、心から嬉しい。

喜びを噛《か》み締《し》めつつ階段を使い、レストランが集結する二階フロアへ上がった。

「レストランに関しましては、敢《あ》えて統一カラーに限定せず、各店舗《てんぽ》のイメージに合ったディスプレイを施《ほどこ》しております」

それぞれのレストランが趣向《しゅこう》を凝《こ》らしたエントランスの飾り付けを眺め、エドゥアールが「バラエティに富んでいていいね」と言った。

「クリスマスディナーの評判はどうだった？」

「私がご挨拶《あいさつ》をさせていただいたお客様は、どなたも満足していただけているようでした」

「それはよかった。特別メニューにはきみがずいぶんと力を入れていたからね」

「その節は何度もご相談のメールを入れてしまい、申し訳ありませんでした」

恐縮《きょうしゅく》する礼人に、エドゥアールが「そのためのパートナーだろう」と微笑む。

パートナーという単語に頬《ほお》が熱くなるのを堪《こら》え、礼人は説明を続けた。

「今年はクリスマス限定商品としまして、レストランのお食事をそのままお部屋で楽しめる特別プランも販売《はんばい》いたしました」

「宿泊《しゅくはく》部門とレストラン・調理部門のコラボレーション企画《きかく》だな？」

「はい。こちらのスペシャルディナー付きのプランをご予約くださったお客様には、ホテルメイドのクリスマスケーキとシャンパン、クリスマスローズをあしらったアレンジメントブーケをプレゼントさせていただきました」

「さぞかし女性ゲストが喜んだだろう」

「ブーケを持ち帰ってくださるお客様がほとんどでした」

「ブーケのプレゼントは、たしか女性スタッフの発案だったな？」

エドゥアールからの確認を「はい」と肯定《こうてい》する。

「クリスマスに関する企画をスタッフに募《つの》ったところ、たくさんのアイディアが集まりましたので、その中のいくつかを早速《さっそく》形にしてみました。おおむね好評なようですので、今年は準備の兼《か》ね合いで実現に至らなかった企画も、来年以降に形にしていきたいと思っています」

「ああ、それがいい。新しいアイディアはどんどん取り入れていくべきだ」

新館の各フロアを観《み》て回ったあと、渡《わた》り廊下を使って、築六十七年を誇《ほこ》るアール・デコ様式の本館へと移動した。

「本館のディスプレイは、新館との対比として、赤、金、茶、の三色を基調とした、あたたかみのあるカラーで統一しております」

思い切って新館はイメージを一新したが、本館は古くからの顧客《こきゃく》のために、従来の雰囲気《ふんいき》を踏襲したオーソドックスな飾《かざ》り付けにしてある。これも、エドゥアールと話し合って決めたことだ。

「写真で見るより、実物のほうがいいな。アンティークの照明やレトロな内装と程《ほど》よくマッチしている」

「こちらは年配のお客様にご好評のようです」

「やはり暖色系ということで落ち着くんだろう。新館も本館もどちらもそれぞれの良さがあるが、ゲストの立場に立てば、選択肢《せんたくし》があるのはいいことだ。……本館を残してよかったな」

エドゥアールの言葉に、礼人は深くうなずいた。

古いものと新しいもの、両方のいいところを上手《うま》く組み合わせ、カーサの中で融合《ゆうごう》させていくことが、自分たちの理想であり、目標だからだ。

建物の中をひととおり見て回ったのちに、新館と本館に囲まれた吹き抜《ぬ》けの中庭に出た。時季柄休眠《がらきゅうみん》に入った芝生《しばふ》の色は褪《あ》せてしまっているが、その代わりに花壇《かだん》のポインセチアとシクラメンのあざやかな赤とピンクが目を引く。いつもは素朴《そぼく》な趣《おもむき》の木製のベンチも、リボンと小さなリースでデコレーションされ、クリスマスらしい華《はな》やかさの演出に一役買っていた。

早朝ならば、散歩を楽しむお客様もいらっしゃるのだが、今の時間帯は人の姿は見あたらない。

人気のない石畳《いしだたみ》の遊歩道をエドゥアールと歩きながら、礼人は電飾《でんしょく》のちりばめられた常緑樹を手で指し示した。

「あのあたり一帯が夜になるとライトアップされて幻想《げんそう》的な雰囲気になります。レストランやお部屋から望む中庭の眺望《ちょうぼう》も大変に美しいと評判をいただいております」

「ライトアップされたここは……たしかにとても綺麗《きれい》だろうね」

遊歩道の途中《とちゅう》で足を止めたエドゥアールが、目を細め、しばらく中庭の様子に見入る。郷《きょう》愁《しゅう》を帯びた横顔をそっと窺《うかが》って、礼人は思った。

もしかしたら、生まれ育った屋敷《やしき》の中庭を思い出しているのだろうか。

――ここは……【パラッツォ・ロッセリーニ】のようだ。

――『バッリオ』と呼ばれるシチリア式の領主館スタイルの建物で、やはりここのように四角い吹き抜けの空間があるんだ。パティオの中央には、樹齢《じゅれい》数百年の堂々たるオリーブの樹木が根を張っている。

以前にエドゥアールが話してくれたシチリアの本邸《ほんてい》の様子を思い浮かべる。

（シチリア……）

地中海のほぼ真ん中に浮《う》かぶ、イタリア共和国最南端《さいなんたん》の島。

エドゥアールの生まれ故郷。

（どんなところなんだろう……）

恋人《こいびと》の傍《かたわ》らに佇《たたず》んだ礼人もまた、いまだ訪れたことのない遠い異国に束《つか》の間思いを馳《は》せた。

館内の巡回《じゅんかい》が終わり、一階のロビーに戻《もど》ったところでタイミングよく、ベル業務の北川が「お部屋のご用意ができました」と告げに来た。

「ありがとう。お部屋までは私がご案内するから」

北川にそう告げると、礼人はエドゥアールを新館のエレベーターホールまで誘《いざな》った。

エレベーターで八階まで上がり、スイートルームが並ぶ廊下を歩き、突《つ》き当たりの八〇六号室の前で足を止める。カーサに宿泊の折は、エドゥアールがいつも泊《と》まる部屋だ。

カードキーを差し込み、真鍮《しんちゅう》のドアノブを回した。マホガニーの扉《とびら》を押し開ける。

エドゥアールが利用する際には通常そうしているように、主室は余分な調度品が取り除かれ、オフィス然とした設《しつら》えになっていた。調度品の代わりに、大きめのデスクとハイバックチェアが置かれている。

「どうぞ、お入りください」

ドアを片手で押さえた礼人の言葉にうなずき、エドゥアールが室内へ歩を進めた。彼の後ろから主室に入った礼人は、そのまままっすぐ寝室《しんしつ》の扉に近寄り、ドアを開けて中に入る。革《かわ》のトランクはすでに、ウォークインクロゼットの中に仕舞《しま》われていた。

(荷物はいつもご自分で解かれるから、余計な手出しは無用だろう)

そう判断して主室に戻り、部屋の中程に佇むエドゥアールの背後に回り込む。

「よろしければコートを……」

お預かりしますと言って、コートの肩口《かたぐち》に触《ふ》れた――直後だった。不意にエドゥアールが身を返した。片腕《かたうで》を掴《つか》まれたかと思うと、強い力でぐいっと引き寄せられる。

「……っ」

前のめりにバランスを崩《くず》した礼人は、気がつくとエドゥアールの胸の中にいた。掻《か》き抱《いだ》くようにぎゅっと抱《だ》きすくめられ、背中がしなる。

二ヶ月ぶりに触れる――恋人の広くて硬《かた》い胸の感触《かんしょく》。甘い香《かお》りとあたたかい体温に包まれて、くらっと頭が眩《くら》みかける。

「エドゥ……アール」

再会した時から、ずっと夢見ていた瞬間《しゅんかん》。恋人の腕《うで》に抱かれるこの瞬間を、この二ヶ月の間、どれだけ待ち焦《こ》がれたことだろう。

だけど……駄目《だめ》だ。

(今は、仕事中だ。こんなこと……いけない)

恋人の体温に包まれる喜びに、ともすれば身を委《ゆだ》ねてしまいそうな自分を、礼人は必死に叱《しっ》咤《た》した。

「……いけません。……仕事中です」

　就業中に限り、公私混同はしないというふたりの間の取り決めを、恋人にも思い出させようと、かすれた声を振《ふ》り絞《しぼ》る。

「アヤト……抱き合うくらい、いいだろう？」

「駄目……駄目です」

　首を左右に振り、身を剝《は》がすために手で胸を押してみたが、拘束《こうそく》はいっこうに緩《ゆる》まなかった。どころかよりきつく抱き寄せられ、首筋に唇《くちびる》を押しつけられて焦《あせ》る。

「待って」

「待てない」

「待ってくださ……」

「どれだけ待ったと思うんだ。フライトの間もずっときみのことばかり考えていた。会ったらその細い体を抱き締《し》めて、甘い唇を奪《うば》い、熱い口の中を味わい尽《つ》くして……きみが私のものだということを確かめたいと……そればかり考えていた」

　耳殻《じかく》に吹き込まれる熱を帯びた囁《ささや》きに、こめかみがジンジンと熱を孕《はら》み、両目が潤《うる》む。

「エドゥアール……お願い」

　涙声《なみだごえ》の懇願《こんがん》にやっと腕の力が緩んだ。しかし、そのことにほっとする間もなく顎《あご》を持ち上げられ、唇を覆《おお》われる。

「エドゥ……んんっ」

すぐに熱い舌が忍《しの》び込んできて、逃げ惑《まど》う舌を搦《から》め捕《と》られた。

「んっ……ふ、ぅん……っ」

口腔《こうこう》内を甘く扇情《せんじよう》的に掻き混ぜられ、眦《まなじり》に涙《なみだ》が滲《にじ》む。体がじわじわと熱を持ち、頭がぼーっと白く霞《かす》み始めた。唇を甘嚙《が》みされ、上顎《うわあご》を嬲《なぶ》られて、唇の端《はし》から唾液《だえき》が滴《したた》る。クチュ、ヌチュと濡《ぬ》れた音が鼓膜《こまく》に響《ひび》く。

「……っ……ぅ、……ん……」

頭の片隅《かたすみ》では理性が「駄目だ」と告げているのに、体が言うことをきかない。巧《たく》みで情熱的なくちづけに、理性も抑制《よくせい》も溶《と》かされて……いつしか礼人は夢中で恋人の舌の動きに応《こた》えていた。恋人の首に腕を回し、体をより密着させて、お互《たが》いの口腔内を愛撫《あいぶ》し合う。

「……ん……く」

くちづけが深まるにつれ、礼人の背中を撫《な》で回していたエドゥアールの手がゆっくりと下に降りてきた。尻《しり》の丸みを手のひらで包み込み、揉《も》みしだく。

「……ッ……」

背筋を走った甘美な電流に、礼人の全身がおののくのとほぼ同時だった。

ピリリリリッ。

突然《とつぜん》電子音が鳴り出し、密着したふたりの体がびくっと身じろぐ。

ピリリリリッ。

(携帯《けいたい》?)

「………………」

一瞬《いっしゅん》、自分の携帯が鳴っているのかと思ったが、そういえば充電《じゅうでん》が切れていたのだったと思い出す。

名残惜《なごりお》しそうに唇を離《はな》したエドゥアールが、眉《まゆ》をひそめて「私のモバイルか?」とつぶやいた。鳴り止《や》まない呼び出し音に、小さく舌を鳴らし、礼人の体を離す。

恋人から一歩下がり、乱れた呼吸を整えながら、礼人はそっと濡れた唇を拭《ぬぐ》った。

(……助かった)

危なかった。あのままだったら、どうなってしまっていたかわからないところだった。誰《だれ》だかわからないが、今携帯を鳴らしてくれている人に感謝したい気分だ。

「無粋《ぶすい》なモバイルだ」

苦々しい声を落としたエドゥアールが、コートの内ポケットに手を入れ、携帯を引き出す。

不機嫌《ふきげん》そうだったその表情が、携帯のディスプレイを見た刹那《せつな》、一変した。

「ルカからだ」

その言葉に礼人は軽く目を瞠《みは》った。

「弟さんですか?」

「ああ……空港でメールをしておいたから、それを見て向こうからかけてきたんだろう」

「席を外しましょうか？」

「いや、ここにいてくれ」

そう告げたエドゥアールが、通話ボタンに触れて携帯を耳に当てる。

『もしもし？　ルカ？　ああ、そうだ、私だ。三十分ほど前にカーサに着いたところだ。クリスマスプレゼントは発《た》つ直前に受け取ったよ。ありがとう』

滅多《めった》に聴《き》くことができないような機嫌《きげん》のいい声を耳に、本当に弟君がかわいいのだなと微笑《ほほえ》ましく思う。

エドゥアールには兄と弟がいるが、三兄弟はすべて母親が違《ちが》うらしい。長兄《ちょうけい》はシチリア貴族を母に持ち、エドゥアールはフランス人女優、末の弟は日本人の母の血を引いているとのことだ。

以前に一度だけ遠くからだが、エドゥアールと一緒《いっしょ》にいる弟君を見たことがある。大きな瞳《ひとみ》が印象的な、やさしげな面立《おもだ》ちの青年で、エドゥアールが年の離れた弟を溺愛《できあい》していることは、その際の仲睦《なかむつ》まじげな様子を垣間見《かいまみ》ただけでもわかった。

『おまえへのプレゼントは直接手渡《てわた》そうと思って東京に持ってきたんだ。今日の予定はどうなっている？……何？　マクシミリアンと？　マクシミリアンが今こっちに来ているのか？』

エドゥアールが驚《おどろ》いた声を出し、礼人も何事かと耳を澄ます。

『休暇《きゅうか》で？　そうか……ならばマクシミリアンも一緒に来ればいい。三人で夕食を取ろう。ああ……じゃあ、七時にカーサ新館のエントランスロビーで』

イタリア語での通話を終えて携帯を仕舞ったエドゥアールが、礼人を顧《かえり》みた。

「弟とロッセリーニ・グループの人間の三人で会うことになった。できればカーサの中で食事がしたいんだが、どのレストランでも構わないので、席を用意できるか？」

突然の要望にいささかも動じず、礼人は「お任せください」と請《う》け合う。

「メインダイニングでフレンチになりますがよろしいですか？」

こういった事態に備え、メインダイニングのＶＩＰ用のテーブルを一席、ホテルサイドで常時押さえてあるのだ。

「もちろん」

「七時のお待ち合わせということですが、お食事の開始時間は七時半でよろしいでしょうか」

「ああ、それで構わない」

「かしこまりました」

「突然ですまない」

謝られ、礼人は大きく首を横に振った。

どんな有名レストランでもロッセリーニの名前を出せば席を確保できる彼が、わざわざカーサで食事を取ってくれることが嬉《うれ》しかったし、それに……。

（エドゥアールが家族と過ごすクリスマスを陰《かげ》ながらサポートできるなら）

これ以上の喜びはない。——そう思ったからだ。

2

約束の七時きっかりに、エドゥアールの弟のルカがカーサのエントランスロビーに姿を現した。濃紺《のうこん》のダッフルコートにサックスブルーのマフラーを巻き、やはり濃紺のウールのボトムを穿《は》いている。足許《あしもと》は焦《こ》げ茶《ちゃ》のモンクストラップ。学生らしい清楚《せいそ》な装いが、やさしい顔立ちとよく似合っていた。

『ルカ！』

『エドゥアール！』

ロビーで待ち構えていたエドゥアールのもとに、ルカが駆《か》け寄った。間近まで来た弟を、エドゥアールがやさしく抱《だ》き締める。

『秋に会って以来か。元気だったか？』

『うん、エドゥアールは？』

『相変わらず忙《せわ》しない毎日を送っているが、特に不調もなく、見てのとおり元気だ。……おまえは少し顔が変わったたな』

『そう？　変わったってどんな？』

『大人びた』

『本当？』

嬉しそうな声を出し、顔を輝《かがや》かす弟を、エドゥアールが愛《いと》おしげに見つめる。

（……これくらいならなんとかわかる）

兄弟の微笑ましいやりとりを数メートル離れた位置から見守っていた礼人は、ふたりの会話の内容をどうにか理解できたことに、胸の内で密《ひそ》かに安堵《あんど》した。

いずれ何かの折にエドゥアールの役に立てることがあるかもしれないと、秋から勉強し始めたイタリア語だが、もともと語学が得意だったことが幸いして、上達は速いほうらしい。個人レッスンの講師に「耳がいい」と誉《ほ》められた。

そうはいっても自分では実感がないし、なんとなくまだ気恥《きは》ずかしくて、エドゥアールには、イタリア語を勉強していることすら話していない。もう少し上達して、会話が成り立つようになったら打ち明けようと思っているが。

『そうだ。ミスター杉崎の容態はどうだ？』

『さっきも病院に寄ってきたけど、お医者様が経過は良好だって。年内には退院できると思う』

『そうか。よかったな』

『そういえば今日、レオナルドから電話があったんだ』

『レオナルドから？』

『シチリアにもクリスマスプレゼントを送ったから。結局クリスマスはお祖父様《じいさま》の怪我《けが》で戻《もど》れなかったでしょ？　だから年明けには一度シチリアに戻ってこいって』

『帰るのか？』

『うん、そのつもり。瑛さんにも会いたいし』

ふたりのやりとりを脳内で日本語に変換《へんかん》することに必死だった礼人は、会話が一段落したのを機に、ルカの数歩後ろに影《かげ》のように立つ長身の男性に目を向けた。

シルバーフレームの眼鏡《めがね》をかけた白人男性で、年の頃《ころ》は三十代半ばくらいだろうか。アッシュブラウンの髪《かみ》をオールバック気味に撫《な》でつけ、サンドベージュの三《み》つ揃《ぞろ》いのスーツの上に、セピア色のチェスターフィールドコートを羽織っている。首にかけられた白のカシミアのマフラーが、男性の怜悧《れいり》な美貌《びぼう》を引き立てていた。

シャープな輝きを放つ青灰色《ブルーグレイ》の瞳《ひとみ》のせいか、一見して「切れ者」といった印象を受ける。

（この方は、以前も弟君と一緒にカーサにいらした男性だ）

秋口に、カーサに滞在《たいざい》中のエドゥアールをルカが訪ねてきた時、ティールームで三人で話している姿を遠目に見たことがある。

あの時は後ろ姿をちらりと見かけただけだったが、それでもその頑強《がんきょう》そうな体軀《たいく》が纏《まと》う独特なオーラは印象に残っていた。

白人男性の、ルカにひっそりと寄り添《そ》う佇《たたず》まいや、そのストイックな物腰《ものごし》に、自分とどこか相通ずるものを感じていると、弟との話がひと区切りついたらしいエドゥアールが振《ふ》り返って、礼人を日本語で呼んだ。

「成宮――こちらへ」

招かれた礼人は、ゆっくりと兄弟に近づき、その二歩手前で足を止めた。

「ルカ、カーサの総支配人の成宮だ。成宮、弟のルカ・エルネスト・ロッセリーニだ」

紹介《しょうかい》を受け、礼人はルカと向かい合った。何語で挨拶《あいさつ》すべきか迷ったが、エドゥアールも日本語で紹介したし、母君が日本人であったということだし、こちらに留学しているくらいなのだからおそらく日本語が達者に違いないと判断する。

「初めまして、ルカ様。成宮です」

挨拶を口にして一礼した。深く折った上体を元に戻し、顔を上げた刹那《せつな》、つぶらな瞳と目が合う。

（なんて大きな目……）

曇《くも》りひとつなく澄《す》み切っていて、今にも吸い込まれそうだ。

前回は遠くからだったので日本人と見間違《みまちが》えてしまったけれど、こうして近くで見れば、クリームみたいななめらかな肌《はだ》といい薔薇《ばら》色の頰《ほお》といい驚異《きょうい》的な長さのまつげといい、異国の血がその身に流れていることは一目瞭然《いちもくりょうぜん》だ。共に母親似なのか、顔の造り自体はエドゥアールと似ていないが、全身から漂《ただよ》う品の良さは兄弟共通のもののように感じられた。

今はまだあどけなさも漂うけれど、あと数年も経《た》てば、ロッセリーニ・グループの一翼《いちよく》を担《にな》い、兄たちをサポートするようになるのだろう。

思わず目の前の青年をじっと見つめてしまってから、はっと我に返る。

（いけない……あまりじろじろと見ては失礼だ……）

不躾《ぶしつけ》な自分を反省したが、対するルカのほうも、大きな目を見開いたまま、礼人から視線を離《はな》さない。

「…………」

自分から先に目を逸《そ》らすわけにもいかず、どうすべきか内心で困惑《こんわく》していると、エドゥアールが横合いから声をかけてきた。

「ルカ、あんまりじっと見るな。成宮が困っているぞ」

兄の忠告にルカの肩《かた》がぴくりと揺《ゆ》れ、その顔がじわっと赤くなる。

「ご、ごめんなさいっ……」

ぺこりと頭を下げられ、礼人は焦《あせ》った。

「そんな……こちらこそ失礼いたしました。どうか頭をお上げくださ……」

「総支配人なのにすごくお若くて、それにとってもお綺麗《きれい》な方だから驚《おどろ》いちゃって」

「……え？」

予想外の言葉に驚き、両目を見開く礼人に、ルカがますます顔を赤らめる。

「あっ……また変なこと言っちゃってごめんなさい。でも本当に日本人形みたいに綺麗で……」

「たしかに成宮は若くて美しいが、容姿だけでなく、今のポジションに見合う実力もきちんと備えている。この秋にGMの任に就《つ》いたばかりだが、ホテリエとして非常に有能で、将来はカーサだけに留《とど》まらず、日本のホテル業界全体をも担《にな》っていく人材だと私は思っている。私の大切な片腕《かたうで》だ」

エドゥアールの身に余る誉め言葉に、礼人は顔が熱くなるのを感じた。

「いえ……実力などありません。まだまだ若輩《じゃくはい》者で、COOのお手を煩《わずら》わせてばかりで……」

あわてて否定したが、ルカはすっかり兄の言葉を信じ込んだようで、きらきらした目をこちらに向けてくる。

「エドゥアールにここまで言わせるなんて、成宮さん、すごいです。兄は仕事に関しては本当に厳しくて、滅多《めった》に人を誉めないいんですよ。綺麗でお仕事ができて……本当にすごいなぁ」

「……恐《おそ》れ入ります」

消え入りそうな声でつぶやいた礼人は、助けを求めるようにエドゥアールを見た。エドゥアールが笑って「成宮はシャイなんだ。それくらいで勘弁《かんべん》してやりなさい」と弟を諫《いさ》め、視線を転じた。ルカの後ろに立つ白人男性を「マクシミリアン」と呼ぶ。それまでは、ぴしりと背筋を伸《の》ばした体勢のまま微動《びどう》だにしなかった男性が、歩を進めて、礼人の前で止まった。エドゥアールよりも若干《じゃっかん》背が高い彼が目の前に立つと、そのシャープな顔立ちと相まってかなり威圧《いあつ》感《かん》があった。

「マクシミリアン・コンティ。長兄《ちょうけい》のレオナルドの補佐《ほさ》役として、グループ全体のマネジメント業務を担っている。また、来年の春からは東京ブランチ『Rosselini Giappone《ロッセリーニ・ジャポン》』の責任者として来日することが決まっている。──マクシミリアン、成宮だ」

「初めまして、成宮総支配人《ジェネラルマネジャー》。マクシミリアン・コンティです」

深みのある低音で挨拶をした男性が、右手を差し出してくる。指の長い大きな手を、礼人は軽く握《にぎ》った。

「初めまして、ミスター・コンティ。日本語がとてもお上手ですね」

それは決してお世辞ではなく、エドゥアールやルカと同じくらいに、彼のアクセントは流暢《りゅうちょう》だったのだ。声だけ聴《き》いたならば、おそらくネイティブの日本人と聴き間違《まちが》えたであろうほどに。

「ありがとうございます」

「マクシミリアンは私たち兄弟と一緒《いっしょ》に育って、ルカの母親のミカに日本語を習ったからな」

エドゥアールの説明に、マクシミリアンがうなずく。

「身寄りのない私を先代がお屋敷《やしき》に引き取ってくださいましたので、ご兄弟の世話役を務めさせていただいておりました」

「そうだったんですか」

幼い頃から身寄りがないという男性を礼人は改めて見た。

十三歳で両親を事故で亡《な》くし、カーサの創始者である先代の援助《えんじょ》で大学まで行った自分と、境遇《きょうぐう》が少し似ている。だからだろうか、先程《さきほど》自分とどこか共通する「匂《にお》い」のようなものを感じたのは。

「特にルカは、病に臥《ふ》した実母に代わってマクシミリアンが育てたようなものなんだ」

兄の言葉を受け、ルカがマクシミリアンの顔を見上げた。

「うん、そう……あの時マクシミリアンが側《そば》にいてくれたから、今のぼくがあるんだと思う」

「ルカ様」

「だから、マクシミリアンにはどれだけ感謝してもし足りないんだ」

そう言って、マクシミリアンににこっと笑いかける。

刹那、男の冷たく整った白皙が劇的な変化を遂《と》げた。ルカの言葉に応《こた》えるようにふわりと微笑《ほほえ》みを浮かべたのだ。慈愛《じあい》に満ちたあたたかい眼差《まなざ》しが、ルカを包み込む。

見つめ合うふたりの間に、長い年月の積み重ねによって培《つちか》われた深い絆《きずな》を感じて、礼人は自分の胸まであたたかくなるのを感じた。

自分とエドゥアールもいつの日か、このふたりのような揺るぎない信頼《しんらい》関係を築くことができたら……。

「この先日本で仕事をするようになれば、マクシミリアンがカーサを利用する機会もたびたび出てくるだろう。共にロッセリーニ・グループに所属する『家族《ファミリー》』として、ふたりにはぜひ協力し合って欲しい」

エドゥアールの言葉で物思いから引き戻された礼人は、居住まいを正してマクシミリアンに頭を下げた。

「これを機に、今後ともよろしくお願い申し上げます」

「こちらこそ、よろしくお願いいたします」

マクシミリアンも会釈《えしやく》をする。

姿勢を戻《もど》した礼人は、三人に向かって告げた。

「クロークでコートをお預かりしましてから、メインダイニングへご案内いたします」

礼人が見守る中、シャンパンとアミューズから始まったディナーは滞《とどこお》りなく進み、デセールまでが夜の十時前に終了《しゆうりよう》した。その後サロンに場所を移し、食後酒を呑みながら（ルカはひとりだけハーブティーだったが）しばらく談笑《だんしよう》の時間を持ったのちに、クリスマスの晩餐《ばんさん》はお開きとなった。

クロークからピックアップしてきたコートとマフラーを手に、礼人がロビーで待つ三人の許へ引き返すと、ルカがぺこっと頭を下げてきた。

「成宮さん、お食事すごく美味《おい》しかったです」

お世辞やお体裁《ていさい》などではなく、心からそう思っていることがわかる純粋《じゅんすい》な笑顔《えがお》を見て、自然と礼人の口許《くちもと》にも笑みが広がる。

「ありがとうございます。シェフにお言葉伝えさせていただきますね。とても喜ぶと思います」

「エドゥアール、お財布《さいふ》ありがとう」

続いてルカは、エドゥアールのほうを向き、礼を言った。

先程サロンでエドゥアールがルカにクリスマスプレゼントを渡《わた》していたが、どうやらリボンのかかった箱の中味は財布だったらしい。

「落としたり無くさないようにして、自分でちゃんと管理するんだぞ」

「今だってちゃんとやってるよ。お小遣《こづか》い帳だってつけてるし」

愛らしく膨《ふく》らませたルカの頬《ほお》を、エドゥアールが指でつんと突《つ》き、「おまえが東京でひとり暮らしをしているなんてなんだか信じられないな」と、複雑な表情でつぶやく。

「簡単なパスタなら自分で作れるし、エスプレッソもカプチーノも淹《い》れられるし、アルバイトでやってるから洗い物は得意だよ。そうだ、エドゥアール、今度うちのマンションにも遊びに来てよ。ちゃんとひとりでもやってるってわかるから」

「そうだな。今度遊びに行こう」

「あ、でも来る前に連絡《れんらく》してね。少なくとも一日前に絶対。掃除《そうじ》しなくちゃいけないから」

ルカの真剣《しんけん》な口調の『お願い』にエドゥアールがくっと笑い、「わかった、わかった」とその頭を撫《な》でる。

「ルカ様、お召《め》し物を……」

「あ、すみません」

「失礼いたします」

礼人が着せかけたダッフルコートにルカが腕《うで》を通し、サックスブルーのマフラーを受け取った。よほどお気に入りの品なのか、マフラーの感触《かんしょく》を味わうように頬に押しつけてから、首にふわりと巻く。

一方、マクシミリアンは「私は結構です」と礼人の手からコートを受け取り、自分で羽織った。こちらも、とても大事そうに丁重《ていちょう》な手つきでマフラーを首にかける。

「じゃあね。今日はご馳走様《ちそうさま》でした」

身支度《みじたく》を終えたルカがもう一度兄に礼を言った。

「エドゥアール、ひさしぶりに会えて嬉《うれ》しかった。成宮さんも、いろいろとありがとうございました」

「こちらこそ、おふたりとお会いできて嬉しかったです」

「あの……成宮さん」

「はい、なんでしょうか？」

「エドゥアールのこと、今後もよろしくお願いします」

大きな目でまっすぐ見据えられ、そう言われて驚《おどろ》く。とっさにエドゥアールを見たら、エドゥアールもまた、虚《きょ》を衝《つ》かれたような顔つきでこちらを見ていた。

戸惑《とまど》いつつも、ふたたびルカに視線を戻した礼人は、神妙な面持ちで口を開く。

「……今の私ではお役に立てることは少ないと思いますが、できることならば少しずつでも成長して、COOのお力になれるよう精進《しょうじん》していきたいと考えています」

「つまり、今後もずっと一緒ってことだよね？」

「そうありたいと思っています」

「うん……じゃあ、よかった」

ひとりごちるようにつぶやいたルカがにこっと笑った。

ルカの挨拶《あいさつ》が終わるのを待っていたのか、次にマクシミリアンがエドゥアールと礼人に一礼する。

「本日はディナーにご招待くださいまして、ありがとうございました。ご家族水入らずのお食事の場にお邪魔《じゃま》してしまって申し訳ございませんでした」

「何を言っている。おまえは私たち兄弟にとって兄のようなものだ。家族も同然だろう」

エドゥアールがそう告げた瞬間、マクシミリアンの顔がわずかに翳《かげ》ったような気がしたのは……気のせいだろうか。

礼人が改めてその顔を窺《うかが》い見た時にはもう、何事もなかったかのように、クールな彼に戻っていたが。

「ただいまお車を手配いたします」

礼人が片手で合図をすると、正面玄関《げんかん》のガラスのドアがさっと開く。ルカ、マクシミリアン、エドゥアールの順でドアを抜《ぬ》け、三人の一歩後ろから付き従っていた礼人が最後に外に出た。それとほぼ同時に、ドアマンの誘導《ゆうどう》で、待機していた黒塗《くろぬ》りのハイヤーが車寄せの正面に滑《すべ》り込んでくる。

「お休みなさい」

「ご馳走様でした。失礼いたします」

別れの挨拶を各々《おのおの》口にして、ルカとマクシミリアンがハイヤーの後部座席に乗り込んだ。

「お休み。また連絡する」

「お気をつけてお帰りくださいませ」

ドアがバタンと閉まり、見送る礼人とエドゥアールの前から、ふたりを乗せたハイヤーが走り出す。後ろを振《ふ》り返ったルカがバイバイというように手を振った。ハイヤーが遠ざかり、その姿が見えなくなるのを待って、礼人も振っていた手を静かに下ろす。

(本当にかわいらしい方だった)

素直《すなお》で、無垢《むく》で、まっすぐで……。

エドゥアールがかわいくて仕方がないと溺愛《できあい》するのもわかる。彼と言葉を交《か》わして、その人《ひと》柄《がら》に惹《ひ》かれない人間などこの世にいないだろう。

ふと、マクシミリアンがルカと見つめ合った際の、慈愛に満ちた眼差《まなざ》しを思い出す。

彼もまた、自分が育て、慈《いつく》しみ、ここまで護《まも》ってきた主人を、誰よりも愛《いと》おしく思っているのではないか。

(おそらくは自分の命よりも大切に……)

「ルカ様とミスター・コンティは、とても仲がよろしいのですね」

礼人が思わず零した感慨《かんがい》に、エドゥアールが「そうだな」と同意した。

「子供の頃《ころ》からルカはいつもマクシミリアンの上着の裾《すそ》を握《にぎ》り締《し》め、脚《あし》の後ろに隠《かく》れていたものだったが……今日の様子を見ていると、どうやらいまだにマクシミリアン離《ばな》れができていないようだ。留学してずいぶんしっかりしてきた気もするが、そういったところはまだまだ子供だな」

弟をそんなふうに評したエドゥアールが、どことなく嬉しそうな顔つきで肩《かた》を竦《すく》めた。

深夜十一時過ぎ。

人気の途絶《とだ》えたエントランスロビー、各レストラン、各フロアに於いて、クリスマスディスプレイの撤収《てっしゅう》作業が一斉《いっせい》に始まった。撤収が済むと、今度はニューイヤーヴァージョンの飾《かざ》り付けが始まる。

深夜の二時過ぎにすべての模様替《が》えが完了《かんりょう》。エドゥアールに新しいディスプレイを確認《かくにん》してもらい、OKをもらって、クリスマスに関連する礼人の仕事はコンプリートとなった。

「お疲《つか》れ様でした、エドゥアール」

八〇六号室に戻《もど》り、ふたりきりになったところで、礼人はエドゥアールに深々と頭を下げた。

「フライトでお疲れのところ、遅《おそ》くまでおつき合いいただいてしまって、申し訳ございません。でも確認していただけてとても助かりました。ありがとうございました」

「これも私の仕事だ。きみこそ、総支配人になって初めての大きなイベントがこれで無事に終《しゅう》了《りょう》したな。お疲れ様」

「ありがとうございます。おかげさまで大きなアクシデントもなく乗り越《こ》えられて、ほっとしております。至らない部分も多々ありましたが、反省点は来年以降に活《い》かしたいと思います」

「これでふたりともオフィシャルから解放された。残念ながら二十五日を過ぎてしまったが、まだ朝まで時間がある。これからの時間はプライベートのクリスマスを楽しもう」

恋人《こいびと》の甘い囁《ささや》きにうっすら顔を赤らめ、礼人も「はい」とうなずく。

まずは、プレゼント交換《こうかん》。

今回のプレゼントに関しては、実は事前にお互《たが》いの間で取り決めがあった――どちらかと言うと、礼人からのお願い、と言ったほうが正しいかもしれないが――とにかく礼人が提案した条件をエドゥアールも納得《なっとく》して受け入れてくれたのだ。

その条件とは、プレゼントの値段。これに上限を設けた。

なぜ上限を設けたかと言えば、そもそもはエドゥアールがプレゼント魔《ま》であったことに由来する。それを知ったのは、恋人としてつき合い始めてすぐだ。礼人は遠距離恋愛《えんきょりれんあい》中の恋人から三日と置かずに届く贈《おく》り物にはじめは驚き、戸惑い、やがてプレゼントで部屋が埋《う》め尽《つ》くされるに至って途方《とほう》に暮れることとなった。

もちろん、贈り物は嬉しい。自分のために恋人が見立ててくれたものだと思えば嬉しさも一《ひと》入《しお》だ。

しかし、何事にも限度というものがあるとも思うのだ。

いくらエドゥアールに「きみと離《はな》れている今、私のたったひとつの楽しみなんだから」と言われても、やはり一方的にもらってばかりなのは気が引けるし、それが分不相応に高額なものであればあるほど心苦しさも募《つの》る。かといって圧倒《あっとう》的に（比べるのもおこがましいほどに）財力で劣《おと》る自分が、同等のものを返そうとするのも土台無理な話だ。そしてどうやら、根っからセレブな恋人の辞書には、「ほどほど」という単語は載《の》っていないらしい……。

そんな状態のままクリスマスが迫《せま》ってきて、礼人は焦《あせ》った。

ただでさえイベントが無くてもプレゼント魔の恋人が、クリスマスという格好の口実を得た時、どんなすごいプレゼントを用意してくるのか。考えるだに恐《おそ》ろしかった。

だから、事前に取り決めを申し出たのだ。

せめてクリスマスは釣《つ》り合ったプレゼントを贈り合いたい——と切々と訴《うった》えた甲斐《かい》あって、エドゥアールも渋々《しぶしぶ》ながら納得してくれた。おかげで過度なプレッシャーを感じることなく、プレゼントを選ぶことができた。

「Buon Natale」

「メリークリスマス」

ソファに並んで座り、ラッピングされたプレゼントを交換して、それぞれの手許《てもと》でリボンと包装を解く。

エドゥアールから礼人へのプレゼントは、細工の美しい万年筆だった。

「綺麗《きれい》ですね……！」

「気に入った？　トリノにある万年筆メーカーのものなんだ。とても書きやすくて、私も何本か持っていて愛用している。きみも最近はサインを入れることが多いだろうと思ってね」

「ありがとうございます。おっしゃるとおりにサインを入れる機会が多くなって、いい万年筆が一本欲しいと思っていたところなので、とても嬉《うれ》しいです」

さすがはプレゼント魔を自認《じにん》するだけあって、エドゥアールは贈り物が上手だ。

イタリア製らしく、優美なフォルムの万年筆をしげしげと眺《なが》めていた礼人は、ほどなくボディに小さく文字が刻印されていることに気がついた。

「E.R&A.N……メーカーの名前ですか？」

「私たちふたりのイニシャルだ」

澄《す》ました顔でさらっとすごいことを言われ、カッと顔が熱くなる。

「ふ、ふたりのイニシャル……？」

「そう、できればスペルを全部刻印したかったんだけどね。誰《だれ》かに見られるときみが困るかと思って。──これは……手帳？」

平たい箱の中から革《かわ》の手帳を取り出したエドゥアールに問われ、イニシャルショックを押さえつけた礼人は、「はい」と首を縦に振った。偶然《ぐうぜん》にも、お互いへのプレゼントに共にステーショナリーを選んだようだ。

「来年の一月からの仕様になっています。昨年、知人に勧《すす》められて使い始めた手帳なのですが、フォーマットがよく考えられていて使い勝手がよかったので……よろしかったら使ってみてください」

銀座《ぎんざ》の老舗《しにせ》文具店オリジナルの手帳で、毎年すぐに売り切れてしまうので、今年は発売日の昼休みに時間を作り、銀座まで買いに行ったのだ。

「美しいブルーだね。まるでイオニア海の青だ」

「特注で革を染めてもらいました。その……あなたの瞳《ひとみ》の色に……」

かなりこだわって色を発注したのだが、いまさら恥《は》ずかしくなって小声で囁くと、エドゥアールが手帳と同色の瞳を瞠《みは》った。

「それでこの色なのか。きみも同じ手帳を持っているの？」

「一緒《いっしょ》に購入《こうにゅう》しました。私の手帳はカバーが黒ですが」

「そう、じゃあ、お揃《そろ》いだね？」

「あ……はい」

エドゥアールが幸せそうに微笑《ほほえ》む。すっと伸《の》びてきた彼の白い手が、礼人の手に触《ふ》れた。

「ありがとう。早速《さっそく》年明けから使わせてもらうよ。この手帳をきみだと思って、肌身《はだみ》離《はな》さず、世界中どこにでも持っていくことにする」

「私も……万年筆、大切に使わせていただきます」

「アヤト……」

名前を呼ばれたかと思うと、ぎゅっと手を握り締められ、間近から顔を覗《のぞ》き込まれる。ゴージャスな美貌《びぼう》がアップになって、トクッと心臓が一拍《いっぱく》打った。

（本当に……本物だ）

オフィシャルモードが解除されたせいか、今になって急激に実感が込み上げてくる。

礼人はこの二ヶ月の間、日に何度も脳裏《のうり》に思い浮《う》かべていた美しい貌《かお》を改めて見つめた。

一点のくすみもない白磁の肌《はだ》。プラチナブロンドが一筋かかる知性的な額。すっきりと端整《たんせい》な眉《まゆ》。宝石のごとく冷たい輝《かがや》きを放つアイスブルーの瞳。気高く、貴族的な鼻梁《びりょう》。気品の漂《ただよ》う口許《くちもと》。

（本物の……エドゥアール）

「プレゼントも嬉しいけれど、もっと欲しいものがある。なんだかわかる？」

甘く艶《つや》めいた美声で問われ、一考の末に首を横に振《ふ》った。心臓が一層ドキドキして頭の芯《しん》が熱を孕《はら》んで白く霞《かす》み、本気でわからなかった。

「……わ、わかりません」

「この二ヶ月間、昼に夜に狂《くる》おしく求め続け……どうしても得られなかったもの」

「エドゥアール？」

「きみだ」

答えを告げると同時に、エドゥアールの唇《くちびる》が礼人の唇にそっと重なってきた。

顎《あご》がだるくなるまで繰《く》り返しソファでキスを交《か》わしたあと、エドゥアールに手を引かれた礼人は、スイートの寝室《しんしつ》へ移動した。

先に寝室に入ったエドゥアールが壁際《かべぎわ》のスイッチに触れる。部屋の中央に設《しつら》えられたキングサイズのベッドがオレンジ色の間接照明に浮かび上がった瞬間《しゅんかん》、トクンと脈拍《みゃくはく》が乱れた。思わずベッドから視線を逸《そ》らす。

入り口で立ちすくんでいると、それに気がついたエドゥアールが戻ってきた。手を取られて耳許《みみもと》に囁かれる。

「……どうしたの？」

「すみません」

「もしかして……緊張《きんちょう》してる？」

問いかけに、こくっと小さくうなずいた。

恋人《こいびと》と抱《だ》き合うのは二ヶ月ぶりだ。セックスの相手としての自分にはいつも自信がないが、ブランクがそれをより増幅《ぞうふく》させる気がした。

ひさしぶりに抱き合う恋人が、相変わらず拙《つたな》い自分に、今度こそがっかりしたらどうしよう。

そう思い始めると、じわじわと不安が募ってきて、いよいよ身動きが取れなくなる。

強《こわ》ばった礼人の顔を、エドゥアールが覗き込んできた。

「そんなきみもかわいいけれど、さすがに私の忍耐力《にんたい》にも限界がある」

「エドゥアール」

「おいで」

やさしく、けれど有無《うむ》を言わせぬ声と同時にぐいっと手を引かれ、ベッドまで近づいた。

エドゥアールが、皺《しわ》ひとつなくぴんと張ったリネンの端《はし》に腰《こし》を落とす。

「ここに──座って」

左手で示された右隣《みぎどなり》のスペースに、礼人はぎごちなく腰を下ろした。肩に腕を回されて抱き寄せられる。すぐに唇を奪われた。

「……ん」

二度、三度と、啄《ついば》むみたいなキスを繰り返しながら、次第にエドゥアールが体重をかけて覆《おお》い被《かぶ》さってくる。リネンに背中が沈《しず》み込むやいなや、熱くて硬《かた》い体に抱き締《し》められた。

「この二ヶ月間……この瞬間をずっと夢見ていた。きみのあたたかい体に触《さわ》れて、思う存分に抱き合える瞬間を……待ちわびていた」

耳許の囁《ささや》きに顔を上げ、切なげに細められたアイスブルーの瞳と目が合う。

その気持ちは、痛いほどにわかった。

声は聞けても、恋人のぬくもりを感じられない寂《さび》しさに、自分も幾度《いくど》眠《ねむ》れぬ夜を過ごしたことだろう。

「……私もです」

ふっと微笑んだエドゥアールの唇がゆっくりと重なってきた。その求めに応《こた》えるように、うっすらと口を開くと、濡《ぬ》れた舌がするりと入り込んでくる。

「んっ、んっ……ぅん」

くちゅくちゅと舌を絡《から》め合い、唾液《だえき》を啜《すす》り合っているうちに、徐々《じょじょ》に全身のこわばりが解けていく。体の緊張が緩《ゆる》むにつれて、気持ちも少し楽になってきた。

どのみち実力以上を出すことは無理なのだから、自分のできる範囲《はんい》でがんばるしかない。

ちゅっと音を立てて唇の交わりを解いたあとで「……きみが欲しい」と囁かれ、性急な手つきでネクタイを解《ほど》かれた。スーツのジャケットを脱《ぬ》がされ、シャツの前ボタンをすべて外され、さらに下衣も脱がされる。シャツを一枚羽織っただけという心許《こころもと》ない格好で、礼人はシーツの上に横たえられた。

自らもスーツのジャケットとシャツを脱ぎ捨てて、ふたたび覆い被さってきた恋人の唇が、首筋を辿《たど》り、鎖骨《さこつ》のくぼみを舌先で突く。さらに下降した唇が、胸の先端《せんたん》を含《ふく》んだ。

「………っ」

きゅっと吸われてぴくんと震《ふる》える。舌先でざらりと舐《な》められ、もう片方の胸は指で弄《いじ》られる。

「んっ、く、んっ……」

シーツをぎゅっと摑《つか》み、唇を嚙《か》み締めて声を押し殺していると、恋人に愛撫《あいぶ》されている胸の先端がじんじんと熱く疼《うず》いてきて……。

「もう硬くなってきた。本当にきみは感じやすいね」

唇を離《はな》したエドゥアールに、いっそ感嘆《かんたん》したような声音《こわね》で囁かれ、頬《ほお》がカッと熱くなる。

「言わないでくださ……」

「なぜ？　感じやすいのは本当のことだろう？」

含み笑いの恋人にそんな意地の悪い台詞《せりふ》を囁かれ、唾液で濡れた乳首《ちくび》を指先で捏《こ》ねられたり、先端を甘噛《が》みされたりしているうちに、どんどん体が熱くなっていく。胸で生まれた「熱」が体中に拡散していく。

「……ふっ……あっ……んっ」

散々に乳首を嬲《なぶ》った恋人が、漸《よう》く唇を離し、体を下へとずらした。太股《ふともも》に両手がかかったかと思うと、いきなり大きく割り開かれる。

「……………っ」

とっさに脚《あし》を閉じようとしたが、太股を摑む恋人の力のほうが強くて果たせなかった。

「濡れている」

「やっ……」

たまらなく恥《は》ずかしかった。まだ触れられてもいないのに、胸の愛撫だけで芯を持ち、先端から透明《とうめい》な蜜《みつ》まで滴《したた》らせている自分。浅ましい姿を恋人に見られる恥辱《ちじょく》に、礼人は小さく震えた。

「……放してください」

涙声《なみだごえ》で解放を請《こ》う。

けれどエドゥアールは腕《うで》の力を緩《ゆる》めてくれなかった。

「綺麗《きれい》だ。本当にきみの体はどのパーツも余さずすべてが美しい……」

熱い吐息《といき》が脚の付け根にかかり、びくっと身震《みぶる》いした次の瞬間、太股の内側をぬるっと舐め上げられる。

「あっ……」

ぞくっと背中がおののいた。

敏感《びんかん》でやわらかい場所をきゅうっと痕をつけるように吸われ、全身の皮膚《ひふ》が粟立《あわだ》つ。ふるふると勃《た》ち上がった欲望《よくぼう》の先端から、とぷっと蜜が溢《あふ》れ、軸《じく》を伝って淡《あわ》い叢《くさむら》を濡らした。

「溢れてすごいね」

嬉《うれ》しそうな声音でつぶやいたエドゥアールが、今度は礼人の欲望を口に含む。

「はっ……あぁっ」

鈴口《すずぐち》を舌先で突かれ、軸をしゃぶられ、感じてたまらない裏筋を舐め上げられて、堪《こら》えきれない嬌声《きょうせい》が迸《ほとばし》った。声を堪える余裕《よゆう》もない。

「ん……ふっ……う、っふ」

甘くて濃厚《のうこう》な官能に陶然《とうぜん》と腰を揺《ゆ》らしていると、欲望を銜《くわ》えたまま、恋人が後孔《こうこう》に指を突き入れてきた。

「や……っ」

何度経験しても、これだけはどうしても馴《な》れることのできない異物感に悲鳴が飛び出る。

「我慢《がまん》しなさい。きみを傷つけないためなんだから」

欲望から口を離したエドゥアールが、甘く昏《くら》い声であやしながらさらに指を奥へと進めた。後ろまで滴った体液のぬめりを借りて、長い指がずぶずぶと沈み込み——ほどなく官能の泉を探《さぐ》り当てる。

そこを指の腹で擦《こす》られた瞬間、危《あや》うく達しそうになった。

「あぁっ」

「ここ……か？」

礼人が達してしまわないように左手で欲望の根本を握《にぎ》り締め、右手の中指で中をくちゅくちゅと掻《か》き混ぜる。

「あっ……あっ……あっ……」

欲望が反り返り、ぴんと張り詰《つ》めた内股《うちもも》の皮膚が震えた。

「……ん、ん……ぅん」

体内で膨《ふく》れあがった快感が出口を求めて荒《あ》れ狂っている。膝《ひざ》が痙攣《けいれん》して頭が白く眩《くら》み、体中の毛穴から汗《あせ》がじわっと滲《にじ》み出た。

達《い》きたい。下腹が熱い。

腰がどうしようもなくズクズクと疼いて……感じすぎて苦しい。

「エドゥアール……お願い……もう……」

苦しいほどの疼きをどうにかして欲しくて、すすり泣きながら懇願《こんがん》すると、恋人が艶《つや》めいた低音で問いかけてきた。

「私が欲しい？」

そんなこと……言えない。唇《くちびる》を噛み締める。

けれどエドゥアールは追及の手を緩める気は毛頭ないようだ。もう一度、「欲しいの？　言わなければこのままだよ？」と容赦なく追い立てられた礼人は、ついに消え入りそうな声で認めた。

「…………はい」

顔から火を噴《ふ》きそうだ。

だけどもう……本当に一秒だって我慢できない。

恋人《こいびと》が……エドゥアールが欲しくて。

「よろしい。では脚を開いて」

「え？」

聞き間違《まちが》いかと思い、顔を振《ふ》り上げると、エドゥアールがその美貌《びぼう》に凄《すご》みを帯びた微笑《びしょう》を浮《う》かべていた。

「きみのすべてを私に見せて」

「………」

淫《みだ》らな命令に言葉を失った数秒後、それでも礼人はのろのろと身を起こした。とにかく一刻も早く恋人が欲しい。頭の中にはそれだけしかなかった。

羞恥《しゅうち》に唇をわななかせつつも膝を摑み、おずおずと両脚《りょうあし》を開く。

勃ち上がった欲望の下――ひくひくと卑猥《ひわい》にヒクつく後孔までがあらわになった。

エドゥアールの熱っぽい視線が恥ずかしい場所に突き刺《さ》さって、瞳《ひとみ》がじわっと濡れる。欲望がまた蜜を零《こぼ》す。

視線で犯《おか》されて濡れる自分の浅ましさに、頭がくらくらした。

「もう……許してください」

喘《あえ》ぐみたいに訴《うった》えると、不意にエドゥアールに肩《かた》を摑まれる。荒々《あらあら》しく押し倒《たお》され、体をふたつに折り曲げられた。下衣をくつろげる気配のあと、尻《しり》の間に灼熱《しゃくねつ》の杭《くい》を押しつけられ、

「ひっ」と悲鳴が口をつく。

狭《せま》い肉をこじ開けて、怒張《どちょう》がじりじりと入ってきた。

「あ……あ――っ」

逃《に》げそうになる上半身を強い腕で押さえつけられ、穿《うが》たれる。礼人もまた、ずっと欲しかった恋人を懸命《けんめい》に受け入れた。

「……ふ」

共同作業の末に、どうにかやっとひとつになる。

「すごいね……」

その充溢《じゅういつ》のすべてを収めきった恋人が、吐息混じりの声を落とした。

「とろとろに熱く蕩《とろ》けて、絡《から》みつくみたいに私を甘く締《し》めつけている。そんなに欲しかったの？」

「う、……んんっ」

「私ももう限界だ。——動くよ」

余裕のない声で言うなり、エドゥアールが動き始める。

首筋にかかる荒《あら》い息づかい。欲情《よくじょう》した恋人の青い瞳にぞくぞくとする。はじめはただ熱かったそこから、だんだんと快感が滲み出てきて、やがて体全体を支配し始めた。

ぬちゅっ、くちゅっと恋人の欲望が出入りする淫猥《いんわい》な音が大きく響《ひび》く。

穿たれながら、乳首を指で愛撫《あいぶ》され、礼人は細い腰《こし》を淫らにうねらせた。シーツの上を背中が泳ぐ。

「あっ、……や、……あ……っっん」

それでも……まだ足りない。もっと……もっと、エドゥアールが欲しい。

自分の貪欲《どんよく》さに目眩がする。全身を朱に染めつつ、二ヶ月分の飢餓感《きがかん》に圧《お》された礼人は、はしたない『お願い』を口にした。

「お願い……もっと……たくさん……」

最後まで言い切るのを待たずに、腹の中の恋人がぐっと質量を増す。

「あぁっ……」

下から突き上げられるようなその圧迫感《あっぱくかん》に喉《のど》を反らせ、思わず「……大きい……っ」と喘いだ。

「そんなことを言うと……抑《おさ》えが利《き》かなくなる」

苦しい声が落ちてきた直後、激しい抜《ぬ》き差しが始まった。礼人は無我夢中でエドゥアールにしがみつき、腰に脚を絡めた。

「あっ、あっ、ひっ、あっ……」

情熱的な抽挿《ちゅうそう》に腰が浮き上がり、立て続けに嬌声が零《こぼ》れる。上から突《つ》き入れられた硬《かた》い切っ先で一番感じる部分を抉《えぐ》られて、快感の電流がビリビリと足の指先まで走る。

「いい？……気持ちいい？」

獰猛《どうもう》に礼人を揺さぶりながら、エドゥアールが荒い息に紛《まぎ》れて問いかけてきた。

「ん、……い、いっ……」

首をこくこくと縦に振った。

悦《よ》くて……悦すぎてどうにかなりそうだ。

エドゥアールもまたかすかに眉根《まゆね》を寄せ、何かを堪えるような艶めいた表情をしている。彼も感じている。こんな自分の体で感じてくれている。

それを実感して、胸がじんわりと熱くなった。

「エドゥアール」

切ない声で愛《いと》おしい名前を呼んで、体内の恋人を締めつける。密着した筋肉がぴくっと震《ふる》えるのを感じた一瞬《いっしゅん》後、今までにも増してピッチが上がった。

「あ……んっ……あ、……！」

快感の大波にさらわれた礼人の体が弓なりに反り返り、腰が浮き上がる。頭の中が白くスパークして、眼裏《まなうら》がチカチカと光った。

「い……――い、……くっ」

ひときわ高い声を発して極《きわ》める。ふっと遠くなった意識のどこかで、恋人が弾けたのを感じた。エドゥアールがゆっくりと腰を動かし、彼の放埓を送り込んでくる。

「あ……あ……あ……ッ」

どくっ、どくっと断続的に熱い飛沫《ひまつ》を浴びた礼人は、全身をびくびくと痙攣させ、立て続けに絶頂を迎《むか》えた。

「はぁ……はぁ……」

ぐったりとシーツに伏《ふ》し、胸を喘がせていると、額を汗で濡《ぬ》らしたエドゥアールが顔を寄せてきて、唇にくちづけられる。

「愛してる……アヤト」

甘い囁《ささや》きに応《こた》えるために、礼人は腕《うで》を伸ばして恋人の首を抱《だ》き締めた。


いつの間に寝入《ねい》ってしまっていたのだろう。

ふと目を覚ました礼人は、傍らに寄り添う恋人の青い瞳と目が合った。

「起きた？」

「……はい……今、何時ですか？」

「明け方の五時過ぎだよ」

暗闇《くらやみ》を怖《こわ》がる礼人のために──それでも恋人と一緒《いっしょ》の時は、普段《ふだん》より暗くても眠《ねむ》れるのだが──エドゥアールは寝室《しんしつ》の電灯を点《つ》けたままにしてくれている。そのせいで眠れなかったのかもしれない。

申し訳ない気分で尋《たず》ねた。

「いつから起きていらしたんですか？　もしかしてずっと起きていらしたとか」

「いや、十五分くらい前に目が覚めて……おそらく時差のせいだろう……それからはきみの寝《ね》顔《がお》を見ていた」

「寝顔を？」

無防備な顔を見られたことにショックを受け、つい恨《うら》みがましい声が零れる。

「……ひどいです」

エドゥアールが笑った。

「何を拗《す》ねているの。すごく安らかで美しい寝顔だったよ。マリア様みたいに」

片腕《かたうで》で礼人を抱き寄せた恋人が、額に唇《くちびる》を押しつけたあとで、「アヤト」と呼んだ。

「はい」

「ルカが年明けにシチリアに戻《もど》るらしい」

「……はい」

「ルカが戻れば、父もローマから【パラッツォ・ロッセリーニ】に馳《は》せ参じるだろう。この機会に、私もひさしぶりにシチリアへ帰ろうと思う」

「…………」

礼人はわずかに目を瞠《みは》った。

恋人《こいびと》が、自分の中に流れるマフィアの血を長く疎《うと》んでいたことは、以前に聞かされていた。

だからこそ、生まれ故郷のシチリアにも滅多《めった》に戻らないのだと。

そのエドゥアールが自分から「シチリアへ帰る」と言い出した。

――母は事故死だったが、叔父《おじ》が言うには、事故を起こした車のブレーキに人為的《じんいてき》な細工が施《ほどこ》されていたらしい。当時ロッセリーニ・ファミリーと敵対していたファミリーの仕業《しわざ》で、本来は父を狙《ねら》ったものが、運悪く母だけが犠牲《ぎせい》になった――という説がもっぱらだったが、真相はいまだに藪《やぶ》の中だ。

――その話を聞いた時から、私は自分の一族をも含《ふく》めたマフィアの存在を憎《にく》むようになった。次第《しだい》にファミリーの結束に縛《しば》られたシチリアで暮らすことが辛《つら》くなり、大学進学を機に逃げるように故郷を出た。

――その後も長い間、私は故郷に背を向けて生きてきた。仕事に打ち込むことでシチリアを――ファミリーを忘れようとしてきた。

いつかのエドゥアールの台詞《せりふ》が脳裏《のうり》に蘇《よみがえ》る。

実母の死のきっかけとなった『ファミリー』へのわだかまりは一筋縄《ひとすじなわ》ではいかない複雑なものだろうし、そう簡単にすべてが許せるものでもないとは思うが、生まれ育った故郷に戻り、肉親と顔を合わせるのは、エドゥアールのためにも良いことのように思えた。

家族には、会えるうちにできるだけたくさん会っておいたほうがいい。

自分がすでに肉親を失ってしまった身だから、そう思うのかもしれないけれど。

「どれくらいシチリアには帰っていらっしゃらないのですか？」

礼人の問いに少し考える表情をして、恋人が答える。

「レオに呼び出されて、ルカと留学について話し合った——二月が最後だな。家族がシチリアに集結するのは、ルカの二十歳《はたち》の誕生日以来だから……およそ一年半ぶりか」

「そんなに……」

そうであれば余計に家族が集《つど》うことに意味がある気がした。

「アヤト、ちょうどいい機会だ。一緒にシチリアへ行かないか。きみを家族に紹介《しょうかい》したい」

「えっ？」

突然《とつぜん》の誘《さそ》いに、小さく声をあげる。

「総支配人のポストに就《つ》いて以降、きみはほとんど休みも取らずに働き続けてきた。クリスマスという一大イベントも無事に終わったことだし、まとまった休暇《きゅうか》を取るのも不可能ではないだろう」

「それは……不可能ではありませんが……」

「じゃあ、いいね？」

エドゥアールに詰《つ》め寄られ、困惑《こんわく》した礼人は言葉を濁《にご》した。

「ですが……」

以前に一度、エドゥアールに「きみに、私たち兄弟が生まれ育った【パラッツォ・ロッセリーニ】を見せたい」と言われたことは覚えている。

たしかにあの時の自分はうなずいた。けれどいざ話が具体的になると、臆《おく》する気持ちが込み上げてくる。

「ご家族団欒《だんらん》の場に私のような部外者がお邪魔《じゃま》するのは……気が引けます」

自分の立場をわきまえて尻込《しりご》みする礼人を、エドゥアールの熱を帯びた眼差《まなざ》しが至近からまっすぐ捉《とら》えてきた。

「今日、弟にきみを紹介できたことが嬉《うれ》しかったんだ。私の大切な人を、同じように大切な弟に会わせることができた。そのことがすごく嬉しかった」

「それは私も……ルカ様にお会いできて嬉しかったです」

「だったら、父と兄にも会ってくれ。ふたりにもきみを紹介したい」

「……エドゥアール……そんな……紹介など恐《おそ》れ多いです」

もちろん、そういった意味で紹介されるのではないとわかってはいるが。

相手は、ロッセリーニ・グループの現CEOと、ロッセリーニ・グループを世界的企業《きぎょう》に押し上げた伝説の企業家《きぎょうか》だ。雲の上のセレブリティで、自分とはステージが違《ちが》う。

「自分が愛している人を家族に見せたいんだ」

礼人の逡巡《しゅんじゅん》を突き崩《くず》そうとするかのように、エドゥアールが説得の言葉を重ね、青い瞳《ひとみ》でじっと見つめてくる。

「お願いだ。アヤト」

「…………」

ここまで愛する人に懇願《こんがん》されたら、とても断れない。

(それに……)

本当は見てみたかった。

ロッセリーニの三兄弟とマクシミリアンを育《はぐく》んだシチリアの地、そして彼らが人生の半分以上を過ごした屋敷《やしき》――【パラッツォ・ロッセリーニ】を。

家族の集まりに部外者の自分が参加してもいいものなのかという迷いと、シチリアの地をこの足で踏《ふ》んでみたい欲求《よっきゅう》との間でたゆたう心に決着をつけるために、礼人は思い切って「わかりました」と告げた。

「お供いたします」

「アヤト……よかった。嬉しいよ」

エドゥアールの顔が言葉どおりに嬉しそうに蕩《とろ》けたかと思うと、ぎゅっと強く抱き締《し》められる。

迷いが完全になくなったわけではない。

それでも今は、恋人がそうしたいと願うのならば、その望みを叶《かな》えたかった。

「愛している」

耳許《みみもと》に、どんな贈り物よりも自分を幸福にする囁《ささや》きが吹《ふ》き込まれる。

「私もです」

恋人のあたたかい胸の中でそのぬくもりを享受《きょうじゅ》しながら、礼人はまだ見ぬシチリアへ思いを馳せ、ゆっくりと目を閉じた。

第四章　マクシミリアン・コンティ×ルカ・エルネスト・ロッセリーニ

『カーサホテル東京』から、マクシミリアンとハイヤーで麻布のマンションに戻ったぼくは、自室のリビングの中程まで進んでため息混じりの感嘆《かんたん》を零《こぼ》した。

「あー……お腹《なか》いっぱい……こんなに食べたの、ひさしぶり」

胃のあたりを手でさすって後ろを振《ふ》り返る。

「美味《おい》しかったね」

「ええ」

ぼくの意見に賛同したマクシミリアンが、手を伸《の》ばしてダッフルコートの留め具を外し始めた。

「カーサホテルのメインダイニングの評判は以前から聞いておりましたが、たしかに評判に違《たが》わぬ味でした。あのクオリティは一朝一夕《いっちょういっせき》にできるものではない。亡《な》くなった創始者がレストラン部門に力を入れていたという話もうなずけますね」

マクシミリアンにコートを脱《ぬ》がせてもらいながら、ぼくは「うん」とうなずく。

ディナーの席でエドゥアールに、今は亡きカーサの創始者とホテルを経営する者同士としての交流があったことや、その彼から頼《たの》まれてカーサを買った経緯《けいい》などを話してもらったのだ。

「創始者の遺志を引き継《つ》いだ成宮さんが、先代の愛したレストランを大切に護《まも》っているのを感じた」

感想を口にしてから、「成宮さん、綺《き》麗《れい》な人だったね」と言うと、マクシミリアンも「そうですね」と相槌を打った。

「オリエンタルビューティっていうのかな？　白い百合《ゆり》の花びらみたいな肌《はだ》と切れ長の目がすごく印象的で……」

「意志の強そうな目をしておいででした」

「そうだね。一見した印象はたおやかで清楚《せいそ》な感じだけど……。エドゥアールは彼をすごく信《しん》頼《らい》して、大事にしているみたいだった」

エドゥアールが成宮さんを見る時の、慈《じ》愛《あい》に満ちた眼差しを思い出す。どちらかというと人間関係にクールなエドゥアールが、家族以外の誰《だれ》かにあんなふうにやさしい眼差しを向けるのを初めて見た。

だからつい、「エドゥアールのこと、今後もよろしくお願いします」なんて生意気なことを言ってしまったのだけれど。

「よかった。ぼくにはマクシミリアンがいるし、レオナルドにも瑛さんがいるし……エドゥアールにも誰か、心を許せる人ができたらいいなぁと思っていたから」

ほっと安堵《あんど》を滲《にじ》ませるぼくに、マクシミリアンが少し意外そうな表情をした。

「そんなことを思っていらしたんですか？」

「だって、いくらエドゥアールがぼくと違ってなんでもできても、やっぱり人間だから、疲《つか》れたり迷ったり、失敗して落ち込んだりすることだってあるじゃない？　弱ってる時、自分のすべてをさらけ出して背中を預けられるような誰かの存在は必要だよ」

ぼくの言葉に黙《だま》って耳を傾《かたむ》けていたマクシミリアンが、ふっと口許《くちもと》を緩《ゆる》めた。

「ルカ様の今のお言葉をエドゥアール様がお聞きになったら、とても驚《おどろ》かれるでしょうね。エドゥアール様にとってもレオナルド様にとっても、ルカ様はいまだに『全力で護るべき小さな弟』のままでいらっしゃいますから」

（……そうなんだよね）

ふたりの兄と父にとって、自分はいつまでも庇護《ひご》すべき「子供」のままで……。

それはぼくがいくつになっても頼《たよ》りないから仕方ないんだけれど。

たぶん……というかもう絶対、ぼくとマクシミリアンの関係を知ったら、三人とも卒倒《そっとう》してしまうに違いない。

まぁ、でも、その件に関しては、マクシミリアンの気持ち――父様に対する負い目や罪悪感――もあるし、当分の間は家族に対して秘密にするしかないと思っているけれど。

そんなことをぼんやり考えている間に、マクシミリアンがぼくのコートとマフラーを片腕《かたうで》に掛《か》け、「ただいまお風呂《ふろ》のご用意をいたします」と言い置いて、リビングから出ていった。

ぴしっと背筋の伸びた後ろ姿を見送ったぼくは、とたんに体の怠さを感じ、ふらふらとソファに近寄って腰《こし》を下ろす。

（顔が熱い）

食事の時にシャンパンで乾杯《かんぱい》して、食事中にもワインを少しだけ呑《の》んだのだが、そのアルコールがまだ残っているみたいだ。クッションに顔を埋《うず》めて、ふーっと熱い息を吐《は》く。

マクシミリアンのサプライズ来日のおかげで、思いがけなく楽しいクリスマスを過ごすことができた。クリスマスプレゼントを直接交換《こうかん》することもできたし、お祖父様《じいさま》にマクシミリアンを紹介《しょうかい》することもできたし、エドゥアールとクリスマスディナーを一緒《いっしょ》に食べられたし、成宮さんにも会えたし……本当に充実《じゅうじつ》した三日間だった。

でも、それも……。

（明日で終わりかぁ）

明日の夕方には、マクシミリアンはローマに帰ってしまう。

そのことを思うと、夢見心地《ごこち》から現実に引き戻《もど》され、一気にテンションが下がる。

明日の夜からはまた、マクシミリアンと離《はな》ればなれなんだ。

わかっていたことでも、楽しかった時間のあとだとその別れを余計につらく感じてしまって……。

ずぶずぶと沈《しず》みかける気持ちを、ぼくは頭をふるふるっと左右に振って奮い立たせた。

年明けにはシチリアに戻るんだから、その時にきっとまた会える。新年なんてすぐじゃないか。

もちろんシチリアでは人目があるから、今みたいにふたりきりで過ごす時間は、そうたくさん持てないかもしれないけど。それでも、さほど間を置かずにマクシミリアンに会えると思えば、気分がずいぶん明るくなる。

(そういえば……)

よく考えてみたら、マクシミリアンと恋人《こいびと》同士の関係になってから【パラッツォ・ロッセリーニ】に帰るのは初めてだ。

エドゥアールはまだどうなるかわからないけれど、父様はたぶんローマから来るだろうし、ひさしぶりに家族が一堂に会することになるかもしれない。

そこまで考えてふと、懸念《けねん》が頭を過《よぎ》った。

その場で、もしまた父様がマクシミリアンの縁談《えんだん》を蒸《む》し返したらどうしよう。

マクシミリアンはきっぱりと断ったと言っていたけれど、あの父様がそう簡単に引くとも思えない。父様だけでなく、レオナルドも一緒になって結婚を勧《すす》めたりしたら……マクシミリアンだって断り切れないんじゃないだろうか。

一度は収束したはずの黒い不安がむくむくと頭をもたげる気配に、ぼくはクッションをぎゅっと抱き締めた。

だめだ。だめ、だめ。余計なことを考えるな。マクシミリアンを信じるって決めたじゃないか。

自分を叱咤《しった》していると、当のマクシミリアンが戻ってきた。

「お風呂の用意ができました。先にお入りになってください」

「うん」

気を取り直し、クッションを置いてソファから立ち上がる。リビングから廊下《ろうか》に出かけたところで、ふとあるアイディアが頭に閃《ひらめ》いた。足を止めて、迷った末にくるっと振り返る。

(どうしよう……)

背後に立つマクシミリアンの顔をじっと見つめていたら、不思議そうに「いかがなさいましたか？」と尋《たず》ねられた。

「あ、あの……お願いがあるんだけど」

おずおずと切り出す。

「お願い、ですか？」

「うん……あの……あの、ね」

「なんですか？　おっしゃってください」

やさしく促《うなが》され、思い切って口に出した。

「お風呂、一緒に入ってもいい？」

マクシミリアンがレンズの奥の目を見開くのを見て、自分の発言をたちまち後悔《こうかい》する。

どうせふたりとも入るんだから一緒に入ったら時間の節約にもなるかも……と思ったんだけど。

「ご、ごめん……子供じゃないんだから、そんなの変だよね？」

居たたまれない気分で、ぼくは口許を引きつらせた。

「今の発言はなし！　忘れて！　ひとりで入るから大丈夫《だいじょうぶ》！」

照れ隠しの言葉を立て続けに発して、くるりと身を返す。

「じゃあ先に入るね！」

急いで浴室に向かおうとした腕《うで》を後ろから摑《つか》まれた。ふたたび身を返され、マクシミリアンと向かい合う。

「あ……」

自分を見下ろす青灰色《ブルーグレイ》の双眸《そうぼう》が、普段より熱量を孕《はら》んでいるように思えて、ぼくはこくっと喉《のど》を鳴らした。

（お、怒《おこ》ってる？）

しばらく無言でぼくの顔を見下ろしていたマクシミリアンが、ふっと息を吐く。

「あなたという方は……」

その声に呆《あき》れているようなニュアンスを感じ取って、ぼくはいよいよ焦《あせ》った。

「だからごめん……忘れてってば」

「お望みとあらば一緒に入りましょう」

「……え？」

頭上からの低音が聞き取れずに聞き返す。

「今なんて……」

「ひさしぶりにお体を洗って差し上げますね」

甘く昏《くら》い声音《こわね》でそう囁《ささや》いたマクシミリアンが、艶《つや》めいた微笑《ほほえ》みを浮《う》かべた。


マクシミリアンに体と頭を洗ってもらうのは、くすぐったい気分だったけれど、子供の時を思い出して懐《なつ》かしくもあった。

ぼくとマクシミリアンが一緒に入っても余裕《よゆう》のある大きさの浴槽《よくそう》の、なみなみのお湯に浸《つ》かった瞬間、喉の奥から「ふー……」と吐息《といき》が漏《も》れる。

「……気持ちいいね」

ため息混じりにつぶやくと、重なり合った背後のマクシミリアンから「ええ」と同意が返った。

湯加減も適温だけれど、マクシミリアンの大きな体にすっぽり包まれている感じが、すごく気持ちいい。

(あんまり気持ちよくて……眠《ねむ》っちゃいそうだ)

お湯の中で硬《かた》い体に抱《だ》き込まれる心地よさにうっとりしながら、ぼくは恋人の名前を呼んだ。

「マクシミリアン」

「はい」

「楽しいクリスマスをありがとう。日本に来てくれて、一緒に過ごしてくれてすごく嬉《うれ》しかった」

「こちらこそ、楽しい時間をありがとうございました」

首を捻《ひね》ってその顔を見たら、やさしく微笑んでいた。

眼鏡《めがね》を外して、濡《ぬ》れた髪《かみ》が額にかかったマクシミリアンは、いつものストイックな彼とはちょっぴり雰囲気《ふんいき》が違《ちが》って見えて……男らしく整った顔立ちを間近で眺《なが》めているうちに、心臓がドキドキし始める。

出し抜けに、自分とマクシミリアンが全裸《ぜんら》で重なり合っていることを意識したぼくは、あわてて視線を引き剥《は》がして顔を元に戻した。

なじに触《ふ》れる。

（ど、どうしよう……このままじゃ……）

スーハーと深呼吸をして、昂《たかぶ》った気持ちを落ち着かせていると、不意にあたたかい感触《かんしょく》がうなじに触《ふ》れる。

「……っ」

（く、唇《くちびる》⁉）

動揺《どうよう》するぼくの体の前にマクシミリアンの手が回ってきて胸に触れた。ふたつの尖《とが》りを同時に摘《つま》まれ、びくんっと全身が震《ふる》える。

「あっ……」

飛び出した声がびっくりするほど浴室に共鳴して、思わず息を呑《の》み込んだ。

爪《つめ》で引っ掻《か》いたり、くにゅっと押しつぶしたり——弄《もてあそ》ぶみたいに指で弄《いじ》られると、さほど間を置かずに乳首《ちくび》がジンジンと痺《しび》れ始める。先端《せんたん》が硬《かた》くなってるのが自分でもわかる。

「っ……ふ」

うなじから移動したマクシミリアンの唇が耳朶《じだ》を食《は》んだ。耳殻《じかく》を舌でぴちゃぴちゃと舐《な》めながら、片方の手が下半身に伸《の》びてくる。脚《あし》の間で兆《きざ》しつつあるものをやんわりと握《にぎ》られて覚えず腰《こし》が揺《ゆ》れた。

「んっ……ぅ、んっ」

身悶《みもだ》えるたびにお湯が波立ち、浴槽からちゃぷちゃぷと溢《あふ》れる。

お風呂《ふろ》の中――というシチュエーションに煽《あお》られたのかもしれない。恥《は》ずかしいほど他愛《たわい》なく、マクシミリアンの手の中でぼくの欲望《よくぼう》は勃《た》ち上がった。

「あんっ」

芯《しん》を持った性器を大きな手でぬるぬると扱《しご》かれ、我慢《がまん》できない声が漏れる。密着したマクシミリアンの雄の印が徐々《じょじょ》に漲《みなぎ》るのを腰に感じて、ますます体が火照《ほて》った。

体が……熱い。

頭がぼーっとして、クラクラする。

心臓がドクドク脈打ち、息づかいが浅くなる。

「マクシミリアンッ」

その名前を呼んで、マクシミリアンの屹立に腰を擦《こす》りつけるようにしたら、耳殻に低い声で「いけません」と囁かれた。それだけでぞくぞくと背筋が震え、完全に勃ち上がったペニスの先端が透明《とうめい》な蜜《みつ》でぬるっと濡れる。

「昨日もたくさんしてしまいましたし、お体に障《さわ》ります。今日は手でして差し上げますから」

宥《なだ》め賺《すか》されたけれど、ひとりだけ達するのは嫌《いや》だった。

それにマクシミリアンだって、ぼくを欲しがってくれている。

だったら、ちゃんと繋《つな》がりたい。

「……欲しい」

「ルカ様」

「……お願い」

切迫《せっぱく》した欲求に圧《お》され、気がつくと熱に浮かされたような懇願《こんがん》が唇から零《こぼ》れていた。

「入れて……お願い……マクシミリアン」

正気では死んでも言えない、はしたない『お願い』を口にした刹那《せつな》、脇《わき》の下を掴まれ、ぐいっと体を持ち上げられた。尻《しり》の間に灼熱《しゃくねつ》の楔《くさび》をあてがわれる。

「――――っ」

その熱さに息を呑んだ一瞬《いっしゅん》後、ぐぐっとすごい圧力がかかった。硬い先端が肉を割って入ってくる衝撃《しょうげき》に背中が撓《しな》る。自分を穿《うが》つもののしたたかさに、涙《なみだ》がぶわっと盛り上がった。

「……くっ、ぅ」

奥歯を食い締《し》め、ぼくはたくましい恋人を少しずつ呑み込んだ。自分の体重のせいで、いつもより深く呑み込んでしまい、喉を大きく仰《の》け反らせる。

「ルカ様……大丈夫《だいじょうぶ》ですか？」

すべてを収めたマクシミリアンの、かすれた問いかけが耳をくすぐった。

「う……ん……大丈夫」

まったく苦しくないと言ったら嘘《うそ》になるけれど、それよりマクシミリアンとひとつになれた喜びのほうが大きかった。

「動きます。よろしいですか？」

ぼくのうなずきを待って、マクシミリアンが動き始める。

「あっ……ああっ、んっ……」

腰を両手で固定され、下から深々と穿たれて声が跳《は》ねた。

首筋にかかる荒《あら》い息。恋人が腰を遣《つか》うたびにお湯が波打つ。波間に浮かぶ小舟《こぶね》のように揺さぶられたぼくは、首筋を唇で、乳首を指で愛撫《あいぶ》され、淫《みだ》らに腰をうねらせた。

気持ちいい……。すごく……。

気持ちよすぎて……どうかなっちゃいそう……。

だんだん抽挿《ちゅうそう》が激しくなってきて、どんどん高みへと追い上げられていく。目蓋《まぶた》の裏が白くチカチカと光り、喉から絶え間ない嬌声《きょうせい》が漏れた。

「あっ、あっ、もう、いく……いっちゃ……あぁ――っ」

ひときわ強く突《つ》き上げられて、びくびくと全身を震わせる。

放物線の頂点で弾《はじ》けた直後――ぼくの意識はゆっくりとブラックアウトした。


「……ふ……」

髪を撫《な》でるやさしい指の感触に薄目《うすめ》を開けた。

「あれ？　ぼく……」

たしかマクシミリアンと愛し合ってる最中に、浴室で意識が途切《とぎ》れて……。

記憶《きおく》の断片《だんぺん》を掻き集めていると、ベッドの側の椅子に腰掛《こしか》けたマクシミリアンが、心配そうな顔で覗《のぞ》き込んできた。

「お目覚めですか、ルカ様？　ご気分は？」

「マクシミリアン……もしかして……バスルームからここまで運んでくれたの？」

それだけじゃない。ちゃんと髪も乾《かわ》いているし、パジャマも着ている。意識を失っている間にそこまでのフォローをして、その上でぼくが目を覚ますまでずっと付き添《そ》ってくれていたんだろう。

申し訳ない気分がじわじわと込み上げてくる。

自分で『お願い』しておきながら気を失っちゃうなんて……情けなさすぎる。

（……馬鹿《ばか》）

「心配かけてごめんね」

マクシミリアンがじわりと双眸《そうぼう》を細めた。

「私こそ申し訳ございません……きちんとお諫《いさ》めするべきでした」

「マクシミリアンは悪くないよ。ぼくのわがままだから」

「ルカ様」

「だからお願い……これに懲《こ》りて『もう一緒《いっしょ》にお風呂に入らない』なんて言わないで」

囁《ささや》いてから体を起こし、マクシミリアンの唇にちゅっとくちづける。唇の狭間に吹き込んだ。

「大好き……マクシミリアン」

「私も……愛しています」

厳《おごそ》かに告げた恋人に、ぼくは幸せな気分で微笑《ほほえ》む。

「今日はこのまま朝まで一緒にいて」

ぼくがおねだりすると、マクシミリアンがやさしく笑った。

「かしこまりました」

ぼくのおでこにそっとくちづけ、どこか厳かな声音で囁く。

「お側《そば》におります。……一生」

私立ロッセリーニ学園

SCENE……1

「……いよいよか」

聳《そび》え立つ鉄の門を前に、早瀬瑛はひとりごちた。

開け放たれた鉄の門の向こうには、青々とした緑の芝生《しばふ》が広がっている。手入れの行き届いた芝生の真ん中を一本道が貫《つらぬ》き、制服姿の生徒が数名、校舎に向かって歩いていた。

彼らが目指す校舎は煉瓦《れんが》造りの洋館で、エントランスに立ち並ぶエンタシスや装飾《そうしょく》的な窓、重厚な両開き扉《とびら》の存在感とも相まって、まるで中世の貴族の館《やかた》のようだ。

塀《へい》で囲まれた広大な敷地《しきち》面積といい、生《お》い茂《しげ》る豊かな緑といい、一瞬《いっしゅん》ここが東京であることを忘れてしまいそうになる。

（……何度見てもすごいな）

私立ロッセリーニ学園は、裕福《ゆうふく》な家庭の子弟が通う、いわゆるセレブ男子校だ。

中高一貫教育《いっかんきょういく》で大学部はないが、一流大学への進学率は全国でもトップクラス。

少数精鋭《せいえい》を謳《うた》い、生徒数を絞《しぼ》っているので、その分入学のハードルは半端《はんぱ》なく高い。むしろ一流大学に入るより、この学園に入学するほうが大変なくらいだ。

家柄《いえがら》が良くて勉強ができるだけでは駄目《だめ》で、学科試験をクリアしたのちに数回の面接を経て人間性を見極められ、ふるいにかけられるらしい。

その結果、文武に秀《ひい》でて人間性も優《すぐ》れた一握《ひとにぎ》りの生徒だけが、難関の狭《せま》き門をくぐることができるのだ。

この学園で培《つちか》われた友情や交流は卒業後も続き、生涯《しょうがい》に亘《わた》って継続《けいぞく》されると聞く。

またロッセリーニ学園のOBには、世界的に有名な企業家《きぎょうか》や政治家、医学関係者、エリート官僚《かんりょう》、芸術家など成功者が多い。この学園に入学することで、彼らが形成するネットワークの一員となることができる。

つまり、ここに入学できた時点で人生の「勝ち組」というわけだ。

そんな選ばれし未来のトップエリートたちが集まる名門校に、今日から瑛は教師として勤務することになる。

正直、自分のような平凡《へいぼん》な一教師に、なぜこんな名門から声がかかったのか謎《なぞ》だった。

大学を卒業後、国語担当の教師となり、私立の中の上レベルの高校に八年間勤めた。

ベテランというにはまだまだ未熟だし、ルーキーのような瑞々《みずみず》しさもない中途半端《ちゅうとはんぱ》なキャリア。これといって特筆に値する業績もない。

そんな自分に、名門ロッセリーニ学園から引き抜《ぬ》きの話が来た時には、本気で驚《おどろ》いた。

驚きのあまり、話を持って来た男性――理事長の秘書――に、「本当に自分ですか？　間違《まちが》いではありませんか？」と何度も確かめてしまったほどだ。

「間違いではございません。当ロッセリーニ学園は、早瀬様のお力を必要としております。ぜひともお力添《ちからぞ》えください」

白髪《はくはつ》の紳士《しんし》に真摯《しんし》な言葉で口説かれ、心が揺《ゆ》らいだ。

それでもやはり、自分には分不相応だ、自分に役に立てるような力はないと思い、当初は辞退するつもりだった。

だが、「どうか一度学園をご覧になってください」と熱心に誘《さそ》われ、好奇心《こうきしん》で見学に訪《おとず》れた学園の美しさに、すっかり気持ちを奪《うば》われてしまった。

外観も美しければ、校舎の中も素晴《すば》らしかった。天井《てんじょう》が高く、廊下《ろうか》は広々としており、歴史的な価値の高いアンティークが、ごく自然に配されている。

教室も清潔で、設備が整っていて、すれ違《ちが》った生徒たちもさすが良家の子弟らしく気品があった。

（こんな素晴らしい環境《かんきょう》で働けるのか……）

提示された雇用《こよう》条件も申し分なく、結局、瑛は勤めていた学校を一学期いっぱいで辞めた。幸い担任を持っていなかったので、引き継《つ》ぎもスムーズだった。

そうして本日、二学期の始業式から、新しい職場に着任する。

昨夜は緊張《きんちょう》で、まんじりともできなかったが……。

「……よし」

小さく声に出して気合いを入れ、校内へと一歩を踏《ふ》み出す。

足を踏み入れた校舎の中は、前回訪れた時と変わらずに掃除《そうじ》が行き届いており、床《ゆか》も磨《みが》き抜かれてピカピカと輝《かがや》いていた。窓から差し込む陽光に照らされて目に眩《まぶ》しいほどだ。

始業式まではまだだいぶ時間があるので生徒の数はまばらだったが、彼らは制服を着《き》崩《くず》すことなく、ネクタイも緩《ゆる》めずにきっちり締《し》めていた。

「早瀬さん」

その声に振《ふ》り向くと、黒のスーツを上品に身につけた白髪の男性が立っている。

「ダンテさん」

理事長の秘書だ。理事長はイタリア人なので、秘書もまたイタリア人。しかし、日本語を実に流暢《りゅうちょう》に話す。物腰《ものごし》がやわらかく、とても話しやすい。

にこやかに歩み寄ってきたダンテが、「お待ちしておりました」と一礼した。

「理事長がご挨拶《あいさつ》したいと申しております。どうぞ、こちらへ」

「あ……はい」

ダンテのあとについて廊下を歩き出す。ぴしっと伸《の》びたその背中を眺《なが》めているうちに、ふたたび緊張の波が押し寄せてきた。

首許《くびもと》のネクタイに手をやり、結び目を整える。ダークグレイのスーツにサックスブルーのネクタイを締めてきたのだが、この組み合わせで問題ないか、今更《いまさら》心配になった。

実は、理事長とはこれが初対面になる。

この学園の他にも多くの事業を手がける理事長は、一年中世界を飛び回っているらしく、面接の機会をついぞ得られないままに、今日という日を迎《むか》えてしまったのだ。

転職に関するやりとりはすべてダンテを介《かい》して行われ、ここまでとりたててトラブルもなく、非常にスムーズだった。

とはいえ、雇《やと》い主である理事長と面識がないことには、一抹《いちまつ》の不安があった。私立学校の理事長といえば、会社のオーナー社長に当たる。校長や教頭よりずっと偉《えら》く、学園における絶対的な権力者だ。

(どんな人なんだろう)

ダンテから聞いたところによると、イタリアはシチリアの出身で、ロッセリーニ家というのは由緒《ゆいしょ》正しい家柄のようだ。日本で学校法人を運営しているだけあって日本語も話せる。

理事長に関して瑛が知り得た知識はそれだけだった。

いくつくらいの年齢《ねんれい》なのか。理事長というからには、最低でも瑛より二十は上だろう。自分の父親の年代か、下手《へた》をしたら祖父の年代かもしれない。

これから自分の雇い主になる人物についてあれこれ想像している間に、前を行くダンテは階段を上り、さらに廊下を進み、突《つ》き当たりの大きな扉の前で足を止めた。

立派な二枚扉を、コンコンコンとノックする。

「ダンテでございます。早瀬様をご案内いたしました」

「――入れ」

扉越《とびらご》しにいらえが返り、ダンテが二枚扉を押し開けた。

（……眩しい）

残暑のまだ勢いのある陽射しに射られ、目を細める。

「…………」

やがて瑛はじわじわと目蓋《まぶた》を持ち上げた。

両開きのドアの正面が大きな窓になっており、その窓を背にしてマホガニーのデスクが置かれている。

眩しさに慣れてきた視界が、逆光の中、ハイバックチェアに座るひとりの男を捉《とら》えた。背もたれにゆったりと凭《もた》れ、両手を肘掛《ひじか》けに置いている。

「………っ」

正面の男は、漆黒《しっこく》の毛並みを持つ肉食獣《にくしょくじゅう》のように美しかった。

ゆるくウェーブのかかった黒髪《くろかみ》と闇《やみ》のような瞳《ひとみ》。ノーブルな鼻梁《びりょう》に肉感的な唇《くちびる》。

（……すごい）

エキゾティックな美貌《びぼう》に圧倒《あっとう》され、入り口に立ち尽《つ》くす瑛に、ダンテが「どうぞお入りください」と言葉をかけてきた。

近づくにつれて、視線の強さをびりびりと感じる。ものすごい目力だ。デスクの二メートルほど手前で足を止めた瑛を、男が頭のてっぺんから爪先《つまさき》までじっくりスキャンした。

「…………」

値踏《ねぶ》みするような眼差《まなざ》しに居心地《いごこち》の悪さを感じていると、斜《なな》め後ろに控《ひか》えたダンテが告げる。

「早瀬さん、当学園の理事長のレオナルド・ロッセリーニです」

「えっ……」

虚《きよ》を衝《つ》かれた瑛は、思わず男を二度見した。

この男が理事長⁉

(いや……だって……俺と同じ年くらいじゃないか!)

こんな若い男が雇い主?

現に理事長の椅子《いす》に座っているのだから、そうなのだろうが、それにしても……。

呆然《ぼうぜん》とする瑛に傲慢《ごうまん》な一瞥《いちべつ》をくれ、男がハイバックチェアから立ち上がる。デスクを回り込んで瑛の前に立った。

見事な九頭身を上質な三《み》つ揃《ぞろ》いのスーツに包んだ男が、高みから瑛を威圧《いあつ》的に見下ろし、右手を差し出してくる。

「レオナルド・ロッセリーニだ」

艶《つや》のあるテノール。声まで完璧《かんぺき》だ。

つめる。

「……早瀬瑛です」

やや上擦《うわず》った声で名乗り、差し出された手を握《にぎ》った。握ったまま、間近の顔をまじまじと見

「なんだ？」

問われて、あわてて握っていた手を離《はな》した。

「すみません。……その、思っていたよりかなりお若いので驚《おどろ》いて」

レオナルドがふんと鼻を鳴らす。

「こんな若造がトップで大丈夫《だいじょうぶ》なのか？　と言いたげだな」

「い、いいえ、そんなことは……」

「思っただろう？　顔に書いてあったぞ。『こんな若い男が雇い主？』とな」

図星を指されて、首筋がじわっと熱を持った。

「ひとを年齢ではかるのは日本人の悪い癖《くせ》だ。若者が顧客《こきゃく》である教育産業において、経営トップに求められるのは、日々変化していく彼らの要求に臨機応変に応じるスピードだ。古くさいしきたりや概念《がいねん》に囚《とら》われ、ぐずぐずと迷っているようでは、少子化著しい日本の教育産業では生き残ってはいけない。違うか？」

「ち……違いません」

矢継《やつ》ぎ早《ばや》に鋭《するど》い刃《は》で斬《き》り込まれ、防戦一方となり、瑛はそっと奥歯を噛《か》み締めた。

（苦手なタイプだ）

自信満々で、威圧的で、常に上からものを言う。

苦手なのに、なぜかこの手の暴君タイプとかかわってしまうのだ。以前の職場の上司が似た人種で、ソリが合わず、毎日胃が痛い思いをしていた。

（早まったかもしれない）

この男に会わずに転職を決めたことを少し後悔《こうかい》した。

「ダンテから聞いていると思うが、あんたには高等部の一年を受け持ってもらう。うちは世界各国からの留学生も多数受け入れており、個性豊かな生徒が多い。彼らの個性を活《い》かしつつ、あんたのやり方で導いてやってくれ」

案外まともなことを言ったあとで、レオナルドが「何か質問はあるか？」と訊《き》いてくる。

一瞬躊躇《いっしゅんためら》ってから、瑛は「あの」と切りだした。

「なぜ私に声をかけてくださったのですか？」

それはかねて疑問に思っていたことだった。引き抜《ぬ》きの話はダンテが持って来たが、そのスカウトを背後で操《あやつ》っていたのが、この男であることは間違《まちが》いない。何しろ、みずからの名前を冠《かん》する学園のドンだ。

「私にはとりたてて目立った業績もありませんし、キャリアも中途半端《ちゅうとはんぱ》で……」

レオナルドが、太い眉《まゆ》をぴくっと動かした。

「あんたが自分自身をどう評価しようが関係ない」

不機嫌《ふきげん》そうに言い切る。

「あんたがこの学園に必要だと思ったから、引き抜いたまでだ。職場環境《かんきょう》は申し分ないと自負している。また待遇《たいぐう》面に於《お》いても、他校と比べてワンランク上の条件を提示したつもりだ。これ以上、まだ何か不満があるのか？」

上からねじ伏《ふ》せるような物言いに、瑛はぐっと顎骨《あごぼね》を食い締《し》めた。

たしかに自分には過分な好条件で雇ってもらえた。

レオナルドからしてみれば、感謝されこそすれ、文句を言われる筋合いはないということなのだろう。

だが、一切の反論を受け付けないといった一方的な物言いには、首の後ろがちりっと粟立《あわだ》つ。

無意識のうちに目の前の美丈夫《びじょうふ》を睨《ね》めつけてしまっていたらしい。

眉をひそめた男が「何か文句があるのか？」と凄《すご》むような低音を発した。

「…………」

ことさら威圧するかのように、黒い瞳が強い暉《かが》やきを放つ。ただでさえ立派な体格をより大きく感じて、瑛はこくっと喉《のど》を鳴らした。

「……いいえ……ありません」

喉の奥から絞《しぼ》り出すと、レオナルドがじわりと双眸《そうぼう》を細める。細めた目でしばし瑛を見下ろしてから、ドアに向かって顎《あご》をしゃくった。

これで話は終わりだ、出て行け、とでも言うように。


やはり一度トップと会ってから転職を決めるべきだった……。

理事長室を辞したあと、瑛はダンテに職員室に案内され、これから同僚《どうりょう》となる職員たちと引き合わされた。

二十人ほどの同僚ひとりひとりと個別に引き合わせてくれたダンテが、「では私はこれで戻《もど》りますが、何かありましたらお声がけください」と言って立ち去る。

瑛は、まだ新しいデスクに腰《こし》を下ろした。

とたん、先程のレオナルドとの面談が蘇《よみがえ》り、ふーっと重苦しいため息が漏《も》れる。

この先、あの暴君と上手《うま》くやっていけるんだろうか。

——レオナルド・ロッセリーニだ。

深いテノールと射貫《いぬ》くような眼差しが蘇ってきて、ぞくっと背中が震《ふる》える。

思い出しただけでこんなにぞくぞくするなんて、よっぽどあの男が苦手らしい。

脳内から傲慢な男を追い出すために、ふるっと頭を振《ふ》った時だった。

「早瀬先生」

隣席から自分の名前を呼ばれ、首を捻る。

黒く澄んだ切れ長の双眸と目が合った。

白磁のごとく切き通った肌と、絹のような黒髪が印象的な彼は——。

先程ダンテに紹介《しょうかい》された名前を思い出そうとしていると、彼のほうから「成宮です」と答えをくれた。

そうだ。成宮礼人。

担当は社会科で、年齢《ねんれい》は自分よりひとつ下。しかし物腰《ものごし》が落ち着いていて、年下には見えない。

「私も一学年担当です。もし何かわからないことがあったら、なんでもおっしゃってください。この学園には新卒で入りましたので、大概《たいがい》の質問には答えられると思います」

そう申し出てくれた頼《たの》もしい同僚に「ありがとう」と礼を言う。

「助かるよ。ここはちょっと普通《ふつう》の学校とは違《ちが》うようだから」

「そうですね。かなり特殊《とくしゅ》だとは思います。学園の敷地《しきち》内にいると、ここが日本であることをつい忘れてしまいそうになりますから」

「そうそう、まるでヨーロッパの貴族の城みたいだ」

瑛の感想を、成宮が「あながち外れてもいませんね」と肯定《こうてい》した。

「理事長は貴族の血を引いていますし」

「えっ……そうなのか？」

ふたたび脳裏に、レオナルドの美貌《びぼう》が浮《う》かぶ。

貴族なんて、自分から一番縁遠い存在だと思っていたが……。

だがそれを知れば、あの為政者《いせいしゃ》然としたオーラにも納得がいく。

「それで……あんなに『上から』なのか」

つい、ぽろっと本音が零《こぼ》れてしまい、あわてて「あ、や……若いのにすごいなって」と誤魔《ごま》化《か》したが誤魔化しきれなかったようだ。つと眉をひそめた成宮が尋《たず》ねてくる。

「理事長にお会いになられたのですか？」

「あ、うん、さっきここに来る前に」

「理事長は私と同じ年ですが」

「ええっ」

またしても大きな声が出てしまった。

「じゃあ、俺より年下!?」

若いとは思っていたが、まさか年下だとは……。

「そうなりますね」

うなずいた成宮が、「ですが、経営者としての腕《うで》は確かなものがあります」と言った。

「ロッセリーニ一族の華《はな》やかな面ばかりがクローズアップされがちですが、その実経営は堅実《けんじつ》で、志も高いです。理事長もご自身の仕事に誇《ほこ》りを持っており、とても教育熱心な方ですよ。良家の子弟が多く集《つど》うセレブ校であるという認識に間違いはありませんが、ロッセリーニが全額を負担する奨学《しょうがく》金制度もあって学問に意欲《いよく》的な生徒に学びの機会を与《あた》えています」

「……へえ」

「私は教育者として、また経営者として、理事長を尊敬しています」

そう言葉を結んだ成宮が、にっこりと微笑《ほほえ》む。

花が綻《ほころ》ぶような艶《つや》やかな笑みに数秒見惚《みと》れてから、瑛は「なるほど」と相槌《あいづち》を打った。

(でも、それとこれは別だ)

せっかく成宮がフォローしてくれたが、レオナルドが苦手なタイプであることは、自分の中で覆《くつがえ》りそうになかった。

SCENE……2

「おはよー、杉崎。ひさびさ～」

昇降口《しょうこうぐち》でクラスメイトに声をかけられたぼくは、「おはよう」と返した。夏休みの登校日から二週間ぶりに会った彼は、こんがり日焼けしている。

「どこか行ったの？」

「家族でハワイ。オアフに別荘《べっそう》あるからさ。サーフィン三昧《ざんまい》」

「へー、そっか、いいなぁ」

「杉崎は？」

「ぼくはちょこっと実家に帰っただけ」

夏休みの報告をし合いながら階段に向かって歩いていると、クラスメイトがびくっと肩《かた》を揺《ゆ》らした。彼の視線を辿《たど》ったぼくは、階段の壁《かべ》に寄りかかる長身の生徒を認める。

「あ……」

明るい栗色《くりいろ》の髪《かみ》と、同じく明るい茶色の目。すらりと長い手脚《てあし》。スタイル抜群《ばつぐん》の彼は、制服の半袖《はんそで》シャツの前ボタンを開けて、スクールタイを緩《ゆる》めていた。ボトムの裾《すそ》も軽くロールアップして、引き締まった足首を覗《のぞ》かせている。

「東堂！」

基本育ちがよくて真面目《まじめ》な生徒が多い中で、やや異色な彼の名前を呼ぶと、「おう」と片手を上げた。

すると、クラスメイトがびっくりした顔で「おまえら、仲いいの？」と訊《き》いてくる。

「あ……うん、ちょっと」

「マジで？　いつの間に？」

まだびっくり顔のクラスメイトが、微妙《びみょう》な沈黙《ちんもく》のあと、「じゃ……俺、先行くわ。朝練あるから」と告げて、ぼくから離《はな》れた。東堂と目を合わせないようにそそくさと横を擦《す》り抜《ぬ》け、足早に階段を上がっていく。彼の姿が視界から消えるのを待って、ぼくは東堂との距離《きょり》を詰《つ》めた。

「あいつ、よかったのか？」

東堂が階段の上をくいっと顎で示す。

「うん、朝練あるんだって」

東堂は不良ってわけじゃないけど、学園の中で浮いた存在だ。グループで行動したりするのが嫌《きら》いみたいで、クラスでもいつもひとりでいる。

高等部から編入してきたせいもあるのかもしれない。ぼくたちはほとんどが中等部からの持ち上がりだから、完全に出来上がっちゃってる輪の中に入るのが難しいのもわかる。

かっこよくて一匹狼《いっぴきおおかみ》な雰囲気《ふんいき》がある東堂を、クラスのみんなも意識しつつも、どことなく近寄りがたい雰囲気に圧《お》されて遠巻きにしている感じだ。

かくいうぼくも、一学期の終わり頃《ごろ》まで東堂と話したことがなかった。

彼と初めて話をしたのは、夏休みの登校日。

ホームルームのあと、ぼっち園芸部員のぼくは、中庭の花壇《かだん》の様子を見にいった。四角い中庭の端《はじ》っこの花壇にしゃがみ込んで草むしりをしていたら、後ろのほうから「暴れんなよ」という声が聞こえてきたのだ。

誰《だれ》かに話しかけるみたいな声に応《こた》えて、チーチチッという鳥の鳴き声も聞こえる。

「今そっち行くから、ちょっと待ってろ。動くなよ?」

立ち上がって振り返り、声の主を探したぼくは、やがて小さく息を吞《の》んだ。

(東堂くんだ)

中学時代喧嘩《けんか》で鳴らしたという噂《うわさ》があるクラスメイト——東堂和輝《かずき》が、中庭の真ん中にあるオリーブの樹《き》に登っているのが見えた。不用意に声を出してはいけないと思い、息を殺して見守っていると、軽やかな身のこなしで半分ほど登り、枝の分かれ目に手を伸《の》ばす。鳥の鳴き声はそこから聞こえているようだ。

そっと鳥を持ち上げ、シャツの胸ポケットに入れた東堂が、今度は樹からするすると下りる。最後は一メートルほどの距離からひょいっと飛び降り、スタッと着地した。

(カッコイイ!)

運動が苦手なぼくからしたら、木登りなんて最難関のハードルだ。間近でしなやかな着地を見た興奮のあまり、ぼくは彼のもとへと駆《か》け寄った。

「東堂くん！」

東堂がぼくを振《ふ》り返り、目を細める。

「おまえ……杉崎？」

「ぼくの名前、覚えてくれてたんだ！」

うれしくて、思わず弾《はず》んだ声が零れた。

「あー、まーな。おまえ、クラスでも目立つし」

その言葉にドキッとする。

「ぼく、目立つ？」

「顔、かわいいから」

東堂にかわいいなんて言われて、ぼくは真っ赤になった。熱い頰《ほお》を押さえていると、東堂の胸元からチーチチッと鳴き声が聞こえる。

「雀《すずめ》？」

「いや、メジロだと思う。なんか怪《け》我《が》して樹に引っかかってたからさ」

説明した東堂がポケットからそっと小鳥を取り出した。東堂の手の中を覗《のぞ》き込むと、小鳥は体の上面が緑色で、目の周りに白い縁《ふち》取《ど》りがある。どうやら片方の羽の付け根を怪我しているらしく、時折バタバタッと羽をはばたかせているが、飛ぶことはできないようだ。

（わざわざ怪我した鳥を助けるなんて、一見ちょっと不良っぽいけど、やさしいんだな）

ぼくも動物が好きだから、一気に東堂に対して親近感が湧《わ》いた。

「どうする？」

「動物病院に連れていく」

「あ、じゃあ、ぼくも一緒《いっしょ》に行くよ」

「おまえも？」

訝《いぶか》しげに返されたけど、怪我をしているのを見てしまった以上、放っておけない。

その後、ふたりで動物病院にメジロを連れていき、獣医の先生に手当てをしてもらった。怪我が治るまでは東堂が預かることになり、それをきっかけにして、メジロの様子を見がてら、ぼくは東堂の家に遊びにいくようになった。

親しくなってみると、東堂は全然怖《こわ》くなかった。むしろ動物好きでやさしい。ただその感情を素直に表現するのが照れくさいらしく、ぶっきらぼうになってしまうのだ。あと「群れるのが苦手」なんだそうだ。

その人となりに触《ふ》れるにつれ、ぼくは東堂がどんどん好きになり、そしてそれはどうやら東堂のほうも同じだったらしい。気がつくとぼくらは毎日顔を合わせ、一緒に出かけたりもして、かなり仲のいい友達といっていい間柄《あいだがら》になっていた。ただこの一週間は、ぼくが実家に戻《もど》っていたので東堂とは会えなかった。

「ひさしぶりだね」

「って、たかが一週間ぶりだろ？」

「うん、でも、その前が毎日一緒だったから」

まぁな、というふうに東堂が肩をすくめる。そんな姿も様になっていて、ぼくは心の中でカッコイイ……とつぶやく。東堂は、自分がこうだったらよかったな、と思うまさに理想形だ。現実のぼくは、ちびで童顔でミソッカスだけど……。

「チーはどう？」

「だいぶよくなったぜ。ほとんど元通り」

「連れてきてくれた？」

「ああ」

昨日電話でぼくが、メジロのチーを学校に連れてきて、と頼《たの》んだのだ。もしもう大丈夫《だいじょうぶ》そうなら、ふたりでオリーブの樹に戻そう、という話になっていた。そのために早く登校したのだ。

一緒に中庭まで行き、東堂がベンチの下から隠《かく》していた鳥かごを取り出した。

すっかり元気になったメジロが、ちょこまかと動き回り、チーチチチッと囀《さえず》る。

「わ、元気になったね！」

「だよな。そろそろ戻したほうがいいと思う。野生に還《かえ》れなくなるとヤバイし」

元気になったのはよかったんだけど、これでお別れかと思うと、ちょっと寂《さび》しくもあり。たぶん、東堂もおんなじ気持ちなんだと思う。

ふたりでベンチに座り、鳥かごの中のチーを覗き込んでいたら、「そこで何をしているのですか？」と冷ややかな声が届いた。

びくっと肩《かた》を震《ふる》わせて振り返る。同じく振り返った東堂が「やべ」と言った。

「……風紀委員長じゃん」

そのつぶやきを耳に、自分の顔がぴくりと引き攣《つ》るのがわかった。

中庭を囲む回廊《かいろう》の一角に立ち、ぼくたちを鋭《するど》い視線で睨《にら》み据《す》えているのは、泣く子も黙《だま》る鬼《おに》の風紀委員長――マクシミリアン。

アッシュブラウンの髪《かみ》をぴったりと撫《な》でつけ、真夏でも長袖《ながそで》のシャツとベストを欠かさない彼は高等部の三年。だが、わずかな校則違反《いはん》も見逃《みのが》さない彼の恐《おそ》ろしさは、ぼくたち一年の間にも知れ渡《わた》っていた。

いわく、髪を染めて登校した生徒がバリカンでまる坊主《ぼうず》にされた、エッチな本を持ち込んだ生徒が目の前でその本を焼かれた、朝礼中に携帯《けいたい》をチェックしていたところを見つかりその場でふたつにへし折られた……などなど、その伝説は枚挙に暇《いとま》がない。

月曜の朝、服装チェックのために校門に立っている彼に、レンズ越《ご》しの冷たい眼差《まなざ》しを向けられただけで誰もが震え上がる。

ある意味教師より恐れられているマクシミリアンが、大きなストライドでベンチまでの間を詰《つ》めてきた。少し手前で足を止め、青灰色《ブルーグレイ》の目で、ぼくと東堂を交互《こうご》に見る。最後に鳥かごに視線を移し、眼鏡《めがね》のブリッジを中指でクイッと持ち上げた。

「これはなんですか？」

低音で問い質《ただ》され、ひくっと喉《のど》が鳴る。

「と……鳥かご」

「それは見ればわかります。生き物を校内に持ち込むのは禁止されており、生徒手帳にも明記されています」

「で、でも、もともとは野鳥で、怪我していたのをぼくらで……」

「たとえ、野鳥であってもこのように鳥かごに入っている場合は私有物と見なされます。この鳥かごはどちらの所有物ですか？」

東堂がチッと舌打ちしてから、「うっせーな」と吐《は》き出した。

「俺だよ、俺」

「東堂っ！」

ただでさえ東堂は悪目立ちしているのに、鬼の風紀委員長にまで睨まれたら……。

焦《あせ》ったぼくは、東堂に（少し黙ってて）と目配せをする。

だけど遅《おそ》かった。マクシミリアンが腕組《うでぐ》みをして、東堂に向き直る。

「一年の東堂和輝くんでしたね」

「あー、それが？」

「あなたの服装の乱れは以前から目に余るものがあり、風紀委員長として一度じっくり話し合いの時間を持つべきだと考えていました。いい機会です。生徒指導室までご足労願いませんか」

「いいぜ。受けて立ってやるよ」

東堂が好戦的にマクシミリアンを睨み上げた。ふたりの間でバチッと火花が散る。

「ちょっ……待って！」

ぼくはあわててベンチから立ち上がり、マクシミリアンの前に進み出た。

「今日、鳥かごを持って来て欲しいって東堂に頼んだのはぼくなんです。だから話はぼくが聞きます」

「杉崎！　おまえ、何言って」

くるりと東堂を振り返り、その目をまっすぐ見つめて「いいから任せて」と頼み込む。

「東堂はここでチーのこと見てて。お願い」

東堂がじわりと目を細めた。

「……杉崎」

「すぐ戻って来るから。——ここにいて。ね？」

そう念を押し、マクシミリアンの腕《うで》を引いて「行きましょう」と促《うなが》す。

しばらく歩いて振《ふ》り向くと、東堂が立ち上がってこっちを見ていた。心配そうなその顔に、大丈夫だよというふうに微笑《ほほえ》みかけて、ぼくは前を向いた。


ここに入った者は無傷では出てこられないと、まことしやかに噂《うわさ》されている――風紀委員の根城である生徒指導室。

校舎の一階最奥《さいおう》にあるその部屋のドアを、マクシミリアンが開け、ぼくを通した。十畳《じょう》ほどの部屋は、殺風景でどことなく薄暗《うすぐら》い。気のせいか、室温も心持ち低いように感じられた。陰《かげ》で『折檻《せっかん》部屋』なんて呼ばれているのも納得できる。

そんなふうに思っていたら、背後でカチッと鍵《かぎ》をかける音が響《ひび》いた。

施錠《せじょう》音に振り返って、マクシミリアンと目が合う。

貌《かお》の造作が怜悧《れいり》に整い過ぎているためか、一見して何を考えているのかわからない。ひんやりと冷たい青灰色の瞳《ひとみ》からも、感情が読み取れなかった。

「…………」

無言で自分を見下ろし、恵《めぐ》まれた体軀《たいく》でプレッシャーをかけてくる男を、ぼくも見つめ返す。

マクシミリアンは何も言わない。黙ってぼくを見つめる。ぼくも無言で彼を見上げる。

我慢比《がまんくら》べのような沈黙《ちんもく》が続き、ついにぼくのほうが根負けした。

「マクシミリアン……学校では話しかけないでって言ったじゃない」

唇《くちびる》を尖《とが》らせて文句を言うぼくに、マクシミリアンが「しかし、ルカ様」と不本意そうな声を出す。

「ルカ様を見守るのが、ドン・カルロやレオナルド様から仰《おお》せつかった私の役目ですから」

生真面目《きまじめ》に言い募《つの》られ、ふーっとため息が零《こぼ》れた。

ぼくの名前の杉崎っていうのは母方の旧姓《きゅうせい》で、本名はルカ・エルネスト・ロッセリーニ。

そう——この学園の理事長を務めるレオナルドは兄。ぼくはロッセリーニ家の三男坊《ぼう》だ。

でも本当のことを言ったら、きっとクラスメイトから距離《きょり》を置かれるし、先生にだって特別扱《あつか》いされる。それはどうしても嫌《いや》だった。

だから本名と素性《すじょう》を隠《かく》し、ごく普通《ふつう》の生徒として、ひっそりと学園生活を送ってきたのだ。

マクシミリアンはロッセリーニ家に昔から仕え、世話役としてぼくの面倒《めんどう》をずっと見てくれてきた。言うなれば、ぼくの守護者だ。

とはいえ、年齢《ねんれい》まで偽《いつわ》って学園に入学してきた時は、さすがに引いた。

彼は『警護』だって言い張るけど、ぼくから言わせれば『監視《かんし》』としか思えない。

過保護の父と兄、そしてマクシミリアンの過干渉《かかんしょう》は、ぼくの悩《なや》みの種だった。

「東堂和輝は素行がよろしくありません。親しくされるのは、いかがなものかと」

「なんで決めつけるの？　東堂はいいやつだよ？」

　マクシミリアンの決めつけにむっとして、言い返す。

「動物好きで、チーのことだって怪我《けが》していたのを助けて」

「動物好きに悪人がいないというのは幻想です」

「言葉尻《ことばじり》を奪《うば》うように断じられ、ますますむかっとした。

「あのようなちゃらちゃらした生徒と親しくされますと、ルカ様までおかしな風評を立てられかねません」

「ちゃらちゃらって何？　東堂は勉強だってできるし、考え方だってしっかりしてるよ」

「髪の色が日本人にしては明る過ぎます」

「別に染めたりブリーチしてないって、地毛だって言ってたよ。髪の色のせいで、中学時代は不良に絡《から》まれたりして大変だったって」

「たしかに、かなり派手に喧嘩《けんか》をしていたようですね」

「調べたの？」

「ルカ様に近づく者の素行を確かめるのは私の仕事で……」

「ストップ！」

　マクシミリアンの言葉をぼくは遮《さえぎ》った。腰《こし》に手を当て、人差し指をびしっと鼻先に突《つ》きつける。

「東堂に難癖《なんくせ》をつけるのはやめて。風紀委員会でつるし上げとか、絶対だめだからね！」

きつい口調で釘《くぎ》を刺《さ》すと、マクシミリアンが憮然《ぶぜん》と黙《だま》り込んだ。その不機嫌《ふきげん》そうな顔を睨《にら》みつける。

「もし東堂に手を出したら……」

「……出したら？」

「二度とマクシミリアンと口をきかないから！」

ぼくの最後通告に、目の前の白皙《はくせき》がくっと歪《ゆが》んだ。少しの間、眉間《みけん》に縦筋を寄せて苦悶《くもん》していたが、心の葛藤《かっとう》を断ち切るように深く息を吐く。

「……わかりました。東堂和輝には手を出しません」

口惜《くちお》しそうな表情で承諾《しょうだく》したかと思うと、くるりと後ろを向いた。

大きくて頼《たよ》りがいのある背中が、心なしかいつもより小さく見える。しょんぼりとした後ろ姿に、ぼくの胸に罪悪感が芽生えた。

本当はわかっている。マクシミリアンがぼくのことを何より大切にしてくれていること。

時々ちょっとうざいけど、子供の時からずっと、いつだって見守ってくれていること。

それと――東堂を目の仇《かたき》にするのは、独占欲《どくせんよく》の裏返しだってことも。

泣く子も黙る鬼《おに》の風紀委員長がヤキモチ焼くなんて……きゅんとする。

肩《かた》を落とすマクシミリアンを見ていたら、なんだか胸が甘苦しくなってきて、ぼくは思わず広い背中にしがみついた。額をすりっと摺《す》りつけると、マクシミリアンがぴくっと身じろぐ。

「東堂のことは好きだけど、それはマクシミリアンへの気持ちとは違《ちが》う」

「……ルカ様」

「そんなの、わかってるでしょう？」

ぼくの問いかけに息を呑《の》む気配がして、マクシミリアンがおもむろに体を返した。

さっきとは一変して、表情がやわらかい。

レンズ越《ご》しの慈《いっく》しむような眼差しを受けとめ、ぼくは囁《ささや》いた。

「マクシミリアン、大好き」

端整《たんせい》な顔が甘く蕩《とろ》ける。

鬼の風紀委員長兼《けん》守護者《パトローネ》が、ぼくの手を押し戴《いただ》き、厳《おごそ》かな声音で囁いた。

「私もです。私のただひとりのご主人様」

（あいつ、本当に大丈夫《だいじょうぶ》なのかよ……）

――すぐ戻《もど》って来るから。――ここにいて。ね？

なんだか妙《みょう》な気迫《きはく》に押されて、思わずうなずいちまったけど……。

杉崎のやつ、普段《ふだん》はぽやんとしているくせに、時々不思議な威厳《オーラ》出してくることがあって侮《あなど》れない。ああ見えてその実、気ぃ強いとこもあるし。

だからまぁ、説教されっぱなしってことはないと思うが、それにしたって相手はあの鬼のマクシミリアンだ。

（生徒指導室は別名『折檻部屋』とか言われてるしな）

ベンチに鳥かごを置いて、チーと一緒《いっしょ》にしばらく待ってみたが、やっぱり落ち着かなくて立ち上がる。ベンチの前を行ったり来たり、十往復くらいしたのちに、俺は鳥かごを掴《つか》んだ。

やっぱ気になるし、大人しく待ってるなんて俺の性に合わねえ。

「杉崎んとこ行くぞ、チー」

「チーチチッ」

鳥かごを片手に提《さ》げ、生徒指導室を目指して歩き出す。中庭から校舎に入り、回廊《かいろう》をしばらく行ったところで、向こうから十人ほどの集団が歩いてくるのが見えた。

かなり離《はな》れていても、その集団にだけスポットライトが当たってるみたいに目立っている。

全員が白い学ランを着用しているせいだ。

(生徒会役員の大名行列かよ)

チッと舌を鳴らす。嫌なやつらに出くわしちまった。

ロッセリーニ学園を牛耳る白ラン軍団＝生徒会役員には、学年トップクラスの成績優秀《ゆうしゅう》者が選ばれる。ルックスにも選抜《せんばつ》基準があるらしく、揃《そろ》いも揃って美形ばかり。白ランとか、並の人間が着たら失笑アイテムだが、容姿のレベルが高いせいもあってそれなりに様になっている。

とりわけ先頭の男——生徒会長のオーラがハンパなかった。

波打つ黒髪《くろかみ》、浅黒い肌《はだ》と彫《ほ》りの深いエキゾティックな美貌《びぼう》は、男が異国の人間であることを表している。

立ち襟《えり》から胸元にかけて美しい刺繍《ししゅう》が施《ほどこ》された膝丈《ひざたけ》の長ランを身に纏《まと》い、背後に生徒会役員という名の「お伴《とも》」を従える姿は威風堂々《いふうどうどう》として、威厳すら感じた。

(あれが生徒会長のアシュラフ……)

『学園の王様』と呼ばれている男だ。中東の王国からの留学生で、王族だって噂《うわさ》だが……。

(近くで見たのは初めてだけど、マジでアラブの王子様って感じだよな)

って感心してる場合かって。

こいつのせいで、俺はこの学園に転入するはめになったんだ。俺が今、お坊ちゃん学校で息苦しい思いをしてるのは、こいつを筆頭にした生徒会のせいだ。

そもそも、どこに行くのもぞろぞろぞろぞろ大勢でつるむってのが、気に入らねえ。

苛立《いらだ》ちを胸に、廊下《ろうか》の真ん中に突っ立って、近づいてくる一団を睨みつける。

こいつらと出くわしたら、生徒は低頭して廊下の脇《わき》に身を寄せ、一団が通り過ぎるのを待つ。それが学園の暗黙《あんもく》の掟《おきて》だ。

だが俺は、道を譲《ゆず》らなかった。

近づいてくる集団に一歩も譲らずに仁王立《におうだ》ちしていると、先頭の男の斜《なな》め後ろから眼鏡《めがね》の男が飛び出してくる。白ランを着用しているが、丈《たけ》は普通《ふつう》の長さだ。

「そこを退《ど》きなさい！」

「うっせーな」

俺の腕《うで》を摑もうとする手を振《ふ》り払《はら》った。

加勢しようとしてか、さらに二名の白ランが集団から飛び出してくる。共に腕っ節《ぷし》に自信があるらしく、俺の前に立ちはだかった。

「貴様……！　我々を生徒会役員と知っての狼藉《ろうぜき》か？」

「だったらどうだってんだよ？」

俺の挑発《ちょうはつ》に、二名の顔が怒気《どき》を孕《はら》む。

「許さん！」

「けっ……何様だっつーの。時代がかった物言いしやがって」

「我々を愚弄《ぐろう》する者はただちに」

「待て」

人を従わせることに慣れた低音が響《ひび》いた。白ラン二名が肩を揺《ゆ》らし、声の主を顧《かえり》みる。白ラン王国の『君主』たる生徒会長様だ。

「おまえたちは下がれ」

「しかし会長！」

気色ばんだ白ランに「下がれ」ともう一度命令が下る。二名がびくっと身じろぎ、直後すーっと集団の後ろに下がった。

残ったのは、俺と眼鏡。

そこに、生徒会長みずから近づいてくる。俺のすぐ前まで来て、歩みを止めた。

間近で見る男の迫力《はくりょく》に、俺は一瞬《いっしゅん》言葉を失う。

なんつーか、目の威力《いりょく》がすごい。やっぱ並の人間じゃねえ。ちょっとでも気を抜《ぬ》いたら、闇《やみ》色の瞳《ひとみ》に吸い込まれそうだ。

俺はひそかに腹の底に力を入れ、至近からの強い眼差しを受けとめた。

「…………」

不自然なくらい長く、俺の顔をじっと見据《みす》えたのちに、生徒会長が口を開く。

「おまえの名は？」

尋《たず》ねられた俺が答えるより早く、後ろから声が発せられた。

「私の弟です」

眼鏡――兄の桂一《けいいち》が、一歩進み出て俺の横に立つ。

「ケイの弟？」

生徒会長が虚《きょ》を衝《つ》かれたような表情を浮《う》かべた。俺と桂一の顔を交互《こうご》に見る。

見比べた結果、似ていないと思ったんだろう。その顔はまだ訝《いぶか》しげだ。まぁそれも道理。

兄弟として育ったけど、俺と桂一に血の繋《つな》がりはない。桂一がまだ赤ん坊《ぼう》の頃《ころ》に本当の両親が亡くなり、東堂の家に引き取られたのだ。

だが、俺の桂一への愛は、血縁《けつえん》があろうがなかろうが揺るぎない。

ブラコンと言われようが、『桂一命』なのはガキの頃から変わらない。

「弟が無礼な態度を取り、大変に申し訳ございません」

深々と頭を下げて生徒会長に謝った桂一が、俺をキッと睨《にら》みつけた。

「和輝、会長にお詫《わ》びをしなさい」

「はぁ？……なんで俺が謝んなきゃなんねーんだよ。つか桂一、なんでこんなやつにぺこぺこしてんだよ」

俺的には、何よりそこが気に入らなかった。

現在高等部二年に在学中の桂一が生徒会役員に選ばれたのは一年の秋。それからの桂一は生徒会の仕事にのめり込み、帰宅が極端《きょくたん》に遅《おそ》くなった。下手《へた》すりゃ土日も生徒会関連で出かけて行く。

口を開けば「会長、会長」と耳タコになるほど連呼して、その心酔《しんすい》ぶりは目に余るほどだ。

とばっちりで、俺との時間は激減。

だから俺は、桂一との時間を少しでも増やすために——あわよくば桂一を取り戻《もど》すために、高校からこの学園に編入したのだ。

せっかく編入したからには、桂一をまるで僕《しもべ》のように顎《あご》でこき使う生徒会長にガツンと言ってやりたかったが、なかなかそのタイミングは訪《おとず》れなかった。

生徒会長は常にとり巻きに囲まれており、俺みたいな一般《いっぱん》生徒が話しかけられるようなチャンスは簡単には巡《めぐ》ってこない。

だからこれは、千載一遇《せんざいいちぐう》の好機だ。

(言ってやるぜ)

気合いを漲《みなぎ》らせる俺に、桂一が血相を変えて「和輝！」と怒鳴《どな》りつける。

「おまえ、なんという無礼を！」

「いいから桂一は黙《だま》ってろって」

俺は殺気立つ桂一を遮《さえぎ》り、目の前の男を睨み上げた。

「あんたさ、中東の王族だかなんだかしんねーけど、ここは日本だぜ？」

アシュラフが、片方の眉《まゆ》を持ち上げる。

「どうやら俺に関して気に入らないことがあるらしいな？」

「大ありだっつーの。いいか？　王族ごっこは自分の国でやれ。桂一はあんたの家臣でも部下でもない。桂一は真面目《まじめ》だから一生懸命《いっしょうけんめい》あんたのためになろうとするだろうけど、それをいいように利用されると身内として腹が立つんだよ」

「和輝っ」

桂一が摑《つか》みかからんばかりの勢いで俺の腕を摑んだ。そのままアシュラフのほうを向き、謝罪する。

「弟が勝手を申しまして誠《まこと》に申し訳ございません。和輝、おまえも謝るんだ」

強《こわ》ばった顔で、桂一が俺の腕をぐいぐいと引いた。

「やだね。本当のことを言って何が悪いんだよ」

「和輝！」

「ケイ、そうぴりぴりするな。おまえの弟はなかなか面白い男だ」

アシュラフが鷹揚《おうよう》な声を出す。

「しかし！」

「面と向かって俺にこうまで言う者はこの学園にいない」

面白そうに目を輝《かがや》かされ、面食らった。

「カズキと言ったか」

アシュラフが、俺の顔を覗《のぞ》き込む。

「おまえの兄を利用しているつもりはないが、おまえがそう感じたというならば今後は改めよう」

「え？……あ……ああ」

そんなにあっさり直訴《じきそ》を受け入れちゃう？

もっと暴君みたいな、嫌《いや》なやつかと思っていたのに……懐《ふところ》の深いところを見せつけられて肩《かた》透《す》かしな気分になる。

ふと、自分を見つめる黒曜石の瞳がさっきより熱を帯びていることに気づき、背中がぞくっと震《ふる》えた。

（なんなんだ？　このゾクゾクする感じ……）

覚えのない感覚に眉をひそめていると、アシュラフが顎をしゃくる。

「手に持っているのはなんだ？」

「あー……鳥かご」

「おまえが飼っているのか？」

「……違《ちが》う。中庭で怪我《けが》して飛べなくなってたのを拾って……治るまで面倒《めんどう》みてたんだよ。怪我が治ったから、今日は放してやるつもりで連れてきた」

俺の説明に、アシュラフが目を細めた。

「やさしいのだな」

「やさしくなんかねーよ！」

カッとなって怒鳴ったら、何がおかしいのか、アシュラフが肉感的な唇《くちびる》を横に引いた。

（わ、笑われたっ）

いよいよカーッと顔が熱くなる。くそっ、こんなの俺のキャラじゃねえ！

いきり立つ俺をいなすように、アシュラフが「気に入った」と低音を落とす。

「気が向いたら生徒会長室に来い」

「は？」

「おまえともっと話をしてみたい」

そう告げたアシュラフが、俺の肩《かた》にぽんと手を置いて歩き出す。すれ違い様、「待っているぞ」と囁《ささや》かれた。艶《つや》めいた低音が耳殻《じかく》をくすぐった瞬間《しゅんかん》、今度は首筋がぞくっと粟立《あわだ》つ。

思わず首に手をやる俺を、生徒会の白ランが次々と抜き去っていく。

「和輝、家に帰ってから説教だからな」

俺を軽く睨んだ桂一も、アシュラフを追っていった。

「く……そ」

一枚も二枚も役者が上の男に体《てい》よくあしらわれた屈辱《くつじょく》で、握《にぎ》り締《し》めた拳《こぶし》がわなわなと震える。

振《ふ》り返った俺は、集団の中でも頭ひとつ抜き出た長身を睨みつけ、「誰《だれ》が行くかっ」と吐《は》き捨てた。

「俺はあんたなんか大ッ嫌《きら》いだ！」

SCENE……4

新学期が始まって二週間が過ぎた。

二学期から新しく同僚《どうりょう》に加わった隣席《りんせき》の早瀬も、学園にだいぶ馴染《なじ》んできたようだ。

初日は、理事長とうまくいくかどうかを心配していたようだったが、その後は目立ったトラブルもなく、授業数をこなすにつれて自信をつけてきたように思える。物腰《ものごし》にも落ち着きが出てきた。

（よかった）

パソコンに向かう早瀬を横目で見て、礼人はふっと息を吐いた。

実は、当の理事長直々に「馴染むまで面倒をみてやってくれ」と頼《たの》まれていたのだ。同じ一学年担当であること、年も近く気が置けないだろうという理由で、自分に頼んできたらしい。

「ただし、俺が口添《くちぞ》えしたことは本人には黙っておいてくれ」

そう言われて「わかりました」と応じた。

どうやら理事長は、早瀬に特別な思い入れがあるようだ。こんなふうに一教師に関心を寄せる彼は初めて見るのでそう感じる。普段《ふだん》は、いい意味で放任の人だ。

優秀《ゆうしゅう》な教師を他校から引き抜《ぬ》くことはままあるが、学年の途中《とちゅう》からというのは稀《まれ》だ。前任者が病休や産休に入った場合の臨時《りんじ》雇用《こよう》でもない限り、普通《ふつう》は四月からだろう。

（そうまでして……彼を一刻も早く手許《てもと》に置きたかったということか）

仕事一筋の理事長が、一個人にそこまで執着《しゅうちゃく》するのはめずらしい。

しかし、そういった相手ができたことは、喜ばしいことのように思えた。

なんとなくだが、理事長に孤高《ここう》の陰《かげ》を見出《みいだ》していたからだ。

あれだけの器量を持ち、華《はな》やかな出自であるのに、どこか寂《さび》しげで……。

（早瀬先生が理事長の思い入れをどう受けとめるかはわからないけれど）

そう思って、もう一度ちらっと視線を送ると、早瀬がちょうど立ち上がった。デスクの上の教材をまとめ、礼人のほうを見る。

「授業行ってきます。成宮先生は三時限からでしたっけ」

「ええ。今日は比較的《ひかくてき》余裕《よゆう》があるので準備に時間を割けます」

「うらやましい。そうだ、昼を一緒《いっしょ》にどうですか？」

「いいですね。ご一緒しましょう」

校内のカフェテリアでランチを一緒に取ることを約束して、早瀬が職員室を出て行った。礼人も準備のために、社会科準備室へ向かう。

早瀬とは何度かランチを一緒にして、放課後も一度礼人から誘《さそ》って呑《の》みにいった。居酒屋で酒を酌《く》み交わし、前の学校の話や仕事の話などをしたが、まっすぐで芯《しん》の通った人物だと感じた。

顔が整っているので一見女性的に見えなくもないが、その中身は俠気《おとこぎ》に溢《あふ》れている。学校教育にも理念を持っていて、意外に熱血。二週間のつきあいから、礼人も早瀬に好意を抱《いだ》いていた。

もっとも自分の好意は、理事長の想《おも》いとは意味合いが違うだろう。

見た目も中身もお似合いのふたりだとは思うが、理事長のほうが、いささか不器用なところがあるのが気にかかる。

(好きな子はいじめてしまうタイプ？　あれは誤解されやすいな)

そんなことをつらつら考えながら、校庭に面した外廊下《ろうか》を歩いていた礼人は、「危ない！」という大きな声にはっと背後を顧《かえり》みた。

「………ッ」

サッカーボールが自分に向かって飛んでくるのを認めるのとほぼ同時、バンッと強いショックを側頭部に感じる。

「うわっ……」

ボールが当たった衝撃《しょうげき》でバランスを崩《くず》し、礼人は転倒《てんとう》した。持っていた教材が廊下にバラバラと散る。

「……つぅ……」

どうやら転んだ拍子《ひょうし》に右膝《みぎひざ》を強く打ったようだ。

「すみませんっ！」

体育の授業でサッカーをしていたらしい生徒たちが数名、校庭から走り寄ってくる。

「先生！　大丈夫《だいじょうぶ》ですか⁉」

青ざめた生徒たちに囲まれて、礼人は「大丈夫だ」と答えた。

ひとりが差し伸《の》べてきた手を摑《つか》んで立ち上がる。コンクリートに打ちつけた右膝がズキズキと痛んだが、ひとまず骨が折れたとか、そういった大事には至ってなさそうでほっとした。

「大したことはないから」

生徒たちを安心させたくて微笑《ほほえ》みかける。

「医務室、行ったほうがいいんじゃないですか？」

「いや、そこまでしなくても……」

声が途中で切れた。外廊下をまっすぐこちらに向かって駆《か》けてくる男を目の端《はし》で捉《とら》えたからだ。プラチナブロンドと白衣を翻《ひるがえ》し、あっという間に距離《きょり》を詰《つ》めてきた男が、生徒を掻《か》き分けて礼人の前に立った。

愁《うれ》いを含《ふく》んだ美貌《びぼう》の主は、学園の校医であり、また理事長の弟でもある――。

「エドゥアール？……どうして？」

「きみにサッカーボールがぶつかるところが窓から見えた」

答えたエドゥアールが、眉《まゆ》をひそめて「怪我《けが》は？」と尋《たず》ねてくる。

「右膝が少し痛みますが大したことは……」

最後まで聞くことなく、エドゥアールがその場に跪《ひざまず》いた。礼人の右膝をチェックして、ますます美しい貌《かお》を翳《かげ》らせる。

「血が滲《にじ》んでいる」

「えっ」

自分では気がつかなかったが、スラックスに血が滲んでいたらしい。

「処置をしなければ」

言うなりエドゥアールが礼人の後ろに回って、ひょいっと横抱《よこだ》きにした。いわゆる「おひめ様抱《だ》っこ」された礼人は、「な、なにをするんですかっ」と叫《さけ》ぶ。しかしエドゥアールは眉ひとつ動かさない。ぽかんと口を開けた生徒たちに「教材を拾って職員室に届けておきなさい」と命じると、すたすたと歩き出す。

「お、下ろしてくださいっ……歩けますからっ」

「止血をするまでは歩いては駄目《だめ》だ」

礼人の抗《あらが》いを一蹴《いっしゅう》して校舎に入り、一階の医務室に向かった。すれ違《ちが》う生徒、すれ違う生徒に漏《も》れなくぎょっとされ、礼人は居たたまれなさに死にそうになったが、エドゥアールはまるで動じない。

揺《ゆ》るぎない歩みで目的地に辿《たど》り着き、礼人を抱いたままスライドドアを開けた。

医務室の中に人影《ひとかげ》はない。無人だ。

診療《しんりょう》用のベッドまでまっすぐ歩み寄ったエドゥアールが、抱《かか》えていた礼人をそっと下ろした。自分はキャスター付きの丸椅子《いす》を引っ張ってきて、ベッドに腰掛《こしか》けた礼人の前にポジションを取る。

「傷を診《み》るから下を脱《ぬ》いで」

「ええっ……」

その指示に動揺《どうよう》した声が出た。

「私が脱がそうか？」

「い、いえっ……自分でできます！」

あわててベルトを外し、ファスナーを下げる。ベルトの重みで、スラックスがすとんと下に落ちた。剝《む》き出しになった右脚《みぎあし》を、エドゥアールが自分の膝《ひざ》の上に乗せる。

「どう？　痛くない？」

問いかけながら、礼人の脚をゆっくりと折り曲げた。

「大丈夫です」

「うん……骨に異常はなさそうだね。打ち身と……擦《す》り傷か。これならば湿潤療法《しつじゅんりょうほう》がいい。ちょっと待っていて。そこを動かないで。いいね？」

そう釘《くぎ》を刺《さ》して立ち上がり、処置用の一式を取って戻《もど》って来る。患部《かんぶ》にガーゼを当てて出血を止め、湿潤療法用のシートを貼《は》った。シートの上から手を当てて一分ほど患部をあたためる。

「これで大丈夫。しばらくは体液の分泌《ぶんぴつ》で白く盛り上がるけれど、傷口は綺麗《きれい》になるはずだ」

「ありがとう……ございます」

「どういたしまして」

微笑んだエドゥアールが身を屈《かが》めたかと思うと、シートの上から唇《くちびる》を押しつける。くちづけたまま上目遣《うわめづか》いに礼人を見た。アイスブルーの双眸《そうぼう》に射貫《いぬ》かれ、ぞくっと背筋が震《ふる》える。

「きみの美しい脚に傷が残るなんて許せないからね」

「……エドゥアール」

脚を支えていたエドゥアールの手がするっと滑《すべ》り落ち、太股《ふともも》の外側を撫《な》でた。

「あっ……」

礼人は不埒《ふらち》な校医を睨《にら》みつけ、悪辣《あくらつ》な手をパシッと叩《たた》く。

「学校では駄目だと言ってあるじゃないですか」

エドゥアールが、形のいい眉をひそめた。

「こんな姿のきみを見て我慢《がまん》することなどできないよ」

こんな姿——というのが、きっちりネクタイを締《し》めたシャツの下が下着だけ……という恥《は》ずかしい格好を指しているのだと自覚して、じわっとこめかみが熱を持つ。

赤らんだ頬《ほお》を見られたくなくて、顔を背けた。低く告げる。

「手を退《ど》けてください。下を穿《は》きます」

エドゥアールの手が太股から離《はな》れた。だがそのことにほっとする間もなく、顎《あご》を掴まれる。くいっと顔を引き戻され、青い瞳《ひとみ》と目を合わせられた。

「……アヤト」

顎を固定された状態で、甘さと切なさが入り交じった声で名前を呼ばれて首筋がざわっとざわつく。

フリーズしていると、エドゥアールの美しい貌がゆっくり近づいてきた。

「だ……め……です」

掠《かす》れた声で抵抗《ていこう》する。

自分たちは、秘密の恋人《こいびと》同士だ。かつて学生時代にお互《たが》い一目惚《ひとめぼ》れに近い形で惹《ひ》かれ合い、一夜を共にした。だが不運なすれ違いから離ればなれになり、数年の時を経て、この学園で偶《ぐう》然《ぜん》に再会を果たしたのだ。

再会後、恋の炎《ほのお》がふたたび燃え上がるのにさして時間は必要としなかった。

エドゥアールを心から愛している。だが、ふたりの関係を公にするわけにはいかない。

そんなことになったら、自分はこの学園を出ていかなければならなくなるだろう。

この学園を心から愛している礼人にとって、それは耐《た》え難《がた》い試練だ。

そうであればこそ、周囲に知られないよう、言動にはくれぐれも慎重《しんちょう》になるべきだ。

という戒《いまし》めはエドゥアールにも伝えてあり、彼も理解してくれている——はずだった。

「だ……め」

言葉で拒絶《きょぜつ》しながらも、その声に力がないことは自分でもわかっていた。こんな声じゃエドゥアールを止められない。

案の定、ほどなく唇を唇で覆《おお》われた。上唇を吸われ、下唇を食《は》まれて、体から力が抜《ぬ》けていく。わずかに緩《ゆる》んだ唇の隙間《すきま》に、濡《ぬ》れた舌が潜《もぐ》り込んできた。それでもまだ積極的になるのには躊躇《ためら》いがあって、舌を縮こませていると、誘《さそ》い出すように舌先でつつかれる。歯列をざらりと舐《な》められ、顎の裏の敏感《びんかん》な部分を辿られて、じわじわと抵抗を溶《と》かされた。おずおずと差し出した舌を、すかさず搦《から》め捕《と》られる。

「んっ……ふっ……ン」

気がつくと、礼人はエドゥアールの舌に舌を絡《から》ませ、お互いの口腔《こうこう》の熱を貪《むさぼ》り合っていた。

白衣の襟《えり》を掴み、喉《のど》を鳴らして愛撫《あいぶ》に応《こた》える。無我夢中で、唾液《だえき》を交換《こうかん》し合う。

「……ふ……」

唇を離したあとも、名残惜《なごりお》しげに啄《ついば》むようなキスを繰《く》り返していると、コンコンコン！と

ノックが響《ひび》いた。

同時に身じろぎ、ぱっと離れる。目と目を合わせて会話した。

(ど、どうしましょう？)

(奥のベッドに行って)

(わかりました)

スラックスを持ち上げて奥の休憩《きゅうけい》用のベッドまで歩く。ベッドに上がり、カーテンを閉めた。

頃合《ころあ》いを見計らったエドゥアールが、ドアに向かって「はい」と声を出す。

「すみません。カッターで指切っちゃって。絆創膏《ばんそうこう》もらっていいですか？」

「入りなさい」

ドアが開き、生徒が入ってきた。後ろめたい気分で気配を殺していると、「傷を見せてごら

ん」というエドゥアールの声が届く。しばらくして「ありがとうございました」という生徒の声が聞こえた。

ドアがスライドし、パシッと閉まる音。

ほどなくして、カーテンがシャッと開かれた。

「もう大丈夫《だいじょうぶ》だよ」

ベッドに正座した礼人にエドゥアールが微笑《ほほえ》みかける。その眩《まぶ》しい笑顔を上目《うわめ》遣《づか》いに睨み上げた礼人は、「反省してください」と言った。

「私も反省しますから」

「アヤト？」

「お互いへの罰《ばつ》として、一週間キス禁止です」

神妙《しんみょう》な面持《おもも》ちで告げると、エドゥアールがイタリア語で『Dio mio……』とつぶやき、天を仰《あお》いだ。

SCENE……5

新しい職場に来て二週間が経過した。はじめは勝手がわからず戸惑《とまど》うこともあったが、同僚《どうりょう》の助けもあり、一週間が過ぎる頃《ころ》にはだいぶ慣れてきた。

とりわけ隣席《りんせき》の成宮は、折に触《ふ》れてさりげないフォローをくれる頼《たよ》れる存在だ。一度誘われて呑《の》みにいったが、頭の回転が速くて話題も豊富な成宮との酒席は楽しかった。

生徒たちも、やはりエリート校だけあってレベルが高く、授業もやり甲斐《がい》がある。

本日の授業の内容を振《ふ》り返り、反省点や改善点を検討しながら、瑛は駅からの家路を辿《たど》っていた。

今のところは、思い切って学校を移ってよかったと思っている。

唯一《ゆいいつ》の憂《うれ》いだった理事長とは、初対面から今日までに二度ほど呼び出されて話をした。その二度とも、レオナルドは相変わらず「上から」だった。こうしろ、ああしろ、と一方的に言い渡《わた》し、反論を受けつけない。

――私は教育者として、また経営者として、理事長を尊敬しています。

成宮はどうやらレオナルドを好いているようだったが。

（いや……わからなくもないんだ。教育に情熱を持っているのは伝わってくるし、その理念に

共感するところもある。ただいかんせんやり口が強引なんだよな）

ふと、またしてもレオナルドのことを考えている自分に気がつき、瑛は苦笑いを浮《う》かべた。

この二週間、物思いの中に傲慢《ごうまん》なイタリア人が登場する確率が高い。

なんだかんだいって、あの男が放つ強烈《きょうれつ》なオーラに魅《み》せられているのかもしれないとも思う。

苦手なタイプではあるが、その揺《ゆ》るぎない自負とプライドに魅力《みりょく》を感じるのは否《いな》めない。

そうこうしているうちに自宅アパートに着いた。階段を上がり、二階の外廊下《ろうか》を歩き出して
ほどなく、奥の暗がりから大きなシルエットが現れる。警戒心《けいかいしん》を覚えた瑛は足を止めた。

「瑛」

低い声が自分を呼ぶ。外灯に照らされて明らかになったその姿に瞠目《どうもく》した。

「芝田《しばた》……さん？」

前の学校で直属の上司だった男だ。体育教科を牛耳っていて、その大きな体と粗暴《そぼう》な性格に
よって、生徒にも教師にも恐《おそ》れられていた。

「どうしてこんなところに？」

「おまえを待っていたんだよ」

濁声《だみごえ》が答える。

「待っていた？」

瑛は眉《まゆ》をひそめた。

この芝田に、自分はなぜか目を付けられ、事ある事に絡まれた。事なかれ主義の教師が大半な中で、瑛だけが芝田にものを言い、逆らったからかもしれない。たびたび嫌《いや》がらせも受けた。引き抜きの話が来た頃は、実のところ、かなり精神的に追い詰《つ》められていた。逃《に》げるのは嫌だったが、さすがに限界を感じて引き抜きに応じたのだ。

「もう俺と芝田さんは関係がないはずですが」

「そうだ。これで堂々とおまえに手が出せる」

にやついた顔で宣言され、「は?」と聞き返す。

「何を言ってるんですか」

「わからなかったのか? 俺はおまえに惚《ほ》れてるんだよ。だからちょっかいを出した」

言うなり芝田が手を伸《の》ばしてきた。腕《うで》を乱暴に鷲《わし》づかみにされる。

「放してくださいっ」

振り払《はら》おうとしたが、さすがは体育教師だけあって芝田の力は強かった。

「放せっ! 放せよっ」

渾身《こんしん》の力で抗《あらが》っても丸太のような腕はびくともしない。じりじりと引き寄せられ、四角い顔が近づいてきた。

「ずっと狙《ねら》っていた獲物《えもの》が手の中に落ちてくる瞬間《しゅんかん》ってのは最高だな」

今にも舌なめずりしそうな表情を間近に、ぞっと怖気《おぞけ》が立つ。

嫌だ。嫌だ。嫌だ！

必死に顔を背けると、首筋に生ぬるい息がかかった。ぎゅっと目を瞑《つぶ》る。直後、眼裏《まなうら》になぜかひとりの男の貌が浮かんだ。

強い意志を秘めた黒曜石の黒い瞳《ひとみ》。

（レオナルド？）

なんで今、あの男を思い出す？

自分で自分に突《つ》っ込んでいると、聞き覚えのあるテノールを聴覚《ちょうかく》が捉《とら》えた。

「よせ」

不意に腕を摑《つか》む力が緩《ゆる》んだことを訝《いぶか》しく思い、じわじわと目を開ける。すると芝田の背後に長身の男が立ち、片腕《かたうで》を捻《ねじ》り上げていた。

「いててててっ」

芝田が悲鳴をあげ、瑛は驚愕《きょうがく》に大きな声を出す。

「理事長!?」

「な、なんだ、てめえは!?……てててっ」

いかつい顔を激しく歪《ゆが》める芝田に、レオナルドが無表情に告げる。

「二度と早瀬に付きまとわないと誓《ちか》えば放してやる」

芝田が答えずにいると、さらに強く腕を捻った。いとも簡単にやっているように見えるが、おそらくなんらかの体技の心得があるのだろう。そうでなければ、芝田がこうも易々《やすやす》とやられはしないはずだ。

「いてー、いてーっ……わかった。わかったよ！　誓う！」

悲鳴混じりの降参の声を聞いて、レオナルドが腕を放した。どんっと乱暴に芝田を突《つ》き飛ばす。

「警察を呼ばれたくなければ、とっとと消えろ」

「くそっ」

唾棄《だき》した芝田が、廊下を走り出した。その姿が視界から消え、階段を駆《か》け下りる足音も途絶《とだ》えてから、瑛はようやく体の力を抜《ぬ》く。安堵《あんど》の傍《かたわ》ら、頭はまだ混乱していた。

「……どうしてあなたがここに？」

突然《とつぜん》現れた男に疑問をぶつける。レオナルドが一瞬《いっしゅん》の逡巡《しゅんじゅん》ののちに低く答えた。

「毎日ここに先回りして、おまえの帰宅を車の中で待っていた」

「ええっ？」

思いがけない回答に心の底から驚《おどろ》く。

「おまえの部屋の電気が点《つ》くのを見届けてから立ち去っていた。あの男がおまえに歪んだ執《しゅう》着《ちゃく》心を抱《いだ》いているのはわかっていたからな。おまえは気がついていなかったようだが」

説明したレオナルドが、瑛の鈍《にぶ》さを咎《とが》めるような眼差《まなざ》しを向けてきた。

たしかに芝田の狙いには気がついていなかったけれど。

「で……でも、どうしてわざわざそんなことを？」

その問いには少しの間答えず、だがやがて何かを決心したかのような表情で瑛を見た。

「おまえを初めて見たのは、都内で開かれた教員向け研修会の会場だった。一目見た瞬間から囚《とら》われ、目を離せなくなった」

「……え？」

「その後も言葉を交わしたことすらないおまえが忘れられず……おまえのことを調べた。そうして、おまえがあの男との確執《かくしつ》で苦しんでいるのを知った。知ってしまえば、もはや黙《だま》ってはいられなくなった」

「それで引き抜きの話を？」

「とにかく、おまえをあいつから引き離したかった」

（そうだったのか。それで……）

唐突《とうとつ》なスカウトの謎《なぞ》が、やっと解けた。

「手許《てもと》に呼び寄せることはできたが、完全に不安が取り除けたわけではない。安全を確認《かくにん》できるまでの間と思い……見守りをしていた」

レオナルドの告白に、瑛は瞠目する。この二週間、自分にそうとは知らせずに黙ってガードしていてくれたのか。

「全然……知らなかった」

「事情を話せば、自分の気持ちも話さなければならない。それはおまえにとって負担だろうと思った」

「…………」

「……おまえに執着しているという意味では、俺もさっきの男と変わらない」

どこか苦しそうに眉根《まゆね》を寄せ、レオナルドが昏《くら》い声を落とす。

「今話したことは忘れてくれ。おそらくもう大丈夫《だいじょうぶ》だろう。俺も二度とここには来ない」

真剣《しんけん》な顔で言葉を紡《つむ》いだ。

「おまえに何かを強《し》いるつもりはない。おまえが義理を感じる必要もない。たしかにあの男のことは引き抜きのきっかけになったが、経営者として、おまえの能力を見極めた上での判断だ。そこは勘違《かんちが》いしないでくれ」

「…………」

なんと答えていいかわからず、黙っていると、レオナルドがふっと息を吐《は》いた。愁《うれ》いを帯びた眼差しで瑛を見つめ、「言いたいことはそれだけだ」とつぶやく。

「おまえもひとりで頭を整理したいだろう。もう失礼する。――おやすみ」

そう告げるなりくるりと踵《きびす》を返し、廊下《ろうか》を歩き出した。立ち去っていくスーツの長身を見送りながら、瑛は混乱した思考を整理する。

（え？　今のって、つまり……俺を好きってことか？　マジで？）

結論が導き出されるのと同時に、そこから自分でも説明できない感情が沸《わ》き上がってくる。

体がざわざわして、胸が甘苦しくて、心臓がドキドキして……落ち着かない。

生まれて初めて知る感情に居ても立ってもいられなくなった瑛は、気がつくと声を発していた。

「待ってください！」

男が身じろぎ、足を止める。距離《きょり》を詰めると、レオナルドが振《ふ》り返った。

その戸惑《とまど》いの表情を見上げ、「もしよかったら、お茶でも飲んでいきませんか？」と誘《さそ》いをかける。

レオナルドが目を瞠《みは》った。信じられないといった驚愕の表情のあとで、こちらの真意を推し量るように確かめてくる。

「……いいのか？」

「はい。助けていただいた御礼《おれい》もしたいですし、それに俺はあなたと話がしたい。あなたは俺のことを調べたみたいですが、俺はあなたのことを何も知らない。それって不公平ですよね。俺だって、あなたのことをもっと知りたいんです」

「……早瀬」

初めて見たレオナルドの笑顔は、一瞬で気持ちを持っていかれるほどにとても魅力《みりょく》的だった。

あとがき

はじめまして、こんにちは、岩本薫《いわもとかおる》です。

このたびは「ロッセリーニ家の息子《むすこ》　共犯者」をお手に取ってくださいましてありがとうございました。

ロッセリーニシリーズの文庫化も四冊目です。おかげさまで無事に折り返し、後半戦に入りました。「略奪者《りやくだつ》」「守護者」「捕獲者《ほかく》」の三部作で一区切りがつき、この「共犯者」は三兄弟が揃《そろ》い踏《ぶ》みのオムニバス作品集となります。

それぞれ二本ずつの短編のあとに、本編として「共犯者」が入る流れですが、三カップル計六人が主役のお話を書くのは、なかなか大変でした。ただここで練習した結果、次の「継承《けいしよう》者」を書くことができたのかなと思うと、やはりチャレンジは大切ですね。

手探《てさぐ》りで三兄弟の恋《こい》バナをひとわたり書き、一巡《いちじゅん》したせいか、各キャラクターの性格や個性も、この「共犯者」を執筆《しっぴつ》したあたりから自分の中で明確になってきました。

オレ様レオ、姐《あね》さん瑛、クジャク様エドゥアール、姉さん女房《にょうぼう》礼人、お仕置きマクシミリアン、最強ルカなどなど、各キャラが立ってきて「勝手に動いてくれる」感じになってきたのを覚えています。そういった感覚を持てるのも、長いシリーズの醍醐味《だいごみ》ですね。

そんなわけで、今巻の書き下ろしは、以前から一度やってみたかったパロディに初挑戦《ちょうせん》してみました。「私立ロッセリーニ学園」——学園パラレル設定です。

各キャラの役どころを当てはめて考えるのがものすごく楽しかったです。もちろん、執筆も楽しかった。書いているうちに設定がどんどん膨《ふく》らんできて、いろいろ脱線《だっせん》したくなって困りました（笑）。もっと弾《はじ》けたいような気もしましたが、ひとまずは自パロが書けて満足です。

そして今回、ドラマCD発売を記念して、リンク作「恋シリーズ」の「支配者の恋」から東堂桂一、「誘惑者の恋」から東堂和輝とアシュラフが特別出演しています。

打ち合わせの際に私が「パラレル書きたいな」と言ったら、「面白いですね！」と乗りよく背中を押してくださいました編集部の皆《みな》さんに感謝いたします。ありがとうございました！


さてさて、今回も蓮川《はすかわ》先生のイラストが美しいです。表紙は攻《せめ》グループ、口絵は受《うけ》グループに分かれていますが、どちらも甲乙《こうおつ》つけがたく素敵。攻ズの「どやあ！」な感じも好きですが、受ズの「きゃっきゃうふふ」もかわいい。受たちが絡《から》み合っていると百合《ゆり》っぽくてきゅんきゅんしますね。このイラストに当時の私は「秘密の花園」とタイトルを付けていました。モノクロもどれも素晴《すば》らしいですが、とりわけショタ三兄弟（＋少年マクシミリアン＋ミカママ）には打ち震《ふる》えました。私の萌《も》えツボを蓮川先生には完全に押さえられています。完敗です（笑）。

文庫化もついに残すところ「継承者」のみになりました。こちらは上下巻での刊行になります。「継承者（下巻）」の「その後」のお話も含《ふく》め、書き下ろしもできる限りがんばりますので、最終刊までどうかよろしくお願いいたします。

最後にお知らせをふたつほど。現在、角川さんのルビー文庫HP内に、ロッセリーニの特設ページを作っていただいています。その特設ページにて、全サ小冊子のメインの座を賭《か》けたキャラクター人気投票を実施中です。よろしければ、ご贔屓《ひいき》のキャラに清き一票を。皆様のご参加お待ちしております。また、期間限定で「ロッセリーニ&恋シリーズ公式」ツイッターアカウントも運営中です。ロッセと恋に特化した情報を発信していきますので、こちらもよろしかったらフォローしてみてくださいね。

二〇一四年　秋のはじまりに　　・岩本　薫

〈初出〉
ロッセリーニ家の息子
「略奪者　Another Story1」
(『TheRuby』掲載「略奪者」より改題／角川書店／2006年10月刊行)
「略奪者　Another Story2」
(ドラマCD『ロッセリーニ家の息子　略奪者』ブックレット掲載／(株)マリン・エンタテインメント／2007年7月発売)
「守護者　Another Story1」
(『TheRuby vol.2』掲載「守護者」より改題／角川書店／2007年6月刊行)
「守護者　Another Story2」
(ドラマCD『ロッセリーニ家の息子　守護者』ブックレット掲載／(株)マリン・エンタテインメント／2008年1月発売)
「捕獲者　Another Story1」
(『TheRuby vol.3』掲載「捕獲者」より改題／角川書店／2007年11月刊行)
「捕獲者　Another Story2」
(ドラマCD『ロッセリーニ家の息子　捕獲者』ブックレット掲載／(株)マリン・エンタテインメント／2008年9月発売)
「共犯者」
(『TheRuby vol.5』掲載「守護者」より改題・大幅加筆修正／角川グループパブリッシング／2008年11月刊行)
「私立ロッセリーニ学園」　書き下ろし

KADOKAWA RUBY BUNKO

ロッセリーニ家《け》の息子《むすこ》
共犯者《きょうはんしゃ》
岩本《いわもと》 薫《かおる》

角川ルビー文庫 R 122-14　　18799

平成26年10月1日　初版発行

発行者———堀内大示
発行所———株式会社KADOKAWA
東京都千代田区富士見2-13-3
電話(03)3238-8521(営業)
〒102-8177
http://www.kadokawa.co.jp/
編　集———角川書店
東京都千代田区富士見1-8-19
電話(03)3238-8697(編集部)
〒102-8078
印刷所———旭印刷　製本所———BBC
装幀者———鈴木洋介

ISBN978-4-04-101875-0　C0193　定価はカバーに明記してあります。